첫 기억

아나 마리아 마투테 지음

성초림 옮김

여호와께서 너를 보내지 아니하셨거늘,
네가 이 백성에게 거짓을 믿게 하는도다.

예레미야서 28장 15절

일러두기

『첫 기억』은 삼부작 소설 『상인들』의 제1부에 해당한다. 2부는 살바토레 콰시모도의 시구에서 제목을 따온 『병사들은 밤에 운다』, 3부의 제목은 『함정』이다. 삼부작으로 엮는 중에 몇몇 등장인물이 중복해 나오기는 해도 각각의 줄거리는 엄정한 독립성을 유지한다.

아나 마리아 마투테

목차

.
.
.
.
.

비탈길

1

할머니는 백발이었다. 이마 위로 백발의 곱슬머리가 물결치는 듯했는데 그 때문에 약간 화난 인상이었다. 거의 언제나 황금 손잡이가 달린 작은 대나무 지팡이를 가지고 다니셨지만 사실 그 지팡이는 전혀 필요하지 않았다. 숫말처럼 튼튼하셨기 때문이다. 옛 사진을 다시 들여다볼 때면 할머니의 그 단단하고 실팍한 하얀 얼굴, 스모키 화장을 한 듯 검은색 아이라인을 둥글게 그린 회색빛 두 눈에서 보르하의 모습을 발견하곤 한다. 때로는 내 모습이 보일 때도 있다. 보르하는 할머니에게서 당당한 태도와 인정머리 없는 성격을 물려받은 것 같다. 그리고 나는 아마도 이 주체할 수 없는 거대한 슬픔을 물려받은 것이리라.

뼈만 남아 마디가 툭 불거진 할머니의 손은 그럼에도 불구하고 여전히 예뻤다. 하지만 군데군데 갈색 반점이 있었다. 오

첫 기억

른손 검지와 약지에는 각각 어두운 빛깔의 커다란 다이아몬드가 햇살을 받아 춤을 추었다. 식사를 마치면 할머니는 흔들의자를 서재 창문으로 끌고 가곤 했다(푹푹 찌는 더위. 뜨겁고 습한 바람이 용설란 속으로 흩어지거나 아몬드 나무 아래 밤색 이파리를 밀어대고, 바다의 반짝이는 녹색 빛을 지우며 뭉게뭉게 일어나는 먹구름). 그리고 거기서 모조 사파이어가 박힌 낡은 극장용 쌍안경으로 소작인들이 사는 비탈길의 하얀 집들을 세세히 살피거나, 배 한 척 지나지 않는 바다를 유심히 바라보았다. 바다에는 가정부 안토니아의 입에서 나온 이야기와 같은 무시무시한 일은 흔적도 보이지 않았다. (≪저편에서는 가족을 몰살시키고, 사제들은 총살한 다음 눈을 뽑고…, 또 끓는 기름통에 던져버린다고 그러더라고요…. 주여, 저들을 불쌍히 여기소서!≫) 할머니는 흥분을 가라앉히지 못한 채 그 소름 돋는 설명을 듣곤 했다. 그럴 때면 안 그래도 서로에게 어두운 비밀을 털어놓는 형제처럼 가운데로 몰려 있는 두 눈이 더 가까이 모이는 것 같았다. 하지만 세상으로부터 멀리 떨어진 섬의 한쪽 구석, 고요하기만 한 할머니 집에서 할머니와 에밀리아 이모, 사촌 보르하와 나, 이렇게 넷은 여전히 무더위와 권태, 그리고 고독에 빠진 채 새로운 소식을 애타게 기다렸다. 하지만 결국 결정적인 거라고는 하나도 없었다. 전쟁은 겨우 한 달 반 전에 시작된 것이다. 시에스타 시간은 아마도 하루 중 가장 평안하기도 하고, 또 공기가 가장 무겁게 내려앉는 시간이었으리라. 우리는 할머니 서재로부터 흘러나오는 흔들의자의 삐걱 소리를 들으며, 할머니가 비탈길 여자들이 오가는 모습을 감시하는 동안 할머니의 손가락 위 커다란 다이아몬드에 잿빛 햇살이 부딪쳐 반짝거리는 것을 상상하곤 했다. 우리는 할머니가 파산했다고 말하는 소리를 자주 들었다. 서랍장 위 나란히 줄지어 있는 갈색 병들 속 알약을 무한정 입으로 털어 넣으며 그런 말을 할 때면 할머니 눈 아래 그늘은 더 깊어졌고 눈동자에는 끈적한 피로가 내려앉았다. 꼭 몽둥이찜질 당한 부처 같은 모습이었다.

대나무 지팡이가 벽에서 미끄러져 바닥에 부딪힐 때마다 벌떡 일어나던 보르하의 기계적인 움직임이 기억난다. 지팡이(낮잠을 자지 않는 시에스타 시간, 울화가 치밀도록 고요한 그 시간에 유일하게 짓궂은 장난을 치는 반항아)를 향해 할머니처럼 마디가 굵고 긴 갈색 손을 쭉 뻗곤 했다. 보르하는 예절 바른 아이가 그렇듯 제때 벌떡 일어나 반항아 지팡이를 향해 손을 뻗어 잡은 다음 다시 벽이나 흔들의자 혹은 할머니의 무릎에 기대어 놓곤 했다. 이렇게 우리 넷이 할머니의 서재에 모여 있을 때면 이모와 보르하, 그리고 나는 언제나 청중이었고 말하는 사람은 할머니밖에 없었다. 지루하고 단조로운 어조였다. 누구도 할머니의 말을 듣고 있지 않았다. 각자 자기 생각에 빠져 있거나 그저 지루해했을 뿐. 나는 보르하가 빠져나갈 틈을 알려주는 신호를 보내주기만을 기다렸다. 에밀리아 이모는 종종 하품을 하곤 했지만 입을 꼭 다물고 했기 때문에, 우윳빛 새하얀 사각 턱이 급작스럽게 수축하면서 분홍빛 눈꺼풀 아래 작은 두 눈에 눈물이 살짝 비치는 것으로만 간신히 알아챌 수 있었다. 그럴 때면 콧구멍이 넓어졌고, 비탈길에 사는 여자들처럼 입을 한껏 벌리지 않으려고 애를 쓰는 통에 꽉 다문 입속에서 이빨 부딪히는 소리가 들릴 정도였다. 이모는 간간이 ≪네, 엄마. 아니요, 엄마. 좋을 대로 하세요, 엄마≫라는 말을 덧붙이기도 했다. 보르하가 아주 미세하게 눈썹을 움직여 이제 나가자는 신호를 보내오기를 초조하게 기다리는 동안 이모의 이런 모습을 보는 것만이 내게는 유일한 소일거리였다.

보르하는 열다섯, 나는 열네 살. 우리는 어쩔 수 없이 그곳에 머물고 있었다. 이 섬의 겉만 번지르르한 평온과 위선적인 평화 한가운데서 우리는 지루했고 또 그만큼 화가 나 있었다. 우리의 방학을 급습한 전쟁은 유령 같았다. 멀리 있는 것 같지만 동시에 아주 가까이 있었고, 보이지 않아서 더 두려웠다. 보르하가 정말 할머니를 미워했는지는 알 수 없다. 하지만 할머니 앞에서는 안 그런 척 잘 꾸며댔다. 보르하는 자신의 마음을 감추고 안 그런 척할 필요가 있다는 사실을 아주 어릴 때부터 배운 것 같았다. 할머니 앞에서는 상냥하고 부드러웠고 또 무엇보다 유산이니 돈이니 땅이니 하는 말의 의미를 아주 잘 알고 있었다. 그래서 특정 어른들 앞에서 그렇게 보이는 게 유리하다고 판단될 때면 아주 상냥하고 유순하게 굴었

다. 나는 세상에서 보르하만큼 영악하고 교활한 거짓말쟁이에
다 배신자를 본 적이 없다. 그 애보다 더 슬픈 인간도 본 적이
없다. 할머니 앞에서는 순진한 척, 순수하고 늠름한 척했지만
실제로는—오, 보르하, 난 이제야 널 좋아하게 된 것 같아—인
정머리라고는 없는 데다가, 거만하지만 한없이 약한 사내아이
에 불과했다.

　내가 보르하보다 나았다고는 생각하지 않는다. 하지만 나
는 그곳에 머무는 것이 내 의지에 반하는 일이라는 것을 기회
가 될 때마다 할머니에게 분명히 보여주었다. 아홉 살부터 열
네 살까지 이 손에서 저 손으로 물건처럼 끌려다니지 않은 사
람은 그 당시 나의 증오심과 반항심을 절대 이해할 수 없으리
라. 게다가 나는 할머니에게서 결코 아무것도 기대하지 않았
다. 나를 대하던 할머니의 차가운 태도, 판박이처럼 되풀이되
는 잔소리, 할머니가 오로지 자기만을 위해 만들어 낸 신에게
바치는 기도 따위를 그저 참고 있었을 뿐이다. 그리고 가끔 내
게 보내는 무심한 애정 표현, 또 그만큼이나 무심한 체벌까지
도 말이다. 손 루흐에서 늙은 고양이 같은 두 노파(금방이라도
파리 떼가 앵앵거리며 달려들 것 같은 시든 꽃과 과일이 가득
들어 있는 커다란 모자를 손에 든)가 고물 자동차를 타고 할
머니 집을 방문한 오후 시간이면 할머니는 갈색 얼룩이 점점
이 박힌 손을 내 머리에 얹고 한숨을 내쉬면서 (극악무도한 사
상에 물들어 혐오스러운 행동을 한) 타락한 내 아버지, 그리고

(지금은 하느님 은혜로 영면에 든) 불행했던 나의 엄마에 관해 이야기했다.

그때 할머니 말에 의하면 나는 홀아비가 되자마자 자식을 늙은 하녀에게 버려둔 냉정한 아버지의 희생자였고, 기울어가는 가정환경 때문에 엇나가 교감 선생님에게까지 발길질한, 그래서 결국은 누에스트라 세뇨라 델 로스 앙헬레스 기숙학교에서 쫓겨난 반항적이고 잘못 배운 아이였다. 손 루흐의 노파들이 나를 악의에 찬 눈빛으로 바라보는 가운데 할머니는 말을 이어갔다. 그 말에 따르면 나는 다 쓰러져가는 아버지의 농장에서 가엾은 유모와 보낸 삼 년이라는 시간 동안 성품이 난폭해졌다고 한다. 야생이나 다름없는 깊은 숲속, 무지하고 음울한 사람들 사이에서 사랑이나 보호를 받지 못한 채 살았기 때문이다(이야기가 이쯤 되었을 때 할머니는 내 머리를 쓰다듬었다).

─널 잘 길들여야겠구나.

내가 섬에 도착한 지 얼마 되지 않았을 때 할머니가 한 말이다. 난 열두 살이었고 그때 처음 내가 영원히 거기 살 거라는 걸 알았다. 엄마는 4년 전 죽었고 그 이후로 나를 돌봐주던 늙은 보모 마우리시아가 갑작스레 병에 걸리자 할머니가 날 떠맡게 되었을 것이다. 뻔한 일이었다.

처음 섬에 들어간 날 시내에는 바람이 몹시 불었다. 절반쯤 칠이 벗겨진 간판들이 가게 문 위에서 덜컹거렸다. 할머니는 표백제 냄새를 풍기는 습하고 어두컴컴한 호텔로 나를 데리고 갔다. 내 방은 한편으로는 작은 마당에, 다른 한편으로는 막다른 골목길에 맞닿아 있었다. 골목 어귀로 산책로가 살짝 보였는데 야자수가 바람에 흔들리는 너머로 먹빛 바다 한 조각이 눈에 들어왔다. 복잡하게 생긴 철제 침대는 알지 못하는 짐승처럼 나를 두렵게 했다. 할머니는 내 바로 옆방에 묵었다. 새벽녘 소스라치게 놀라 잠에서 깨어난 나는—내게는 종종 있는 일이었다—어둠 속을 더듬어 침대 옆 작은 탁자의 전등 스위치를 찾았다. 회반죽을 바른 벽의 차가운 촉감, 그리고 장밋빛 전등 갓이 생생하게 기억난다. 조용히 침대 위에 앉아 걱정스럽게 주변을 둘러보던 나는 어깨 위로 헝클어진 내 머리칼의 그림자가 검게 도드라져 보여 깜짝 놀랐다. 눈이 차츰 어둠에 익숙해지면서 칠이 벗겨진 벽면, 천장에 커다란 얼룩, 그리고 무엇보다도 침대 위에 뱀이나 용, 혹은 무서워서 쳐다보지도 못할 것 같은 신비로운 모양의 구불거리는 그림자들을 하나하나 바라보았다. 물잔을 집으려고 침대 옆 작은 탁자 쪽으로 최대한 몸을 구부리다가 벽의 경사면을 타고 줄지어 올라가는 개미들을 보고는 흠칫 놀라 잡았던 유리잔을 놓치고 말았다. 잔은 바닥에 부딪혀 산산조각 나버렸고, 나는 다시 이불을 머리까지 뒤집어쓰고 숨어버렸다. 손 하나도 이불 밖으로 꺼내지 못한 채 오랫동안 입술을 깨물고 빌어먹을 울음을 참았다. 아마도 나는 두려웠던 것 같다. 어쩌면 내가 완전히 혼자라고 생각했는지도 모른다. 또 어쩌면 알지도 못하는 무언가를 찾고 있었는지도 모른다. 나는 다른 생각을 하려고 애썼다. 상상의 나래를 펼쳐 숲속을, 알지 못하는 곳을 달리는 작은 열차처럼 달려보려고 했다. 그 열차에는 마우리시아도 타고 있었다. 나는 내 일상의 장면들을 붙들고 놓지 않았다(마우리시아가 시골집 다락방 나무 바닥 위에 조심스레 놓아둔 사과들, 그 사과 향이 온 사방에 가득한 것 같아 나는 바보스럽게도 혹시 호텔 벽에 그 사과 향이 배어 있는 것이 아닐까 코를 대고 냄새를 맡아볼 정도였다). 나는 슬프게 중얼거렸다. ≪지금쯤 노랗고 쭈글쭈글해졌을 거야. 난 하나도 먹지 않았는데….≫ 사과를 놓아두었던 그날 밤 마우리시아의 상태가 급격히 나빠졌다. 마우리시아는 침대에서 일어날 수도 없게 되자—도대체 왜, 왜 그런 일이 일어난 걸까?—내게 할머니한테 편지를 쓰라고 했다. 나는 내 기억의 작은 열차를 타고 과수원의 가느다란 황금빛 가지들 혹은 웅덩이들 깊숙이 반짝거리던 초록색 나뭇가지를 향해 달려보려고 애썼다(특히 할머니가 날 섬으로 데려가려고 찾아온 날—저 멀리 찻길에서 자동차가 일으키는 먼지를 보았다—나를 부르는 목소리를 듣고도 대답하지 않은 채 서 있었던 그곳, 그 웅덩이, 역시 초록빛 모기떼가 물 위에서 반짝이던 그 웅덩이). 그리고 지도 속—아, 내가 그토록 좋아하던 지도책!—연푸른 바탕 위에 밤색 얼룩처럼 점점이 찍힌 섬들도 기억해 냈다. 그때 갑자기 벽 위로 뒤틀어진 침대 그림자가 비쳤고, 그리로 줄지어 가는 개미들을 보고 나는 중얼거렸다. 사방이 연푸른색 바다로 둘러싸인 노랑색, 초록색 섬에 침대가 박혀 있었고, 내 머리 뒤편으로 생겨난 침대의 그림자—침대는 벽에서 한 뼘 정도 떨어져 있었다—때문에 나는 몹시 불안해졌다. 작은 헝겊 인형, 검둥이 굴뚝 청소부 고로고를 스웨터 속에 숨겨와 지금 베개 아래 넣어둔 게 그나마 다행이었다. 바로 그때 뭔가 잊고 온 것이 있다는 걸 깨달았다. 널찍하기만 했지 뒤죽박죽인 그 산속 집에 종이인형극 놀이 세트를 두고 온 것이다. (나는 눈을 감고 하늘과 창문이 파란색, 노란색, 분홍색으로 그려진 투명 종이 장식들과 뒷면에 새겨진 *어린이용 세트, 제조사명: 세익스 이 바랄, 전신부호: Arapil, 제1막 3번…*. ⟨동방박사의 별⟩, ⟨폐허의 영혼⟩ 같은 검은 글씨들, 또 그 작고 투명한 창문들 속에 숨겨진 크고 시시한 비밀들을 떠올렸다. 나는 정말로 다시 그 안으로 들어가 종잇조각들 사이를 누비며 캐러멜색 가짜 유리창으로 도망치고 싶었다! 아, 그리고 또 내 앨범들과 『눈의 여왕』[1], 『인어공주』, 『백조 왕자』 같은 내 책들. 나는 나 자신에게, 그리고 할머니에게도 정말로 화가 났다. 어째서 내게 그 사실을 일깨워주지 않았을까? 이제 그것들은 내게 없다. 초록색 메뚜기들처럼, 시월의 사과처럼,

---

1   안데르센이 1845년 처음 발표한 동화. 주인공 소년 카이와 소녀 게르다가 선악의 기로에서 선을 찾는 이야기. 소꿉친구이자 연인인 게르다가 눈의 여왕과 사악한 거울 조각으로부터 카이를 구해낸다.

검은 굴뚝의 바람처럼 다 잃어버리고 말았다. 다 잃어버렸다. 게다가 그 인형극 세트를 도대체 어느 장롱에 넣어 두었는지 도무지 기억이 나지 않았다. 그건 오로지 마우리시아만 알고 있었다.) 그때부터 다시 잠들지 못한 나는 생전 처음 창문 블라인드 사이로 아침 햇살이 밝아오는 것을 보았다.

할머니는 나를 마을에 있는 할머니 집으로 데리고 갔다. 햇살 속에서 깨어났을 때 얼마나 놀랐는지! 나는 아직 눈꺼풀에 잠이 덕지덕지 붙은 채 맨발로 창문을 향해 달려갔다. 흰색, 푸른색 줄무늬 커튼과 그 아래 펼쳐진 비탈길(결코 다시 오지 않을 황금빛 날들, 아몬드 나무의 검은 몸통 사이에 걸린 얇은 햇살 한 겹, 그리고 바다를 향해 깎아지른 듯한 비탈길)…. 특히 비탈길은 놀라움 그 자체였다. 집 뒤편, 거무죽죽한 벚나무와 은빛 가지를 뻗은 무화과나무가 방치된 정원의 담벼락 뒤에 그런 길이 있으리라고는 상상하지 못했었다. 어쩌면 그 순간에도 제대로는 알지 못했던 것 같다. 다만 그 비탈길을 보고 느낀 놀라움은 칼로 찌르는 듯 날카로웠고 큰 행복과 고통이 하나가 될 것 같은 예감을 불러일으켰다. 이후에 나는 다시 도시로 보내져 누에스트라 세뇨라 델 로스 앙헬레스 기숙학교에 다니게 되었다. 왜, 어째서 그렇게 되었는지 알지도 못하는 사이, 그 학교에서 나는 악의에 찬 반항아가 되었다. 작은 소년 카이를 하루아침에 변하게 만든 그 작은 유리 조각이 내 심장에도 박힌 것만 같았다.[2] 그리고 나는 그런 내 자신에 큰 기쁨을 느꼈다. 내 약한 모습을 보여줄지도 모르는 것, 혹은 적어도 내게 그렇게 보이는 모든 것을(내 추억들, 잃어버린 시간에 대한 희미하고 불분명한 나의 사랑도 함께) 다른 사람에게 숨기려고 했다. 나는 절대 울지 않았다.

첫 방학 동안에는 보르하와 놀지 않았다. 사람들은 내가 심통스럽고 버릇없다고, 시골에서 와서 그렇다고 하면서 내 성격을 고쳐놓고야 말겠다고 했다. 일 년 반 뒤 이제 막 봄이 시작될 무렵—내가 막 열네 살이 되었을 때—나는 누에스트라 세뇨라 델 로스 앙헬레스 기숙학교에서 큰 물의를 일으키고 쫓겨났다.

할머니 집에서는 모두 나를 차갑게 대했다. 나를 바로잡아 놓겠다고 다짐한 듯했다. 보르하는 그제야 처음으로 호감까지는 아니어도 나를 인정하는 듯한 태도를 보였다. 그때부터 나를 신뢰하고 또 함께 다니기 시작했다.

방학 중에 전쟁이 터졌다. 에밀리아 이모와 보르하는 본토로 돌아갈 수 없었다. 대령이었던 알바로 이모부는 전선에 있었다. 매복에 급습을 당한 것처럼 깜짝 놀란 보르하와 나는 얼마 동안이 될지 모르지만 하여간 섬에 머물러야만 할 거라

---

2 『눈의 여왕』에서 주인공 카이는 악마의 유리조각이 눈에 박힌 후 완전히 다른 사람으로 돌변한다.

는 사실을 깨달았다. 우리 각자의 학교는 멀리 떨어져 있었고, 어른들—할머니, 에밀리아 이모, 교구 주임신부와 의사 선생님—사이에는 뭔가 알 수 없는 흥분이 감돌았다. 단조로운 그들의 삶에 색다른 기운을 불어넣었다고나 할까. 시간이 흐트러지고 오랫동안 지켜온 관습이 깨졌다. 언제 어느 때라도 방문객이 들이닥쳤고 또 새로운 소식이 왔다. 주로 소식을 가져오고 또 전하러 다니는 사람은 안토니아였다. 너무 오래되어 잡음이 심한, 그래서 완전히 잊혀졌던 작은 라디오는 마법의 보물로 변해 밤이면 모두의 관심을 한몸에 받았을 뿐만 아니라, 전에는 그저 의례적으로 대하던 사람들이 모종의 기이한 공모의식을 통해 하나로 똘똘 뭉치게 해주었다. 할머니는 그 큰 머리를 조그마한 라디오에 갖다 대고는 기다리던 소식을 전하는 목소리가 멀어질 때면 미친 듯이 라디오를 흔들어 댔다. 그렇게 하면 라디오 주파가 가역 범위 내로 돌아오기라도 하는 듯이 말이다. 어쩌면 그 모든 일이 그동안 냉랭하기만 했던 보르하와 나 사이를 가깝게 해주었는지도 모르겠다.

갑자기 모두를 잠식해 버린 고요와 적막, 그리고 울화가 치밀 정도로 기나긴 기다림이 우리에게도 어떤 작용을 했다. 우리는 마치 가슴속에 한가득 느릿한 불안을 몰래 숨겨두기라도 한 것처럼 언제라도 튀어 오를 준비가 되어 있었다. 그렇게 지루해했다가 불안해했다가를 반복했다. 그리고 나는 그제야 그 집의 구석구석을 알아가기 시작했다. 거대하고 이상한 그 집은 황토색 담벼락으로 둘러싸였고 점토 기와지붕을 얹고 있었다. 돌난간이 세워진 긴 회랑의 천장은 목재로 되어 있었는데 그 아래에서 보르하와 나는 바닥에 엎드린 채로 속살거리면서 대화를 나누곤 했다. (마치 작은 요정들이 우리 목소리를 훔쳐 서까래에서 서까래로, 이쪽 구석에서 저쪽 구석으로 옮겨다니 듯이, 우리들의 속삭이는 목소리는 회랑 위 천정의 널빤지들 사이로 소름 끼치게 메아리쳤을 것이 틀림없다.)

　보르하와 나는 바닥에 누워 할아버지가 쓰시던 낡아빠진 상아 체스판으로 체스 시합을 하는 척했다. ≪오 후아 *Au roi!*≫[3](할머니와 에밀리아 이모는 우리가 섬사람 억양이 섞인 형편없는 프랑스어를 연습하는 걸 좋아했다.) 우리 둘에게는 오로지 회랑만이 할머니의 무거운 발걸음에 짓밟힌 이 절망적인 집에서 유일한 피난처가 되었다. 할머니는 그 회랑에 발을 들여놓기도 싫어했다. 그저 코를 킁킁대는 사냥개처럼 열린 창문을 통해 우리가 마을로, 비탈길로, 산타 카탈리나의 강어귀로, 포르트로 도망 다니는 것을 지켜보았다. 집을 빠져나가는 소리를 할머니가 듣지 못하게 하려면 신발을 벗어야 했다. 하지만 할머니는 우리 그림자가 길게 바닥을 가로지르는 것을 귀신처럼 알아채곤 했다. 돼지 같은 눈을 내리깔고 두 그림자가 도망치는 걸 지켜보면서 (어쩌면 자신의 혼란스러운 삶이

3　체스 시합에서 쓰는 ≪To the king≫을 프랑스어로 말한 것.

내면으로 밀려드는 걸 보듯) 지팡이와 코담배 상자를 밀어서 떨어뜨리고는 (그래서 드레스의 가슴팍을 다 더럽히고) 고양이 울음소리를 냈다.

　-보르하!

　보르하는 두루미처럼 다리를 구부린 채 서둘러 신발을 신었다. (내 쪽을 바라보면서 한쪽 입꼬리를 올리며 미소짓던 그 모습, 여자처럼 새빨간 입술이 아직도 눈에 선하다. 보르하는 간혹 코 밑이 거뭇거뭇해지는 열다섯 살 다 큰 사내아이라기보다 계집애 같아 보일 때가 있었다).

　-저 짐승이 우릴 봤어….

　(우리끼리만 있을 때면 누가 더 말을 험하게 하는지 겨루기라도 하듯 입이 거칠어졌다.) 할머니가 물속에 있는 코뿔소처럼 무겁게 헐떡거리면서 지팡이로 가구들 여기저기를 두드리는 동안 보르하는 천천히, 순진한 척 할머니에게로 다가갔다. 할머니는 말했다.

　-어디들 가는 거냐…. 라우로도 없이?

　-잠깐 비탈길에 가려고 했어요….

　(지금 여기, 너무나도 푸른빛의 술잔을 앞에 두고 내 가슴은 짓눌린 듯 무겁기만 하다. 삶은 그런 장면들로부터 시작된다는 게 사실일까? 어린 시절에 우리 삶을 단숨에 다 살아버리고, 그리고 나서는 아무런 의미도 없는 삶을 어리석게, 맹목적으로 반복한다는 게 사실일까?)

보르하는 내게 아무런 애정도 없었지만 내가 필요했고, 라우로에게 그랬듯이 나도 자신의 반경 안에 두고 싶어 했다. 라우로는 할머니네 집 가정부 안토니아의 아들이었다. 안토니아는 할머니와 동갑이었는데 어려서부터 할머니를 모셨다. 라우로가 아주 어릴 때 과부가 되자—안토니아가 언제, 누구와 결혼할지를 결정한 사람은 할머니였다—할머니는 다시 안토니아를 데려오면서 아이는 수도원으로 보냈다. 그곳에서 아이는 사제복을 입고 지내며 성가대에서 노래를 불렀고 나중에는 신학교에 갔다. (라우로는 치노[4]야, 라우로는 치노. 그 라우로는 가끔 이렇게 말했다. ≪여기는 늙고 사악한 섬이에요. 페니키아인들, 상인들, 거머리와 협잡꾼들의 땅이지요. 아, 상인들이 얼마나 탐욕스러웠는지! 이 마을 집과 담벼락, 몰래 세운 벽이랑 사방에 금화가 묻혀 있어요.≫ 나는 보물들이 물처럼 땅 속으로 흘러들어 숲의 나무뿌리에서 죽은 자들의 반짝이는 뼈와 뒤섞이는 상상을 했다. 수도원 돌멩이들과 구더기들 사이에 뒤섞여 있는, 불붙은 석탄 덩어리처럼 반짝이는 금화들도.) 어둔 밤, 비탈길에서 라우로가 이야기를 할 때면—주로 그가 말을 했는데—우리 셋은 그 신비로운 이야기와 하나가 되어 그의 낮은 목소리에 흠뻑 젖어 들었고 나는 가끔 눈을 감기도 했다. 어쩌면 그때가 그와 보낸 유일하게 좋은 순간이었을지도 모른

---

4   치노(el Chino) 중국 사람이라는 뜻. 라우로가 중국 사람처럼 생겼다는 의미로 붙인 별명.

다. 반짝이는 나비들이 어둠 속을 떠돌았다. 바닷속 인어공주의 머리 위를 떠가는, 공주를 향수에 젖게 했던 그 작은 배들처럼. (붉은 비단과 대나무로 만든 배들. 그 안에는 인어공주에게 영혼을 줄 수 없었던 검은 눈의 소년이 타고 있었다.) 치노는 갑자기 입을 다물고 손수건으로 이마를 훔쳤다. 하인 처지에서 치노가 분노를 표출할 수 있는 대상은 그 상인들뿐인 것 같았다. 보르하는 조바심을 냈다. ≪계속해 봐, 치노.≫ 라우로는 녹색 안경 렌즈를 닦았다. 그가 안경을 벗자 절반쯤 감은 기다란 눈꺼풀에 몽고족 같은 가느다란 눈이 모습을 드러냈다. ≪저 지금 피곤해요, 보르하 도련님…. 습기 때문에 목소리가 나오질 않아요….≫ ≪여기서 끝내면 안 돼!≫ 그러고는 밀치기라도 하듯 치노의 가슴에 손을 얹었다. 치노는 손가락을 쫙 벌린 그 손을 마치 다섯 개의 작은 단도라도 되는 양바라보았다. ≪올라가서 자게 해주세요…. 지금 너무 슬퍼요, 허락해줘요…. 두 분이 그런 것에 대해 뭘 알겠어요? 뭘 잃어본 적이 있어요? 절대, 한 번도, 어떤 것도 잃어본 적이 없잖아요!≫ 우리는 그 말을 이해하지 못했고, 그래서 보르하는 소리내어 웃었다. 나는 생각했다. ≪잃는다고? 내가? 난 모르겠는걸? 내가 아무것도 찾아내지 못했다는 건 알아.≫ (그러니까 아주 오래전 누군가 혹은 무언가가 나를 배반했던 것 같은 그런 것.) 우리는 그에게 절대 착한 아이들이 아니었다. ≪가정교사님, 치노 씨….≫ 정원의 벗나무 가지 아래서건 손 마호르

의 고집불통 수탉이 올라가 앉아 있던 무화과나무 가지 아래
서건 우리는 그를 안경잡이, 네눈박이 까마귀, 황색 유다 등등
그 순간 머리에 떠오르는 바보스러운 이름으로 불렀다. (어떻
게 내가 지금까지 손 마호르의 수탉을 기억하는 거지? 그 수탉
은 새하얗고 남성미가 넘쳤다. 성난 두 눈이 햇살을 받아 반짝
였는데 때로 손 마호르에서 도망을 쳐와 우리 정원의 무화과
나무 가지에 올라앉아 있곤 했다.)

라우로는 오랫동안 신학교에 있었지만 결국 사제가 되지
는 못했다. 학비를 대주던 할머니는 이를 몹시 못마땅하게 여
겼다. 라우로는 그때 임시로 가정교사가 되어 우리를 돌보는
참이었다. 때로 그를 바라보고 있을 때면 누에스트라 세뇨라
델 로스 앙헬레스 기숙학교에서 내게 일어났던 일과 비슷한
일이 신학교에 있던 그에게 일어났던 건 아닐까 하는 생각이
들었다.

-배교자!

우리는 라우로를 그렇게 불렀다. 나는 무슨 일이건 보르하
를 따라 했다.

몽고족의 눈을 가진 슬픈 배교자. 이제 막 돋아나기 시작
한 검고 부드러운 턱수염. 노르스름하고 동그란 눈동자는 초
록색 안경 렌즈에 가려 잘 보이지 않았다. 그가 바로 치노이다.

-제발, 제발, 할머님 앞에서는 나를 그렇게 부르지 말아줘
요! 예절을 지키시란 말입니다, 제발요, 안 그러면 나를 거리

로 내쫓으실 거예요.

치노는 틈이 벌어진 툭 튀어나온 앞이빨 위로 입술을 부르르 떨면서 보르하를 바라보았다.

보르하는 기엠에게서 빼앗은 단도로 막대기 조각들을 자르고 있었다. 보르하는 조용히 미소를 지으며 아름다운 향내를 풍기는 녹색의 축축한 가지들을 하나하나 허공으로 던졌다. 나뭇조각들은 치노의 머리 위를 지나 정원 바닥으로 떨어졌다. 보르하가 한 손을 펼쳐 귀로 가져가며 말했다.

–뭐라고? 뭐라 그랬어? 잘 안 들려. 내 귓속 좀 들여다봐줘. 뭐가 윙윙거려. 벌이 들어갔나?

치노의 납작한 광대뼈가 붉어졌다. 할머니 앞에서는 안 돼요. (하지만 할머니 앞에서 보르하는 착하고 믿을 만한 아이였다.) 보르하는 할머니와 자기 엄마 손에 입을 맞추곤 했다. 어린 수사처럼 황금빛 손가락들 사이에 묵주를 끼우고 성호도 그었다. 샌들 속 갈색 맨발이 꼭 어린 수사를 닮았었다. 그가 말하곤 했다.

–고통의 신비….

(보르하, 엄청난 사기꾼. 하지만 그때 우리는 아직 너무나도 순수했다.)

*

낮게 부는 뜨거운 바람, 고름처럼 부풀어 오른 잿빛 하늘, 이제 막 푸르러진 엷은 빛깔 선인장, 그리고 저 위 광부들이 사는 참나무, 너도밤나무 숲 산등성이에서 계곡을 타고 흘러 마을에 이르고, 다시 우리 집 뒤를 지나 깎아지른 듯한 비탈길을 따라 내려가다가 마침내 바다에 이르는 그 땅을 나는 기억한다. 또 축대벽으로 쌓아 올린 비탈길의 구릿빛 땅도. 차곡차곡 쌓아 올린, 거대한 이빨처럼 하얗게 빛나던 그 축대벽의 돌들은 저 아래 잔물결 치는 바다를 향해 입을 벌리고 있었다.

갑자기 바람이 멈췄다. 나와 치노와 함께 공부방에 있던 보르하는 뭔가 대단히 신비로운 소리라도 들리는 양 머리를 들고 소리에 주의를 기울였다. (위층 서재에서는 할머니가 이제 막 도착한 신문 뭉치를 앙칼진 손길로 넘기고 있었다. 다이아몬드 반지를 손바닥 방향으로 돌려놓은 그 손가락의 탐욕스러운 떨림. 할머니는 '빨갱이들'이 저지른 만행의 흔적, 귀족과 사제들의 토막난 시신이 실린 사진들을 찾아 신문을 뒤지고 또 뒤졌다.)

나는 기억한다. 아마 그날 오후 다섯 시경이었을 것이다. 바람이 갑자기 멈췄다. 단검의 날처럼 가느다랗던 보르하의 옆모습. 보르하는 아주 특이한 방식으로 윗입술을 들어 올리곤 했는데 그럴 때면 껍질을 벗긴 새하얀 잣처럼 길고 날카로운 송곳니들이 아주 사나운 인상을 풍겼다.

—입 좀 다물어, 이 늙은 까마귀야.

보르하가 말했다. 거의 욕설에 가까운 그 말에 치노는 당황해 눈을 깜박였다. 그러고는 곧이어 애원했다.

–보르하….

거기서 말을 멈췄다. 치노는 초록빛 안경 렌즈 너머 누르스름하게 희뿌연 두 눈으로 보르하를 한 번, 또 한 번 바라보았다. 그럴 때마다 나는 어째서 그가 열다섯짜리 코흘리개를 저토록 두려워하는 걸까 의아해했다. 그러나, 어떻게 그랬는지 설명할 길은 없어도, 나 역시 보르하에게 꽉 잡혀 있었다고 말할 수 있으리라. 한밤중 목이 말라 눈을 뜨면 아직 잠이 덜 깬 채로 작은 탁자의 전등을 켜고 풀 먹인 천조각으로 덮어 놓은 물잔을 찾았다(안토니아가 매일 밤 방마다 이렇게 해 두는 것이 일상이었다). 시원한 물로 입술을 축이면서 나는 꿈속에서 보르하가 나를 사슬로 묶어 인형극을 조정하는 사람처럼 끌고 다녔다는 걸 깨달았다. 나는 반항하며 소리치고 싶었지만—어릴 때 숲에 살 때 그랬던 것처럼—보르하는 나를 꽉 붙들고 있었다. (그런데 어째서? 어째서 그랬을까? 아직 내 비밀을 빌미로 협박할 만큼 내가 그렇게 큰 잘못을 저지르지 않았을 때였는데?)

보르하는 테이블 끝에 앉아 노란 연필을 빙글빙글 돌리고 있었다. 발코니 문짝이 열린 틈으로 반짝이는 회색빛 하늘 조각이 보였다. 보르하가 발코니 밖으로 나갔다. 나도 따라 나가려고 일어서자 라우로가 나를 바라보았다. 그때 나는 그의 두 눈에서 증오를, 공기 중에서도 만질 수 있을 것 같은 뻑뻑한 증오가 내비치는 것을 보았다. 나는 보르하에게 배운 대로 그를 향해 미소를 지어 보였다.

-왜 그래요, 늙은 원숭이 씨?

그는 늙지 않았다. 간신히 스물을 넘긴 나이였다. 하지만 자신을 집어삼키기라도 한 듯 자기 안에 가라앉아 있었기 때문에 나이가 없는 것처럼 보였다. (보르하는 그가 무릎을 꿇고 자신에게 채찍질하는 소리를 들었다고 했다. 지붕 아래 다락에 있는 그의 끔찍한 방 열쇠 구멍을 통해 들여다보았더니 보르하를 닮은 곱슬머리에 맨발인 검은 피부의 성인상이 있었고, 그 주위의 벽에는 목판화와 어딘지 모를 대성당의 스테인드글라스 복제판이 붙어 있었다고 했다. 또 그가 엄마와 손을 잡고 찍은 사진도 한 장 있었는데 사진 속 그는 거친 광목의 사제복 아래로 구겨진 양말이 흘러내려 있었단다.)

하지만 라우로는 나를 보르하만큼 무서워하지 않았다.

-마티아 양, 거기 계세요.

보르하가 다시 들어왔다. 붉게 달아오른 얼굴에 눈을 가늘게 뜨고, 손가락 사이로 연필을 돌리면서 보르하가 말했다.

-라틴어 수업은 이제 끝, 가정교사 씨….

라우로는 누르스름한 긴 손가락을 관자놀이로 가져갔다. 뭔가 웅얼거리는 동안 두툼한 입술 사이로 틈이 벌어진 이빨이 보였다.

-어디로 갈 겁니까? 할머님께서 찾으실 겁니다….

보르하는 테이블 위로 연필을 던졌다. 연필은 사다리꼴 모양의 면을 따라 살짝 튕기며 굴러갔다.

-할머님이 이러실 겁니다. 아이들은 어디 있지, 라우로? 어떻게 아이들을 혼자 둘 수 있니? 그럼 전, 저는 뭐라고 대답하지요? 할머님은 두 분이 어슬렁거리며 돌아다니는 걸 좋아하지 않으십니다….

보르하는 두 팔을 뒤로 젖히고 시계추처럼 흔들다가 위로 번쩍 치켜들어 발코니 문설주에 매달렸다. 다리를 새끼 토끼처럼 웅크리고 무릎을 들어 올리자 가느다란 햇살에 무릎이 반짝였다. 보르하는 그네 타는 원숭이처럼 몸을 흔들었다. 자세히 보면 보르하는 원숭이처럼 생긴 구석이 있었다. 외가 쪽이 모두 그랬다. 보르하가 웃으며 말했다.

-보르하, 보르하….

이미 말했듯이, 바람이 멈췄다. 할머니 앞에 나가기 전까지 보르하는 보통 밑단이 닳아 허벅지 위로 말려 올라간, 엉덩이 부분이 해진 푸른색 데님 바지와 사방으로 늘어난 낡은 갈색 스웨터를 입고 있었다. 둥그런 목둘레선 위로 가늘고 단단한 목이 솟아 있어서 더더욱 외경에 나오는 작은 수도사처럼 보였다.

-도련님, 보르하 도련님, 언젠가 아버님이, 대령님이 오시면….

아버님, 대령님. 나는 터지는 웃음을 참는 척 손으로 입술을 가렸다. 아버님, 대령님은 오지 않았다. 아마 영영 오지 않을지도 모른다. (벨벳처럼 새하얀 사각 턱에 불그레한 작은 눈, 불쑥 튀어나온 가슴과 크고 부드러운 배를 가진 에밀리아 이모는 모든 의욕을 잃은 채 그를 기다리고, 기다리고, 또 기다릴 것이다. 창문을 바라보며 하염없이 기다리는 이모의 온몸에는 어딘지 외설적인 데가 있었다.)

그렇게 우리는 한 달 전부터 아무 일 없이 지냈다. 섬사람들은 ≪전쟁이 끝나면.≫ ≪전쟁은 며칠이면 끝날 일이야.≫ 라고들 말했지만, 전쟁은 좀 이상해지고 있었다. 할머니는 극장용 쌍안경을 손수건 끝자락으로 두어 번 닦고서 바다를 찬찬히 훑어보았지만, 아무것도, 정말 아무것도 보이지 않았다. 두세 번 적군의 비행기가 아주 높이 날아갔을 뿐이었다. 그런데 뭔가 있었다. 땅 아래, 돌무더기 아래, 지붕 아래, 우리 두 개골 아래 뭔가 아주 거대한 악마가 자리 잡고 있었다. 마을에 시에스타 시간이 돌아오거나, 또 다른 고요함이 지배하는 시간, 마치 그 순간을 기다리기라도 했다는 듯 좁은 골목길에 타론히 집안 형제의 발소리가 울려 퍼졌다. 목이 높은 군화에 전투복 앞섶을 절반 정도 풀어헤친 채로 금발에 창백한 얼굴, 아기 괴물처럼 새파랗고 동그란 눈에 유대인 코를 한 타론히 형제. (아, 타론히 형제! 섬 전체, 마을 전체, 어두운 표정의 광부들조차도 그들 옆을 지나칠 때면 감히 그들의 복숭아뼈 위로는 쳐다볼 엄두를 내지 못했다.) 타론히 형제는 의심스러운 사람들을 무조건 유대인 광장 너머 숲 가장자리 길가로, 아니면 손 마호르를 지나 절벽 가장자리로 끌고 갔다.

－보르하, 보르하….

보르하는 할 수 있는 한 계속 몸을 흔들었다. 그러고는 바닥으로 펄쩍 뛰어내리더니 손목을 문지르며 귤 조각 같은 황금빛 넓적한 눈꺼풀 아래로 비스듬히 우리를 바라보며 말했다.

－이 멍청한 원숭이, 아빠가 오시면 다 말할 거야, 전부 다…. 아빠가 오시지 말라고 기도해야 할걸? 넌 기도도 못 하지? 넌 아무것도 안 믿잖아, 안 그래? 아빠한테 다 말씀드리면, 아빠가 널 타론히 형제한테 넘기실 거야…. 너 같은 변태 늙은 원숭이들을 어떻게 하는지 알기나 해?

치노는 입술을 깨물었다. 보르하는 팔뚝을 긁으며 테이블로 다시 다가와 내게 말했다.

－바다가 무척 잔잔해. 갈까?

－마티아 양은 아직 번역을 다 못 끝냈어요…. 아직.

어린 보르하, 어린 마티아의 가엾은 가정교사 라우로가 야옹대듯 말했다.

(가엾은, 가엾은 원숭이. 할머니의 비호를 받는 자의 젖은 눈으로 밤마다 탄식할 테지. 증오심은 꽁꽁 묶어서 지저분한 옷꾸러미처럼 침대 밑에 처박아둔 채로 말이야. 두더지처럼 외운 대로 말하는, 청춘을 잃어버린 슬픈 가정교사, 가엾은 라

우로 치노. 손가락 끝은 누르스름하고 손톱 끝은 깨물어 없어진, 좌절한 농부의 손을 가진 치노.) 보르하와 치노 사이에 어떤 비밀이 있다는 걸 직감하긴 했지만, 보르하가 내게 뭔가 이야기를 해주었음에도 불구하고 나는 아직 그게 뭔지 알지 못했다. 한번은 치노가 우리를 자기 다락방 잠자리로 데려간 적이 있었다. 태양열이 곧장 들이치는 지붕 바로 아래 그 방은 시에스타 시간이면 마치 오븐처럼 통째로 삶아질 듯 뜨거웠다. 거기서 딱 한 번 라우로는 검은색 재킷을 벗은 적이 있다. 겨드랑이는 땀에 얼룩졌고 소매를 걷으니 검고 부드러운 솜털이 뒤덮인 팔뚝이 드러났다. 넥타이를 끄르고 목 단추도 풀었다. 보르하가 엉성한 간이침대 위로 풀썩 뛰어들자 침대는 그 무게에 놀란 듯 신음했고 침대 구석구석에서 먼지가 피어올랐다 (사실 집 전체가 먼지투성이였다).

다락 아래 그 방에서는 라우로의 엄마 안토니아의 사랑이 느껴졌다. 그 사랑은 창문가에 놓인, 태양이 불을 지른 듯 붉은 꽃 사이에 자리잡고 있었다. 내가 똑똑히 기억하는 바로는 성배 모양의 타오르는 듯한 붉은 색 꽃에는 라우로의 꼭꼭 숨겨둔 증오심처럼 뭔가 폭력적인 구석이 있었다. 그리고 거울 속 테두리에 끼워 둔 사진 한 장. 엄마와 아들이 어깨에 팔을 두른 모습. 머리칼이 소용돌이치듯 헝클어진 못생긴 사내아이의 옷 아래로 주름진 양말이 흘러내려 있었다. 그의 엄마는 매일 그 다락방에 올라와 수많은 자질구레한 물건들, 복제 그림들과 테라코타, 조화들, 소라고둥 같은 것을 닦고 또 닦았으리라. 우리가 여기 올라온 걸 아셨다면 할머니는 비명을 내질렀을 것이다. 치노는 우리 어깨에 팔을 두르고 우리를 거울 가까이 데려갔다. 치노의 손이 슬그머니 내 벌거벗은 등 위로—너무 더웠기 때문에 하루 중 할머니를 처음 만나는 점심 식사 전까지는 할머니가 명령한 대로 옷을 입지 않았다—지붕에서 처마로 내려오는 생쥐들처럼 위에서 아래로 훑어 내려가는 것이 느껴졌다. 나는 아무 말도 하지 않았지만 불안했다. 라우로는 보르하와 나를 동시에 쓰다듬으며 말했다.

-이렇게 둘이, 맙소사, 완전히 다른 세상에서 온 것 같은….

그때 마법이 풀리기라도 한 듯 보르하가 우리에게서 그 손을 떼어냈다.

-바다가 잔잔하다니까.

보르하가 나를 바라보며 다시 말했다.

결국 라우로가 미소를 지으며 책을 덮자 가벼운 먼지구름이 일었다. 태양이 습하고 뜨거운 안개 사이를 뚫고 올라오고 있었다. 라우로는 태연한 척 말했다.

-좋아요, 갑시다, 그럼….

-너는 말고.

라우로는 손수건을 꺼내 천천히 이마를 닦았다. 그러고는 잠시 코 아래로 수건을 가져가 윗입술을 가볍게 두드린 다음 목덜미와 셔츠 아래 살갗에 흐르는 땀을 닦아냈다.

비탈길

보르하와 나는 비탈길로 나갔다.

2

우리는 언제나 뒷문으로 나갔다. 우리가 수업을 받고 있는 것으로 알고 있는 할머니의 시야를 벗어날 때까지 우리는 집 뒷담벼락에 딱 붙어서 움직였다. 할머니는 서재 창문 너머로 길게 줄지어 선, 소작인들이 사는 새하얗고 네모난 집들을 유심히 살피곤 했다. 해 질 녘이 되면 샛노란 불이 켜지는 그 집들은 장난감 세계의 체스 말들 같았다. 그리고 그 안에 사는 사람들은 꼭 인형 같았다. 할머니는 흔들의자나 황금색 못이 박힌 검은 가죽 소파에 앉아 모조 사파이어가 박힌 노르스름한 비단 쌍안경을 들이대고 그들을 내려다보며 놀았다. 아몬드 나무의 검은색 몸통들과 올리브 나무 이파리 사이로 비탈길이 해변 바위까지 이어졌다.

보르하의 배는 _레온티나_라고 불렀다. 바위를 쪼아 만든 계단을 몇 개 내려가면 작은 선착장이 나왔는데, 우리는 둘이서만 그곳에 가곤 했다. _레온티나_를 타고 산타 카탈리나의 작은 강어귀까지 바위 해변을 따라 바다를 달리면 수 킬로미터 반경 내에는 아무것도 없었다. 우리는 그 강 어귀를 배들의 공동묘지라고 불렀다. 포르트 사람들이 그곳에 못쓰게 된 배를 버렸기 때문이다.

그날은 몹시 더웠고 보르하는 내 앞에서 깡충깡충 뛰어갔다. 산타 카탈리나로 가는 제일 좋은 길은 바다를 향해해 가는 것이었다. 육로는 몹시 위험했는데 바위들이 높고 부서져 있어서 칼에 베인 것 같은 상처를 입기 십상이었다. 맨 가장자리 나무 밑동들 사이로 금속판처럼 잔잔한 연초록빛 바다가 반짝이고 있었다.

-다른 애들은?

-픕! 걔들은 안 와.

나는 보르하와 대립하고 있는 기엠 패거리를 생각했었다. 보르하 편에 선 아이들은 할머니 농장 관리인의 아들들, 의사 선생님 아들 후안 안토니오였다. 두 편은 언제나 전쟁 중이었다. 하지만 산타 카탈리나는 오로지 보르하와 나만을 위한 곳이었다. 우리가 *레온티나*에 뛰어오르자 배는 삐걱대며 흔들렸다. 한창때는 녹색과 흰색으로 칠해져 있었지만, 지금은 색을 알아볼 수조차 없었다. 보르하는 노를 쥐고 한쪽 발로 바위를 짚은 다음 힘껏 밀었다. 배는 스르르 해안에서 멀어지며 바다 안으로 들어갔다.

산타 카탈리나의 해변은 아주 작았다. 황금색 조개껍데기들이 띠를 두른 것처럼 해안을 둘러싸고 있어서 배에서 뛰어내릴 때면 발밑에서 바스락거리며 부서졌다. 마치 도자기 조각을 밟아 부수는 느낌이었다. 모래밭은 단단해서 발자국이 거의 남지 않았고 용설란과 녹색 골풀이 자랐다. 이곳에는 뭔가 손쓸 수 없는 것 같은, 재난의 바람이 휘저어 놓고 간 듯한 그런 분위기가 있었다. 바로 그곳에 내장이 터져버린 듯, 다 썩은 갈비뼈를 공중에 드러낸 채 늙어빠진 친구들처럼 영사이 먼호와 마르헬리다호가 나란히 놓여 있었는데 배 옆구리에 쓰인 그 이름은 이제 거의 다 지워져 알아볼 수 없었다. 다른 배들 역시 한창때 뭐라고 불렀는지 알 수 없을 정도였다. 영사이먼호 한가운데에는 키 큰 골풀이 한 줌 자라고 있어서 이상한 초록빛 베일을 덮어쓴 것 같았다. 여전히 도르래에 걸린 전선이 늘어져 있어 만지면 손바닥에 녹이 묻어났다.

보르하는 영사이먼호 안에 라이플총과 철제 보물상자를 보관해 두었다. 보물이란 할머니와 에밀리아 이모에게서 우리가 훔친 돈, 트럼프 카드, 담배, 손전등, 그리고 낡은 검은색 우비로 꽁꽁 싸매 뭔지 알 수 없는 또 다른 꾸러미를 말하는 것이었다. 갑판 승강구 안쪽 깊숙한 곳에는 할아버지 방에서 꺼내온 코냑 병들과 들척지근하고 끈적한 맛이 나서 우리가 별로 좋아하지 않는, 부엌에 묵혀 뒀다 가져온 술병들도 있었다. 거의 모두가 대장장이 아들 기엠이 두 패거리가 휴전하고 있는 동안 보르하를 위해 만들어준 작은 열쇠 덕분에 할아버지의 검은색 옷장에서 하나씩 집어온 것들이었다. 기엠 패거리와 보르하 편 아이들이 타협할 때도 있었다. 그럴 때면 보르하가 지닌 값을 헤아릴 수 없이 귀중한 물건들과—가령 보물상자의 열쇠는 보르하만 가지고 있었는데 메달이 달린 목걸이에 함께 매고 다녔다─단도나 열쇠 같은 기엠의 흉흉한 물건들을 서로 교환하곤 했다. 라이플총을 위한 장비(곰팡이 핀 철 갈고리 두 개)도 있었다. 기름 먹인 천으로 소중하게 감싸둔 라이플총은 연고를 바르고 붕대까지 감아서 마치 이집트 미라 같았다. 총 알은 보르하가 자기 방에 따로 보관했다. 이 모든 것은 다 한군 데서 나온 것이었다. 죽은 할아버지가 사용하시던 방 세 개는 보르하와 내게 너무나 매혹적이었다. 할머니 집 전체가 그랬지만 화려하면서도 수도원 같은 요상한 분위기를 풍기는 데다가 귀중한 물건들, 기름때, 무거운 목재로 만든 엉성한 가구와 섬세한 도자기, 또 국왕이 증조할아버지에게 선물했다는 황금 식기들과 무기, 녹슨 쇠와 거미줄이 뒤섞여 지저분하기 이를 데 없었다. (온갖 검은 얼룩 가득했던, 가장자리가 부서진 욕조는 절대 잊지 못할 것이다. 안토니아는 고개를 돌리고 눈을 감은 채 마치 우리를 불운으로부터 건져내기라도 하듯 몸을 닦고 물기를 털어낼 수건을 건네주었다.) 아무도 드러내놓고 말하는 사람은 없었지만, 잔혹하기 이를 데 없었던 할아버지의 영혼이 그분의 세 칸짜리 방 전체를 떠돌고 있다는 소문이 있었다. 보르하는 문이 잠긴 할아버지 방에 들어가는 방법을 알고 있었다. 회랑의 난간 끝을 타고 올라가서 처마장식을 타고 창문까지 기어간 다음, 해 질 녘이면 지옥을 미리 보여주기라도 하듯 빛을 내뿜는 깨진 창문 유리 구멍을 통해 방의 걸쇠를 여는 것이다. 그러고 나면 보르하는 오랜 시간이 흘러 바싹 말라버린 나비들과 심지어 박쥐의 사체—그렇다, 죽은 박 쥐가 책장 뒤편에서 재가 되어 버렸다—가 있는 축축한 초록 빛 어둠 속으로 휙 잠겨 들어버렸다. 그 수색 작업에서 보르하 는 유대인들의 책을 한 권 발견했는데 그 책에는 마을 외곽의 작은 광장, 참나무 숲 옆에서 어떻게 유대인들을 불태웠는지 가 묘사되어 있었다. 보르하가 나를 겁주려고 배 안에서나 혹 은 비탈길을 향한 발코니 문을 열어둔 공부방의 희미한 조명 아래서 그 이야기를 천천히 음미하며 읽어줄 때면 그 말 한마 디 한마디가 젖은 생쥐처럼 내 등줄기를 타고 흘렀다. (또 어 떤 때는 한밤중에 회랑에서 읽어주기도 했다. 회랑은 모두 잠 든 사이 우리가 맨발로 살금살금 방에서 나와 창문을 타고 넘 어가 만나던 곳이었다.) 우리는 대부분 온종일 둘이 함께 지냈 다. 하지만 밤이 되어서야 비로소 서로의 얼굴도 제대로 보이 지 않는 어둠 속에서 금지된 담배를 함께 피우면서 대낮의 햇 살 아래서는 할 수 없는 고백을 서로에게 털어놓곤 했다. 그리 고 다음 날이 되면 지난 밤 회랑에서의 일은 모두 잊은 듯, 절 대 다시 입에 올리지 않았다.

영사이먼호에는 약탈의 결실인 트럼프 카드와 술병들이 낡 은 우비에 싸여 있었다. (가엾은 라우로 치노. 보르하는 거기, 영사이먼호의 통나무에 달라붙은 썩은내 나는 생선 속에 치 노가 자신의 굴욕적인 잘못을 고백하는 자필로 쓴 증거를 보 관하고 있었다.) 보르하는 자주 그곳에 혼자 가곤 했다. 그곳의 햇살이 좋다고 했다. 그렇게 해서 검게 그을린 피부는 햇살 아래서는 구릿빛으로, 집의 담벼락 아래에서는 황금색으로 보였다. 우리가 성모님의 교회가 명하신 대로 진짜 형제들처럼 서로를 좋아할 수는 없었지만 적어도 늘 함께 다녔다는 것만은—아, 보르하, 보르하!—분명한 사실이다. (지금 와서 생각해보면 너의 그 허세와 오만함, 난폭하고 냉정한 마음에도 불구하고, 가엾은 내 형제인 너야말로 나만큼이나, 또 세상의 모든 아이만큼이나 외로운 짐승이 아니었을까?) 그때 우리는 태양의 붉은 침묵 아래에서, 범죄자들의 얼굴 뒤에서—타론히 형제, 바다 건너 전해져 온 사진들—그리고 산타 카탈리나에 버려진 배들처럼 썩어버리고 무관심하고 자기중심적인 노인들의 얼굴 뒤에서, 감히 우리의 슬픔을 고백할 수 없었다. 그리고 언제나 따라오던 아버지(대령님)의 그림자. 쇠고기처럼 갈고리에 걸려 문설주에 매달려 있는, 내장이 터진 사람들의 끔찍한 사진이 실린 할머니의 신문들—그건 그냥 허구였을까, 아니면 사실이었을까? 아니, 그게 무슨 상관이랴!—과 손 마호르 저 너머 절벽가의 외곽 순환도로에서 들려오는 총소리. 어느 오후, 비탈길 올리브 나무 사이에 숨어서 듣던 공포에 질린 외침.

보르하는 우리에게 카드놀이를 가르쳐 주었다. 보르하의 졸개들인 농장 관리인 아들들도, 의사 선생님 아들 후안 안토니오도, 그리고 나조차도 이전에 한번도 퀸이니 하트니 하는 것을 본 적이 없었다. 그래서 우리는 일주일 용돈, 저축해 둔 돈에 더해 우리 돈이 아닌 남의 돈까지 보르하에게 전부 잃고 말았다. 하지만 놀이는 계속되었다. 고집불통에 성가신 성격인 데다가 코가 랍비처럼 크고 둔하면서도 조심성 많은 기엠조차도 스트레이트 플러쉬[5]를 이해하게 되었다. 보르하의 엄마 에밀리아 이모가 보르하에게 가르쳐준 것은 그게 유일했다.

*

그날 오후 해변은 그야말로 타는 듯했다. 공기 중에, 혹은 우리 안에 빛이 맥박치는 듯 했다. 모래밭에 막 내려서려는데 보르하가 갑자기 멈춰서며 말했다.

　-잠깐.

　우리 발은 아직 물속에 있었다. 보르하의 복숭아뼈 주변으로 모래알들이 주석 가루처럼 반짝였다.

　남자는 잠을 청할 자리를 찾는 개처럼 배의 튀어나온 부분에 바싹 붙어 팔을 벌린 채로 바닥에 엎어져 있었다. 바다로 굴러떨어지다가 *영사이먼호*에 부딪힌 것 같았다. 근처 바위 뒤편에서 갈매기 한 마리가 울부짖기 시작했다. 해풍에 그을린, 바닥이 빠진 배들 사이로 긴 그림자가 비스듬히 드리웠다.

5　　카드놀이에서 같은 종류의 패 다섯 장이 연속으로 나오는 것을 일컫는다.

모래밭에서는 들큼한 김이 새어 나와 피부에 달라붙었다. 연기처럼 부풀어 오른 구름을 뚫고 둥그런 공 모양의 태양이 썩은 상처 부위처럼 시시각각 강렬해졌다. 보르하가 중얼거렸다.

-죽었어….

그때 배 뒤편에서 그림자 하나가 불쑥 나오더니 뒤이어 사내아이가 나타났다. 전에 몇 번 밭에서 본 적 있는 아이였다. 그때도 이미 모르는 얼굴은 아니라고 생각했었고 아마도 비탈길에 집과 밭을 가지고 있는 사 말레네 집안사람일 것이라고 추측했었다. 그 사람들은 바다에 거의 다다른 곳, 할머니 땅 한가운데에서 외딴 섬처럼 담벼락을 둘러치고 살았다. 예전 땅주인에게서 소작료로 받았던, 비탈길 너머의 땅은 이미 몰수당했다고 했다. 소외되고 낙인찍힌 사람들이었다. 마을에 그런 취급을 받는 사람들이 더러 있었지만, 말레네 가족은 그중에서도 가장 심하게 괴롭힘을 당했다. 타론히 형제와 사촌지간이지만 두 집안 사이에 해묵은 증오심이 남아 있었던 때문인 듯했다. 이런 이야기들은 모두 안토니아를 통해 알게 된 것이었다. 지금도 분명히 기억하는 것은 증오심이 거대한 나무의 뿌리처럼 마을의 삶을 유지해주었다는 것이다. 타론히 형제는 올리브 숲에서부터 산등성이, 심지어 광부들이 사는 높은 참나무 숲에 이르기까지 온 사방을 돌아다니며 증오심을 부추겼다. 타론히 형제와 말레네의 남편은 성이 같은 친척 간이었지만, 서로를 그 누구보다 증오했다. 충혈되어 핏발 선 눈동자 같은 태양이 안개를 뚫고 나오듯, 증오심은 고요 한가운데에서 폭발하곤 했다. 그곳 섬에서 태양은 언제나 불길한 그 무엇처럼 보였다. 태양은 광장의 돌멩이들까지 잘 연마해 뼈처럼 매끄럽게 반짝이도록 만들거나, 이상스럽게 사악한 상아 모양으로 만들어버렸다. 바로 그 돌들이 타론히 형제 발밑에서 요란한 소리를 냈다. 뒤에서 불쑥 튀어나온 저 아이, 문득 이름이 생각난 저 아이 마누엘의 아버지 호세 타론히의 친척이라는 타론히 형제 발밑에서 말이다. 어떻게 그랬는지 모르지만 나는 속으로 생각했다. ≪무슨 일이 일어난 게 분명해, 타론히 형제 탓에 일어난 일일 거야.≫ (늘, 언제나 그 사람들이었다. 오래전 불타버린 구시가지의 폐허, 폐허 속 숲에 홀로 남은 나무 옆 유대인 광장, 그 거리 돌바닥 위를 걸어가는 그 사람들, 그 이상스러운 발소리의 울림. 불타버린 담벼락, 어두컴컴하고 신비로운 큰 구멍들. 사람들은 그곳에 문을 달고 사료나 장작을 저장했다.) 유대인 광장에서 우리는 반대편 패거리와 만나곤 했다. 그 애를 보면서 나는 기엠 패거리들을 떠올렸다. 기엠과 아브레스 가의 토니, 손 루흐의 안토니오, 그리고 라몬과 세바스티안. 그중 기엠이 열여섯으로 제일 나이가 많았다. 그 다음 토니가 열다섯, 안토니오도 열다섯, 제일 못돼먹은 라몬은 열셋, 그리고 절름발이 세바스티안이 열네 살팔 개월이었다(언제나 자기가 열다섯 살이라고 했다). 하지만 저 아이, 마누엘은 그중 그 누구도 아니었다. (다시 그 애가 기억났다. 낯익은 얼굴, 비탈길, 거기 밭에 몸을 숙이고 있던 뒷모습. 바닷바람에 빛바랜 밭의 나무 목책은 활짝 열려 있었고, 작고 습한 모래투성이 땅뙈기 위, 꽃과 채소가 심어진 돌무더기 바닥으로 얼굴을 돌리고 있던 아이. 그 고요 속에서 함성을 지르는 것처럼, 태양의 떨림처럼, 땅이 화들짝 놀라기라도 한 것처럼, 갑자기 생생하게 살아난 꽃들. 용설란 사이에는 우물이 하나 있었는데 회색빛 태양이 녹슨 쇠사슬을 핥고 있었다. 담벼락 안으로 식구들이 먹는 채소의 파릇한 잎사귀들이 덤불처럼 자라나 초록이 무성했다. 나는 당황해 혼잣말로, 그건 땅속 깊숙이 숨겨진 분노를 먹는 거랑 똑같은 거잖아 라고 중얼거렸다. 땅쪽으로 몸을 숙이고 있던 그 애는 어느 편도 아니었다. 몇 안 되는 나무에서 아몬드나 올리브 따는 걸 누구도 도와주지 않았다. 타론히 형제가 그 애의 아버지를 끌고 가 버렸고, 열매를 따는 일은 엄마 말레네와 마누엘 그리고 어린 두 동생 마리아와 바르톨로메의 몫이었다. 집은 너무 작고 사각형 모양에 기와를 얹지 않아 그냥 하얀색 상자 같았다. 입구의 석회 바른 기둥들 뒤 현관문에는 파란색 줄무늬 커튼이 바람에 부풀어 올랐다. 개를 한 마리 길렀는데 그 개는 타론히 형제가 새벽녘 아버지 호세를 끌고 간 다음부터는 달을 향해, 바다를 향해, 모든 것을 향해 이빨을 드러내며 짖어댔다. 그 집은 할머니 땅 한가운데에 자리잡은 외딴 섬 같았다. 자기네 집,

비탈길

자기네 우물, 자기네가 먹을 채소, 보라색, 노란색, 검은색 꽃들 위로 모기와 벌들이 앵앵거리는 자기들만의 섬. 그 위로 내리쬐는 햇살은 벌꿀 빛깔이었다. 나는 맨발로 바닥을 향해 몸을 숙이고 있는 마누엘을 보았다. 하지만 마누엘은 농부가 아니었다. 그의 아버지 호세는 손 마호르 주인의 농장 관리인이었는데 나중에 말레네와 결혼했다. 사 말레네는 마을에서 평판이 좋지 않았다—안토니아가 해준 이야기이다—고 한다. 그런데 손 마호르의 주인이 그들에게 집과 땅을 물려준 것이다.) 그리고 다시 어떻게, 어째서 그랬는지 알 수 없지만, 번개처럼 떠오른 것이 있었다. ≪호세 타론히는 목록을 가지고 있었대요≫라고 안토니아가 할머니께 말씀드렸었다. 황금빛 나비 두 마리가 크리스털 전등으로 탐욕스럽게 날아들었다가 부르르 떨며 죽어 한 줌 재로 바닥에 떨어지는 동안, 할머니는 안토니아 말을 유심히 듣고 있었다. 라우로가 자세한 설명을 덧붙였다. ≪그자들이 벌써 말을 다 맞춰놓았답니다. 손 마호르를 자기들끼리 나누기로요. 그자가 그걸 아주 잘 배분했대요. 누가 일층에 살 건지, 누가 위층에 살 건지…. 그리고 부인의 집도 말입니다, 프라세데스 부인….≫ 그 목소리는 ≪엑스트레마두라의 한 마을에서는 짚더미에 숨어 있던 신학생 둘에게 휘발유를 뿌리고 산채로 태워버렸답니다. 산 채로 태웠대요. 정말 나쁜 놈들, 그자들이 점잖은 사람들을 모두 죽이고 있어요. 온 나라가 순교자로 가득 차게 될 겁니다.≫라고 말하던 바로 그

때의 목소리와 똑같았다. (치노와 순교자들, 순교당한 형제들의 모습이 새겨진 성모마리아 교회의 유리창. 그 뒤로 사납고 사악한 태양이 루비처럼 새빨간 빛, 에메랄드 같은 푸른빛 그리고 황금의 뜨거운 노란빛을 눈부시게 뿜어냈다. 치노는 마치 몽상에 빠진 것처럼 말을 이어갔다. ≪제단이 피로 뒤덮일 겁니다. 그리고 교회 유리는 수많은, 수없이 많은 우리 형제들의 얼굴로 채워질 거고요….≫)

마누엘의 아버지를 끌고 간 사람들은 타론히 형제였다. 절대 말을 타는 법이 없는데도 발목 높은 기수 장화를 신는 사람들. 마누엘은 살고 있던 수도원을 떠나와 지금 여기, 밭에서 아무도 도와주지 않는 밭일을 혼자 해내고 있었다. 나는 다시 치노의 목소리를 떠올렸다. ≪예전에 다윗의 문을 지나는 문둥병자들이 작은 종을 울리고 다니면, 정결한 사람들은 그 소리를 듣고 그들을 피했대요. 병들어 더러운 사상을 가진 자들에게 우리도 그렇게 해야 합니다….≫ 배 뒤에서 불쑥 튀어나온 아이는 마누엘이었다. 틀림 없었다. 바닷바람에 다 썩어버린 문 저편으로 보이는 저 등은, 땅바닥으로 몸을 숙이고 있던 바로 그 등이 맞았다. 까무잡잡한 목덜미, 보르하처럼 부드러운 황금빛이 아니라 땀 위로 번들거리는 태양의 조잡한 빛깔, 그 애가 맞다. 태양은 그 애의 불타는 듯한 머리칼 위에도 있었다. 불타올라 구릿빛으로 바스러진 머리칼. 그때 보르하가 말했다. ≪그자들처럼 빨간 머리군. 빨간 머리, 역겨운 유

43
비탈길

대인 새끼들.≫

3

그 애가 울고 있었는지는 알 수 없었다. 얼굴이 온통 땀으로 뒤범벅이었기 때문이다. 그 애가 말했다.

  -배를 빌려줘.

그 애의 목소리에는 그때 그 꽃들의 분노가 메아리칠 것이라고 생각했는데, 실제로는 아무런 뉘앙스도 섞이지 않은 불분명한 목소리였다. 그때까지 나는 한 번도 그 애를 정면으로 본 적이 없었나 보다. 얼굴은 목덜미만큼 새카맣지는 않았다. 얼굴 생김새는 잘 기억나지 않는다. 오로지 검게 빛나던 두 눈, 그 안에 도드라지던 새파란 눈동자만 기억할 뿐이다. 나이에 비해 키도 몸집도 컸다. 겉모습만 봐도 보르하에게 배를 빌려달라고 부탁할 필요가 없어 보였다. 몇 걸음 앞으로 나와 보르하를 한 번 밀치는 것으로 충분할 것 같았다. 보르하의 맨다리, 긴 발가락에 오른쪽 엄지발톱이 부러진 발, 모래가 달라붙은 아직 젖어 있는 다리는 마누엘의 단단한 몸집 앞에서 거의 힘을 쓰지 못할 것처럼 보였다. 그때 마누엘은 더 이상 사내아이가 아니었다. 아니, 확실한 것은 (갈매기 한 마리가 눈치 없이 불협화음을 내며 끼룩끼룩 울어대는 산타 카탈리나의 해안가에서 배를 빌려달라고 청한 그 순간) 그 애의 어린 시절이, 그 애의 청춘이, 그 애의 삶까지도 아주 멀리 떨어져 있는 것처럼 보였다. 분명 그 애는 아직 열여섯이 채 되지 않았는데도 말이다.

남자의 몸은 여전히 영사이면호의 용골에 조개처럼 찰싹 달라붙어 있었다. 그때 우리가 두려움을 느꼈는지는 잘 기억나지 않는다. 어쩌면 바로 지금 그 애의 말투를 돌이켜볼 때 두려움이 엄습해오는 것일지도 모르겠다. 나는 지금도 모래밭에 솟아난 보드라운 골풀과 잔인할 정도로 푸르렀던 용설란을 눈앞에 보는 듯하다. 그중 하나는 찢어져 가장자리가 흉터처럼 말라비틀어져 있었다.

처음엔 뺨에 빛나는 것이 눈물인 줄 알았다. 하지만 얼굴은 땀으로 뒤범벅이었고 그래서 구분이 어려웠다. 나는 생각했다. ≪여기 어떻게 온 거지? 배도 없이?≫ 바위 절벽을 타고 내려온 게 분명했다. 땅바닥과 하늘이 동시에 뿜어내는 들큼한 열기에도 불구하고 나는 몸이 오싹해지는 걸 느꼈다. ≪남자를 벼랑으로 던진 거야. 바위 절벽 아래로 밀어버린 거야.≫ 뭔가 반짝이기 시작했다. 어쩌면 땅인지도 몰랐다. 모든 게 엄청난 광채에 휩싸였다. 나는 머리를 들어 마침내 태양이 구름 사이를 비집고 나오는 것을 보았다. 모래와 물에 대항한 그 성난 붉은 힘이 느껴졌다. 갈매기는 이제 잠잠해졌고 그 거대한 침묵 속에서 (갑자기 소리 없는 천둥 번개가 우리 위에 떨어진 것 같았다) 나는 혼자 중얼거렸다. ≪이 남자는 죽었어. 사람

들이 죽인 거야. 이 남자는 죽었어.≫

　(타론히 형제, 라우로 치노, 안토니아⋯. 그리고 또 요리사 로렌사와 로렌사의 남편 에스 톤. 며칠 전 이런 말을 들었던 것 같았다. ≪그 다섯을 우리에 몰아넣고는 타론히 형제 둘이랑 그 패거리가 담벼락에 올라가 다섯에게 총을 겨눴어. 그자들은 잠자코 있었고.≫ 남편이 하는 말을 듣던 로렌사 얼굴에 흘러내린 것은 확실히 땀이 아니라 눈물이었다. 보르하가 나를 기다리고 있는 곳으로 밧줄을 찾아 가져가려고 내가 거기 들어왔다는 걸 그들은 몰랐다. 나는 마당을 통해 주방 뒤로 들어갔기 때문이다. 자기네들 언어로 이야기를 나누고 있었지만, 나는 그 말을 알아들었다. 나는 지붕으로 가는 짧은 계단을 올랐다. 비누를 만드는 재의 향내, 반대편에 쌓아둔 아몬드 냄새가 코를 찔렀다. 흙투성이에 회색 먼지가 쌓여 안이 들여다보이지 않는 깨진 유리를 손가락으로 문질렀다. 깨진 구멍 사이로 두 손에 칼을 든 로렌사가 보였다. 오로지 그 칼만이 광채를 내뿜고 있었다. 아래를 내려다보는 그 두 눈에서 반짝이는 눈물방울이 바닥으로 떨어졌다. 로렌사의 남편 에스 톤의 목소리를 들으며 나는 숨을 멈췄다. 바닥에 깔린 벽돌들 위를 왔다갔다하는 그의 그림자만 보였을 뿐이다. 그의 속삭이는 목소리가 들려왔다. ≪그리고 농장 관리인 사모님이 그랬어. 그

자가 매일 〈리버럴〉[6]을 읽었다면서요? 교회에는 발도 들여놓지 않고요? 그래서 타론히가 개머리판으로 내려친 거야. 그러는 사이 다른 치들이 문을 밀치려고 했지. 그자들은 완전히 짐승이야. 그래, 짐승과 매한가지야. 광부 셋은 등 뒤로 손을 묶었는데, 눈을 치켜뜨니까 정말 겁나더라고. 그러자 타론히 큰형이 열어! 했어. 그러고는 밖으로 끌어냈지. 리에라네 집 막내가 차에 탔어. 알지? 그 시청의 까만색 차. 그러고는 차가 출발했어. 타론히 큰형이 나를 흘끔 보더니 그러는 거야. *넌 집에 가는 게 좋겠어, 톤. 이런 건 안보는 게 좋아.* 어쨌거나 부인이 날 보호해줄 거라는 걸 아는 거야. 부인이 날 보호해줄 거라고 생각해? 그자들은 부인 말은 듣잖아, 안 그래?≫ 말하는 투로 봐서 '부인'이란 우리 할머니를 말하는 것임을 나는 알아들었다. 그리고 에스 톤을 타론히 형제로부터 혹은 다른 누군가로부터 보호해줄 사람이 바로 할머니라는 것을. 하지만 나는 혼자 생각했다. 할머니는 어떤 누구도 별로 중요하게 생각하지 않는다고. 그때 로렌사가 나를 봤다. 계단이 삐걱거렸기 때문이다. 로렌사는 흠칫 놀라며 말했다. ≪맙소사, 거기서 뭐 하는 거예요? 네? 뭐해요?≫ 나를 쳐다보는 눈길이 아주 이상했다. 입술에는 핏기가 사라졌고, 평소 할머니 앞이 아니면 내게 반말을 쓰던 로렌사가 존댓말을 했다. 반쪽이 된 얼굴에 어느

---

6   1901년 창간되어 1936년 스페인 내전 초반까지 간행된 공화파 쪽 일간지.

덧 눈물이 말라 있었다. 이전에 울고 있었다는 게 이상할 정도였다. 에스 톤은 즉각 사라져 버렸다. 도망치듯 정원을 향하는 그의 발걸음 소리가 들렸다. 계단을 내려온 나는 입맛 쓴 씨앗을 하나 삼켰음을 알게 되었다.)

사실이었다. 저기 굴러떨어져 *영사이면호*에 달라붙어 있는 사람은 죽었다.

ㅡ저 남자가 누군데?

꽉 잠긴 목소리로 보르하가 물었다. 그러자 마누엘이 대답했다.

ㅡ우리 아버지.

나는 등을 돌렸다. 놀란 것이다. 많은 걸 보았고 또 신문에 실린 사진을 곁눈질로 보기도 했지만 이건 실제 상황이었다. 여기 절벽에서 바다로 내던져져 죽은 사람이 있다.

ㅡ사람들한테 끌려갈 때 도망치려다가⋯.

거짓말 같았다. 아주 이상한 악몽 같았다. 하지만 지금 이야기하는 사람은 그의 아들 마누엘이다. 여기 우리 앞에 저 아이는 긴 그림자를 땅에 드리운 채 비스듬히 비현실적으로 서 있다. 굳건히 바닥을 짚고 선 다리가 떨리는 것이 보였다. 하지만 천천히 신중하게 말하는 목소리에는 활기가 있었다. 뺨에 흘러내리는 것은 오로지 땀, 그래, 땀방울이었다. 콧대에서 입술까지 흘러내리는 저 반짝이는 물방울 역시 땀이었다. 눈물은 단 한 방울도 없다. 아이는 호세의 몸이 굴러떨어진 흔적이 아직 남아 있는 모래밭을 가리키며 창백한 입술로 말했다.

-배를 좀 쓰게 해줘. 아버지를 집으로 데려가야겠어.

보르하는 바위 쪽으로 물러섰다. 갈매기가 다시 울기 시작했다. 우리는 무화과나무 뒤편에 서로의 무릎이 닿을 만큼 가까이 붙어 앉았다. 몹시 창백해진 보르하는 양팔로 무릎을 감싸고 고개를 숙인 채 용설란의 넓적한 이파리 사이로 그 애를 보고 있었다. 나는 보르하를 따라했다. 내가 보르하의 손을 더듬어 찾았다. 보르하는 잠시 내 손을 아주 꽉 잡아주었다. 아몬드 모양의 두 눈에 태양이 일렁였다. 그 눈은 당혹스러워하고 있었다. 보르하가 말했다.

-쓰게 해줘도 나쁠 건 없을 거 같아….

마누엘은 고개를 들고 남자를 향해 갔다. 모래밭이 부분부분 검붉은 피로 얼룩져 있었다.

-언제부터 여기 이러고 있었던 걸까?

보르하가 낮은 목소리로 말했다.

마누엘은 사내를 바다 가장자리로 끌고 갔다. 그 사내는 양말도 신지 않아서 바짓단 아래 복숭아뼈 맨살이 드러나 보였다. 일요일 미사 옷차림처럼 구두는 아주 새것이었다. 보르하가 무화과 나뭇가지 사이로 그 애를 바라보며 말했다.

-맞아. 그래, 맞아, 호세, 쟤 아버지야. 빌어먹을, 그래서 내 배를 가져간다고…!

그리고는 덧붙였다.

–야, 너, 아무에게도 말하면 안 돼.

나는 고개를 가로저었다. 그 순간 마누엘은 멈춰선 불꽃 같은 태양빛을 받아 반짝이는 조개껍질들 위를 지나가고 있었다. 남자의 몸에 붙어 함께 끌려가던 조개껍질들이 늘어진 시체의 무게 탓에 숨죽인 듯 짤랑거리는 소리를 내며 바닥에 박혔다. 갑자기 보르하가 외쳤다.

–서둘러! 우리 할머니가 아시면 어쩌려고 그래!

마누엘은 대답하지 않았다. 가시투성이 푸른 용설란 이파리들 사이로 그 애의 다리가 떨리는 게 보였다. 셔츠 옆구리가 피로 얼룩졌다. 시체를 어깨에 메려다가 무게를 견디지 못했던 것 같았다. 결국 시신을 자루 끌 듯이 끌고 갔다. 달리 방도가 없었다.

마침내 물 첨벙거리는 소리, 시체가 배 바닥에 떨어지는 소리가 연이어 들렸다. 헝겊으로 입을 막은 것 같은 희미한 소리였다. 그래도 배에 떨어진 것이 죽은 자의 시체라는 걸 알 수 있었다. 나는 일어서서 무화과나무 위로 바다를 바라보았다. 마누엘은 노를 저으며 배를 바위 절벽으로부터 바다로 끌어갔다. 그러고는 잠시 *레온티나*가 부드럽게 바다로 나아가는 동안 무기처럼 노를 들어 우리를 겨냥한 채로 뱃머리에 머물러 있었다. 물가에 잔물결이 일면서, 무슨 놀이라도 하듯 새하얀 거품이 우리를 향해 부드러운 굴곡을 그리며 다가왔다.

바람이 불기 시작했다. 마누엘은 그 자리에 앉아 한쪽 노를 왼쪽으로 돌려 비탈길 쪽으로 향했다. 보르하가 말했다.

　ー우리도 가자.

　ー손 놔, 아파….

하지만 보르하는 내 손을 놓지 않았다. 이젠 마누엘도, 그 누구도, *레온티나*도 없었다. 단지 우리 둘, 그리고 갑자기 우리 얼굴로 모래 물결을 일으켜 입속에 모래가 씹히도록 만든 바람만이 함께 있었을 뿐. 모든 게 다 꿈같았다. 라우로 치노 방에 가득한 잡동사니들 같았다. 도저히 믿을 수가 없었다.

방금 일어난 일이 거짓말이 아니라는 증거를 바라기라도 하는 듯 우리는 동시에 *영사이먼호*로 다가갔다. 보르하는 몸을 웅크린 채 세월을 따라 주름지고 그을린 회색빛 목재를 손가락으로 훑었다. 거무죽죽한 얼룩과 총알 자국 구멍 두 개가 보였다. 그 구멍 사이로 한 손가락을 넣고 옆에 난 구멍에 또 다른 손가락을 넣었다. 보르하의 이런 모습을 보면서 진짜인지 보려고 예수님 옆구리 창 자국에 손가락을 넣었다던 도마에 관한 얘기가 떠올랐다. 그날 오후는 모든 게 정말로 비현실적으로 느껴졌다. 나도 웅크리고 앉아 보르하의 어깨에 손을 얹었다. 보르하가 말했다.

　ー그래, 배는 돌려줄 거 같아.

　ー기다릴 거야?

　ー그래야지, 아니면 어쩌게? 할머니가 아시면 절대 안 돼. 그리고 저 위로는 올라가지 않을 거야!

나는 위를 올려다보았다. 바위 절벽이 검게 보일 만큼 어두워졌고 용설란 이파리들은 긴 칼처럼 무자비해 보였다. 더 위쪽에는 하늘을 향해 뻗어 있는 거무죽죽한 나무들이 무성했다.

-저 바위들을 뛰어넘어서 가면 되잖아.

-아니.

보르하가 고집을 부렸다.

-배를 가져올 거야. 내가 그러라고 말했어. 감히 내 말을 거역하지는 못할 거야.

갈매기가 우리 머리 위로 날아갔다. 우리는 멍청하게도 소스라치게 놀랐다. 보르하는 다리에서 모래를 털어냈다. 우리는 영사이먼호에 올라가 누웠다. 맑은 하늘에 태양이 붉게 물들었다. 모기랑 수천 가지 곤충들이 앵앵거리는 소리가 들렸다. 바닷소리가 묵직하고도 단조로웠다.

-최악인 건 얼룩이야.

보르하가 말했다.

-지워질 거야. 게다가 할머니도 너희 엄마도 여기는 안 오잖아. *레온티나*를 기억도 못 할걸.

잠시 입을 다물고 있던 보르하가 말했다.

-그 때문이 아니라…. 근데, 알아? 절대 아무도 알아선 안돼. 애들도, 그 누구도. 그 사람들은 도와주면 안된단 말이야. 아무도 그러지 않아. 오래전부터 그 사람들은 추수도 자기들

끼리만 해…. 다들 그 사람들을 도와주는 걸 무서워해, 말레네랑 그 집 식구들이랑은…. 그래, 다 아는 사실이야. 다들 좋게 보지 않아.

잠시 말을 멈췄던 보르하가 다시 멀리 어딘가를 바라보며 말했다.

-가끔 자기 밭을 파는 걸 본 적이 있어.

-나도.

내가 말했다. 이름을 직접 말하지는 않지만, 우리 둘은 마누엘 생각만 하고 있었다. 내 머릿속에서는 그 모습이 지워지기는커녕 더욱 또렷이 떠올랐다. 하지만 그날 이전에는 한 번도 대수롭게 여긴 적이 없었다. ≪저 옆집에 저 애, 누구야?≫하고 애들에게 묻지도 않았다.

-근데, 누구야? 왜 그런 거야?

-그게… (보르하가 손으로 아무 의미 없는 몸짓을 했다.) 나쁜 놈들이야, 그 집 식구들. 마누엘의 죽은 아버지 호세는 손 마호르 주인의 농장 관리인이었는데…. 그 주인이 자기 애인이랑 결혼시켰대. 너도 알지? 마누엘 엄마, 사 말레네… 손 마호르의 주인이 그 가족에게 집도 주고, 올리브 나무랑 밭도 주고, 전부 다 그 사람한테서 받은 거라고!

-호르헤?

내가 이렇게 물은 것은 다분히 악의적이었다. 나는 그 이름을 부르는 것이 보르하의 약점을 건드리는 일이라는 걸 잘 알고 있었다. 내 사촌 보르하는 손 마호르의 주인 호르헤를 멀리서 바라보며 흠모하고 있었다. 그 사람을 흉내내고, 언젠가는 그 사람처럼 되기를 소원하면서. 훗날 사람들이 자기에 대해 말할 때 호르헤에 대해 하는 것처럼 그렇게 대해주기를 바랐다. 호르헤는 우리 일가친척이었지만 비밀에 가려져 있었다. 마을의 가장자리 절벽 한 모퉁이 외딴곳에서 그는 사나모라는 이름의 늙은 외국인 하인과 함께 살면서 아무도 만나지 않았다. 안토니아와 에스 톤에게 들은 바에 따르면 손 마호르의 주인 호르헤는 아주 이상한 사람이라고 했다. 할머니 말로는 이 섬에서 저 섬으로 온 세상을 여행하며 어처구니없이 재산을 탕진해버린 모험가였다. 하지만 보르하의 눈에 호르헤는 그야말로 환상적인 존재였다. 할머니와 호르헤는 오래전부터 사이가 소원해진 상태였다. 보르하가 내 물음에 대답했다.

—그래, 맞아.

—호세 타론히가 호르헤에게 무슨 짓을 했는데?

—말했잖아, 태생부터 나쁜 놈이라고, 나쁜 놈이야. 농장 관리인이었는데 자기가 무슨 대단한 놈인 줄 알고서는, 최근엔 직업도 없었어. 호르헤가 자기한테 해준 게 있는데, 배은망덕한 놈이라고. 그는 호르헤를 미워했어. 진심으로 미워한 거야. 그런 데다가 치노 말로는 목록을 가지고 있었다는 거야. 손 마호르 것을 모두에게 나눠주는 목록! 그리고 이제 봤지? 어디로 데려가려니까 도망치려고 한 거…. 죽여 마땅했어.

갑자기 그 말이 이상하리만치 도드라지게 들렸다. 보르하 자신도 그것을 눈치챘음이 틀림없었다. 말하다 말고 중간에 말을 뚝 끊었으니까. 그의 침묵이 고스란히 우리 위로 내려앉는 것이 느껴졌다. 햇살이 가득 내리쬐고 그 침묵 안에서 잠시-마치 눈을 감고 나서도 한동안 사물의 주변을 감싸는 빛이 잔상으로 남아 우리 눈꺼풀 안에서 엷은 색으로 그대로 남아 있듯이-그의 목소리가 들려왔다. *죽여 마땅했어, 죽여 마땅했어.* 온 하늘이 반투명 유리처럼 반짝이면서 눈 속으로 들어와 우리 몸 위로 엄청난 열기를 드리운 것 같았다. 난 이상하리만치 위가 텅 빈 것 같았다. 내 몸이 그렇다기보다는, 어쩌면 일생 처음으로 죽은 사람을 보았기 때문인지도 몰랐다. 내가 섬에 처음 도착했던 그날 밤이 떠올랐다. 그 철제 침대와 내 등 뒤의 벽에 비치던 침대 그림자도.

-나 아무래도 일사병에 걸린 거 같아.

나는 배 위에 앉았다. 보르하는 여전히 누운 채 입을 다물고 꼼짝하지 않았다. 광채는 여전히 나와 같이 있었다. 내 안으로 너무나 깊숙이 들어온 모든 것, 나 자신과 죽은 배들, 모래밭, 무화과나무들까지도 거대하고 고통스러운 빛의 한가운데 가라앉은 듯했다. 바닷소리가 들렸다. 파도는 활활 타올라 나를 갈증나게 했다. 우리는 한동안 그러고 있었다.

나는 바닥으로 펄쩍 뛰어내려 황금빛 조개껍질들 쪽으로 향했다. 그러자 보르하가 나를 불렀다.

-돌아와, 바보짓 하지 말고! 저 위로 지나가는 사람이 널 볼 수도 있어. 아무도 모르는 게 낫다고….

나는 다시 돌아갔다. 보르하는 엎드려 갑판 승강구에 손을 집어넣었다. 아무 일도 일어나지 않았던 것처럼 하고 싶은 것 같았다. 적어도 다 잊고 싶은 것 같았다.

보르하는 카드를 꺼냈다. 우리는 늘 그렇듯 책상다리를 하고 앉았다. 손전등을 켜서 케이블에 걸었다. 아직 밤이 온 것은 아니었다. 내가 두 판을 이기고 나자, 주위가 어두워졌다. 이 판에서 이겼어도 여전히 보르하에게 빚진 상태였다. 절대 그 빚을 다 갚지 못하리라! 보르하가 술병을 꺼냈지만 우리는 마시고 싶은 생각이 없었다. 억지로 한 모금씩 마시고 다시 술병을 숨겼다. 끈적하고 달콤한 술은 질색이었다. 이제 아무것도 보이지 않았다. 반짝이는 혀처럼 생긴 노란 손전등 주변으로 곤충 떼가 서로 밀치며 맹렬하게 달려들었다. 모기가 물어뜯는 통에 손바닥으로 팔이나 다리를 내려치는 소리만 간간이 들렸다. 느닷없이 내가 말을 꺼냈다.

-언제부터 그런 거야?

-누가?

-그 사람들…. 언제부터 그런 식으로 생각한 거야?

-내가 어떻게 알아. 그 사람들은 원한에 가득 차 있어. 치노가 그러는데…. 시기심이었을 거래. 우리는 품위 있게 사니까, 원한이랑 시기심에 속이 썩어들어간 거지. 할 수만 있다면

우리 모두를 목매달고 싶었을 걸.

그건 언제나 나를 괴롭히던 주제였다. 내 아버지도 역시 그쪽 편, 그 사람들과 같은 생각인 걸로 보였으니까. 보르하는 때때로 내 아버지와 아버지의 사상을 들먹이면서 나를 괴롭혔었다. 하지만 그때만큼은 보르하도 내 아버지 일을 잊은 듯했다

—얼마나 나쁜 놈들인 줄 알아? 호르헤가 자기들에게 얼마나 잘해줬는데.

나는 보르하가 그자들에 대해 말할 때 오로지 호세 타론히와 그 가족만을 생각하고 있다는 걸 알 수 있었다.

—마누엘을 수도원에 보내줬어. 거기 살면서 공부하는 비용도 호르헤가 다 대줬어. 어떻게 얼굴을 들고 집 밖을 나올 수 있는지 모르겠어. 그자들 때문에 우리 아버지도 목숨이 위태롭잖아. 그자들과 싸우느라 전쟁터에서…. 그리고 난 여기 이렇게 외롭게 있고.

마지막 말은 아주 빨리, 아주 낮은 목소리로 말했다. 보르하의 입에서 그런 말을 들은 건 처음이었다. *이렇게 외롭게 있고.* 이상했다. 물론 손전등 때문에 우리는 서로의 얼굴을 볼 수 없었고 고작 손만 보였을 뿐이었다. 또 간혹 어스름 녘이나 완전한 어둠 속에서는—중간에 그만둔 게임을 계속하거나, 혹은 이야기를 나누려고 파자마 바람으로 회랑에 넘어 들던 밤에는—보르하의 허세 가득한 잘난 척하는 모습이 다소 누그러지기도 했었다. 나는 그 말이 맞다고 생각했다. 보르하는 너무

외로웠다. 나도 그랬다. 그 외로움 때문이 아니었더라면, 우리는 결코 친구가 될 수 없었을 것이다. 하지만 가끔 못된 마음이 들어서, 누에스트라 세뇨라 델 로스 앙헬레스 기숙학교를 다닐 때처럼, 뭔가가 내 속을 할퀸 것처럼 심한 말을 내뱉곤 했다. 그날도 난 보르하를 괴롭히고 싶은 마음이 들었다.

-불평하지 마. 넌 치노가 있잖아.

보르하는 내 말에 대답은 하지 않고 담배를 꺼냈다. 어둠 속에서 성냥불이 밝게 빛났다.

-나도 하나 줘.

내키지는 않았지만 부탁해 보았다. 보르하는 늘 내 청을 거절했었기 때문이다.

그런데 이번에는 아무 말 없이 담배를 건네주었다. 에스 마리네 카페에서 산, 쓰고 독한 담배였다.

-다른 걸로 줘.

놀랍게도 보르하는 상자 속을 뒤지더니 에밀리아 이모가 피우는 그 귀한 무라티 한 개비를 내게 건네주었다. 우리는 아무 말 없이 담배를 피웠다. 마침내 보르하가 말했다.

-잘못한 일이라고 생각해?

-뭐가?

-걔한테 배 빌려준 거.

나는 잠깐 생각했다.

-할머니는 싫어하시겠지. 라우로도.

-쳇, 라우로!

-언제나 그자들을 증오한다고 그러잖아. 그자들이 저지른 범죄 얘기를 꺼내면서.

-말은 그렇게 하지만, 그런 것 같지 않아. 그거 알아? 라우로도 그자들이랑 똑같아. 하나도 다른 거 없어. 시기심에 가득 차 있어. 나는… 그래, 나는 그자들을 증오해. 난 정말로 증오해.

나는 보르하의 목소리가 뭔가 두려워하는 듯 가볍게 떨리고 있음을 눈치챘다. 보르하는 배 가장자리에 담배를 비벼 불을 껐다.

-가자. 돌아오지 않을 거야…. 너무 늦었어.

-좀 더 기다리면 안 돼? 지금은 저 위로 올라가기 더 안 좋은 때야.

-바닷가 바위를 따라가자…. 돼지 같은 자식! 어서 와! 서둘러. 지금쯤 라우로가 겁에 질려서 할머니 눈에 띄지 않으려고 숨어다니고 있을 거야.

이 말을 하는 보르하의 웃음소리는 거의 고함에 가까웠다. 그리고는 혼잣말처럼 덧붙였다.

-이 유대인 자식, 값을 톡톡히 치르게 해주겠어!

낡은 우비 속에 모든 걸 다 잘 챙긴 다음 상자 열쇠를 메달 목걸이에 잘 매달았다. (우리는 둘이 똑같이 생긴 둥근 황금 메달을 가지고 있었다. 생년월일이 적힌 이 메달은 할머니 선물이었는데, 보르하의 것에는 성모마리아, 내 것에는 예수의 형상이 새겨져 있었다. 우리는 잠잘 때조차도 그 메달을 끄르지 않았다. ≪내 것과 똑같네. 안에 그려진 성인만 다르고….≫ 우리가 처음 만난 날 보르하가 말했었다. 그날 우리는 서로의 메달을 살펴보았다. 내 메달이 보르하의 손에, 보르하의 메달은 내 손에 있었다. 아주 잠깐이었지만 그 순간만큼은 우리가 진짜 남매간인 것처럼 느껴졌었다.)

보르하는 바닥에서 막대기 하나를 집어 들어 골풀을 힘껏 내리쳤다. 가혹하게 몰아치는 성난 바다, 절벽에 부딪히는 파도 소리. 보르하는 내가 바위 기어오르는 것을 도와주었다. 다리와 팔에 온통 긁힌 상처가 났다. 하지만 보르하에게는 어떤 불평도 소용없었다. 내가 넌지시 말했다.

-이리로 가는 게 더 멀 텐데….

-그럼 가고 싶은 쪽으로 가든지.

보르하가 심통 사납게 말했다.

하지만 보르하는 내가 자기를 따라갈 수밖에 없다는 걸 알고 있었다. 어째서 보르하가 우리 모두를 좌지우지하는지 알 수 없었다. 기엠 패거리까지도 보르하가 휴전을 요청하면 언제나 받아들였다. 큰 별들이 가득한 하늘에 엷은 보랏빛이 감돌았다, 바다로부터 녹색 광채가 천천히 올라왔다. 때때로 보르하는 내게 손을 내밀었다. 그러다가 젖은 바위 위에서 보르하가 미끄러졌다. 그가 욕설을 내뱉는 소리가 들렸다.

-네가 그런 말 하는 거, 할머니가 아시면…. 물론 상상도 못 하시겠지.

내가 말했다.

-할머니는 아무것도 상상 못해.

보르하가 의미심장하게 대답했다.

보르하가 갑자기 멈춰서 내 쪽으로 몸을 돌렸다. 손전등으로 내 얼굴을 비추면서 날 화나게 하려고 할 때 늘 그러듯, 계집애 같이 웃으며 말했다.

-그래, 나도 한 가지 생각났는데, 넌 어떨 거 같아? 고작 열네 살에 골초인 데다가 술도 마시고, 맨날 사내아이들하고 어울려 다니고! 할머니가 그것도 모르시잖아, 안 그래?

난 될 수 있는 대로 보르하처럼 웃으려고 애쓰며 말했다.

-그래, 그렇지.

보르하를 깜짝 놀라게 할만한 뭔가를 찾다가 갑자기 한 가지 머릿속에 떠오르는 게 있었다.

-우리 아버지도 *너희 편* 때문에 목숨이 위태로워.

보르하는 당혹한 듯 손전등을 들었던 손을 내렸다. 전등의 현란한 불빛 뒤로 후광에 휩싸인 보르하의 검은 실루엣이 보였다.

-아, 그래? 그러니까 너도 그자들 편이다?

나는 대답하지 않았다. 한 번도 생각해본 적 없는 질문이었다. 솔직히 나도 내가 한 말에 깜짝 놀랐다. 당시엔 내가 홀로 생각하고 행동하지 못하도록 막는 무언가가 있었다. 보르하의 말을 따라하고 할머니에게 반항하는 것. 그게 내 유일한 관심사였다. 그리고 내 오래된 혼란스러운 질문에는 아무도 만족할 만한 답을 주지 않았다. 알 수 없는 이유로 다시 철제 침대의 그림자, 줄지어 벽을 오르던 개미에 대한 기억이 돌아왔다. 나를 둘러싼 모든 것에는 뭔가 감옥 같은, 깊은 슬픔이 있었다. 그리고 그 모든 것은 섬에서 처음 보낸 그날 밤 그 느낌, 누군가 내게 몹쓸 짓을 하는 거라는, 그게 언제까지인지는 알 수 없다는 그 느낌과 혼연일체가 되었다. 왼편으로는 산비탈을 향해 솟은 검은 바위와 숲이 있었다. 아래로는 빛나는 바다. 여러 번, 아주 자주 그랬던 것처럼 나는 다시 이상한 두려움에 휩싸였다. 나를 이렇게, 이런 헐벗고 무지한 땅 한가운데 내버려 둘 수는 없어. 있을 수 없는 일이야.

　―맞는 말씀입니다.

　내가 말했다.

　(라우로 치노가 할머니와 이야기를 나눌 때면 쓰던 말이다.) 보르하는 손전등으로 휙 원을 한 번 그리더니 성난 듯 내게로 다가와 손으로 내 얼굴을 쓸어내렸다. 보르하의 손이 이마와 뺨을 쓸고 내려가는 게 느껴졌다. 기엠 패거리와 싸울 때, 마침내 녀석들을 담벼락에 밀어붙였을 때 녀석들이 굴욕감을 느끼도록 그렇게 한다는 걸 알고 있었다.

　나는 뜻도 알지 못하는 욕설을 퍼부었다. 보르하가 갑자기 손을 멈췄다.

-너희 아빠가 이런 것도 가르쳐 줬겠지? 그렇지?

나는 거짓말을 하고 싶었다. 나의 아버지(아는 게 하나도 없는, 전쟁에서 싸우고 있는지, 적들에 협조하고 있는지, 아니면 외국으로 도망쳤는지 아무것도 알 수 없는 아버지)에 대해 극악무도한 이야기들을 꾸며대고 싶었다. 나는 누군가, 뭔가에 대항하는 무기로 아버지 이야기를 하나 꾸며내야 했다. 그래, 이미 알고 있는 사실이었다. 그리고 그때 갑자기 나는 깨달았다. 내가 나도 모르는 새에 매일 새로운 아버지를 만들어내고 있었다는 사실을. 나는 활짝 미소를 지었다.

-네가 뭘 알겠니! 넌 네가 엄청 약은 줄 알지만…. 흥! 정말 안타깝다! 넌 너무 순진해. 내가 너한테 무슨 말을 하겠니!

나는 조금씩 어둠에 익숙해지고 있었다. 그래서 보르하의 눈에서 불꽃이 튀는 걸 볼 수 있었다. 보르하는 내 팔을 붙들고 거세게 흔들었다.

그 순간 나는 보르하가 밉지 않았다. 전혀 화나지 않았다. 하지만 한 번 발동이 걸린 혀를 멈출 수가 없었다. 내가 말했다.

-넌 정말 가여운 인간이야.

-가여운 인간이건 뭐건, 너는 내가 하라는 대로 하잖아. 안 그러면 아주, 아주 안 좋을 거야.

보르하가 이렇게 대답하며 자기 얼굴을 내 얼굴에 바싹 들이댔다. 난 보르하가 뒤꿈치를 들고 있다는 걸 눈치챘다. 보르하를 괴롭히는 게 있다면 그건 내 키였다. 나는 또래들보다 훨씬 컸고 보르하는 물론 양쪽 패거리의 어떤 사내아이보다도 컸다. (보르하가 내게서 절대 용서할 수 없는 부분이었던 것 같다.) 보르하가 비웃듯이 물었다.

  −라우로 치노가 뭘 했는지 너 알아? 우리 선생님, 우리 가정교사가 나랑 뭘 하는지 네가 알기나 해?

  −불쌍한 라우로나 이용하고…. 라우로 약점을 잡고 늘어지고 있지!

  −네가 그 일에 대해 뭘 알아?

  나는 보르하가 늘 그러는 것처럼 의미심장한 표정을 지으며 웃으려고 했다. 실제로 아는 게 없었기 때문이다. 나는 허풍을 떨었다.

  −난 곧 여길 떠날 거야. 너희들이 생각하는 것보다 훨씬 빨리.

  보르하가 자기도 모르게 물었다.

  −언제?

  −말해주지 않을 테야. 생각보다 네가 모르는 게 많아.

  −흥!

  보르하는 몸을 돌리더니 내 말에 관심 없다는 듯 다시 걷기 시작했다. 손전등의 노란 불빛이 천천히 바위 위 움푹 팬 곳들과 깨진 곳들을 핥고 지나갔다. 나는 보르하의 가느다란 복숭아빠와 발의 실루엣을 조심스럽게 따라가면서 같은 자리에 발을 딛으려고 애썼다.

비탈길 맨 아래에 도착했을 때는 한밤중이었다. 우리는 단숨에 선착장으로 내려갔고 보르하는 급히 손전등을 비췄다. 거기, 제자리에 *레온티나*가 묶여 있었다.

―가져다 두었네…. 저것 봐, 보르하, 저기 있어!

―어째서 내가 명령한 대로 산타 카탈리나로 가져오지 않은 거야?

보르하는 이렇게 말하며 몸을 반쯤 돌려 급히 계단을 올랐다.

한밤중 비탈길에는 뭔가 장엄한 분위기가 있었다. 축대의 돌들은 마치 죽은 자들의 사악한 머리가 줄지어 매복해 있는 것처럼 새하얗게 보였다. 올리브 나무 몸통들은 꼭 사람 같았고, 머지않아 막대기로 두드려 열매를 거둬야 할 아몬드 나무들은 긴 그림자를 드리우고 있었다. 나무들 저편으로 소작인들의 방에서 새어 나오는 불빛이 어슴푸레 보였다. 비탈길의 끝에 있는 할머니 집의 실루엣은 가장 짙은 그림자였다. 하늘은 연초록빛과 자줏빛이 뒤섞여 있었다.

레온티나 옆구리에 물이 부딪히는 소리가 들렸다. 몇 미터 올라갔을 때 보르하가 첫 번째 올리브 나무에 전등을 비췄다. 전등 불빛을 받아 샛노란 얼굴이 앉아 있었다. 치노가 우리를 기다리고 있었던 것이다. 보르하가 말했다.

─아! 여기 계시군요!

치노와 느닷없이 마주칠 때면 나는 짙고 어두운 무언가가 느껴져 와락 겁이 나곤 했다.

─할머님께는 산책을 다녀왔다고 말할 겁니다⋯. 야외에서 수업하기 좋은 상쾌한 오후였으니까요. 다들 동의하는 거죠?

보르하가 어깨를 으쓱해 보였다. 우리는 말없이 올라갔다. 나는 알 수 없는 두려움에 휩싸여 비탈길 오른편을 바라보았다. 거기, 밭과 야트막한 담벼락에 둘러싸인 마누엘의 흰 벽돌집이 보였다. 마누엘 타론히, 사 말레네, 그리고 어린 동생 마리아와 바르톨로메. 그 사이에 죽은 남자가 있을 것이다. 나는 몸을 떨었다. 그리고 나무들 사이에 걸음을 멈췄다. 우리는 아몬드 나무 구역에 들어와 있었다. 땅에서 코를 찌르는 냄새가 올라왔고 저 멀리 오른편에는 희미한 별빛처럼 등잔불 혹은 가로등이 빛났다. ≪마누엘 집이다.≫ 나는 되뇌었다.

─어서, 서둘러요, 제발.

치노가 숨넘어가는 목소리로 재촉했다.

소작인들 집 창문마다 불빛이 환했다. 분명 할머니는 지금 서재 창문에서 극장용 쌍안경을 통해 이곳을 엿보고 있으리라. 나는 할머니를 향한 소리 없는 분노를 느꼈다. 할머니는 그 자리에서 껍질이 벗겨진 배불뚝이 신, 또는 거대한 먹보 인형처럼 꼭두각시들을 끈으로 조정하고 있다. 서재에서 내려다보면 노란 불빛이 비치는 소작인들의 작은 집, 밥하는 여자들,

고함을 질러대는 아이들은 꼭 작은 종이인형극 놀이 세트 같았다. 할머니는 침착하고 매서운 회색빛 눈길 속에 그들 모두를 감싸안고 있었다. 할머니의 두 눈, 그 긴 촉수가 소작인들의 집 안으로 들어가, 방안이며 침대 아래며 테이블 바닥이며 구석구석을 쓸고 지나가며 핥았다. 샅샅이 훑어보는 눈, 새하얀 지붕을 들어내고 내밀한 꿈과 피로를 채찍질하는 눈이었다.

우리는 소작인들 집 창문 높이에 다다랐다. 커튼이 절반쯤 드리운 문을 통해 빛이 새어 나왔다. 나는 속으로 중얼거렸다. ≪이 사람들은 모두 호세 타론히의 일을 알고 있어.≫ 그 빛의 열기 속에, 반짝이는 모기떼 속에, 사기그릇이 깨지는 소리가 들렸는데도 불평하는 목소리 하나 들려오지 않는 그 집에, 땅으로 떨어지는 물방울 소리에조차도 뭔가 떠다니는 것이 있었다. 모든 소리가 가리키는 것은 단 하나. ≪다들 알고 있어, 호세 타론히의 일을 모두 알고 있어.≫ 나는 다시 오른편을 보았다. 그 높이에서는 이미 말레네의 집에서 나오는 불빛을 구별할 수 없었다. 잠시 나는 그 여자를 떠올렸다. 기억이 생생했다. 아니, 더 정확히는 그 여자의 머리칼을 떠올렸다. (어느 날, 그 여자의 집 담벼락 옆, 여자가 우물에서 물을 기르고 있을 때 등을 구부린 뒷모습을 보았다. 머리를 길게 풀어헤치고 있었는데, 숱이 풍성하고, 타오르는 듯 새빨간 머리칼이었다. 만지면 금방 델 것 같은 새빨간 머리칼. 태양 아래 눈이 멀 것 같은, 아들 마누엘의 머리보다 훨씬 더 붉은색에 매끄럽고 아름다운 머리칼이었다.)

4

무슨 일이 일어난 게 틀림없었다. 할머니는 서재 창문 옆 흔들의자에 앉아 있지 않았다. 의자가 산들바람에 가볍게 흔들렸다.

모두가 아래층 회랑 옆 넓은 거실에 있었다. 우리가 들어갔을 때, 할머니는 엄격한 표정으로 우리 셋을 바라보았다. 제일 먼저 라우로, 그 다음 보르하, 그리고 마지막이 나였다.

─이렇게 늦게까지 어디들 계셨던 건가? 외출한다고 왜 말씀들 안 하셨는가?

치노가 미처 대답하기도 전에 할머니는 마치 다른 사람을 향해 말하듯 얼굴을 쳐다보지도 않고 차갑게 그를 질책했다. 할머니는 그렇게 늦은 시간에 돌아와서는 안 되며 허락 없이 외출해서도 안 되었다고 말했다. 치노는 그 말을 들으며 가만히 고개를 끄덕였다. 문가에는 안토니아가 무표정한 얼굴로 시선을 한 점에 고정시키고 입술을 꼭 다문 채 조용히 서 있었다. 넓은 주름이 잡힌 광택나는 검은색 앞치마 목선에는 본인이 손으로 뜬 레이스가 둘러져 있었다. 할머니가 자신의 아들을 질책할 때마다 저 검은색 앞치마 아래 심장이 쿵쾅거릴 테지. 하지만 정작 안토니아는 아무 소리도 듣지 못한 것처럼,

라우로의 푹 숙인 고개가 보이지 않는 것처럼 침착하게 가만히 서 있었다. 안락의자에 앉아 훈계를 늘어놓으며 할머니는 끝도 없이 많은 약을 씹어 삼켰다. 할머니 드레스의 목둘레선에는 단단히 묶은 벨벳 리본 아래로 크고 작은 주름이 풍성하게 잡혀 있었다. 그리고 마치 그 리본 위로 흘러넘치듯, 할머니의 목주름이 턱까지 길게 뻗어 있었다. 그 모습은 마치 매듭으로 꽉 묶은 목둘레를 경계로 삼아 위로는 머리, 아래로는 몸통, 이렇게 각각 다른 소재로 만든 두 개의 부푼 자루가 이어져 있는 것처럼 보였다. 손에는 여전히 호박색 작은 병 하나가 들려 있었다. 할머니는 그 병에서 약을 또 한 알 꺼냈다. 할머니 옆에는 참사회 주임사제 마욜 경이 언제나처럼 위엄있는 모습으로 앉아 있었다. 마욜 경은 희미하게 머리글자가 새겨진 푸르스름한 크리스털 잔을 무심히 흔들었다. 빗속에 해가 비추듯 술잔은 오팔 색으로 아름답게 반짝였다. 투명한 밤이면 신부는 물처럼 맑은 오렌지 술을 마셨다. 흐린 날에는 페르노[7]를 마셨다. 술은 주변 공기나 하늘의 빛깔과 연관이 깊다고 했다. (아몬티야도[8]는 해가 쨍쨍 내리쬘 때, 해 질 녘에는 본래의 울적한 술.) 그렇게 말할 때 신부의 입에서는 너무나 강렬한 향내가 풍겨서 나는 약간 어지럽기까지 했다. 할머니와 마

---

7 리큐르의 일종. 아니스의 강렬한 향을 풍긴다. 프랑스에서는 식전주로 널리 마신다.
8 스페인 와인, 셰리 와인 중 하나이다.

욜 경 외에도 그 자리에는 할아버지가 함께 있었다. 거대한 액자 속 할아버지는 뭔가 아주 중요한—몇 번이나 반복해서 들었던 것 같은데 뭔지 정확히는 절대 알지 못했다—제복에 푸른색 아니면 붉은색 띠(기억이 정확치 않다)를 두른 모습이었다. 작은 테이블 위, 은으로 테두리를 두른 액자 속에는 알바로 이모부 사진이 있었다. 이모부는 지독히 못생겼지만 보르하와 닮은 데가 있었다. (그 두 사람, 할아버지와 알바로 이모부는 거의 실제로 그 자리에 있는 것 같았다. 거실에 모일 때마다 우리는 그 눈길과 턱선—한 사람은 넓고 축 늘어진, 또 한 사람은 뾰족하고 날카로운—에서 시선을 뗄 수 없었다. 카를로스파[9]의 커다란 베레모를 쓰고 오른쪽 입꼬리에 흉터가 있는, 길고 마른 보르하 아버지의 얼굴, 그리고 알바로 이모부가 선물 받았다는 그 모든 예전의 왕자들과, 왕이 되고 싶어 했던 사람들, 또 공주들의 초상화가 언제나 그 자리에 함께했다.) 에밀리아 이모는 좀 떨어져서 회랑 가까이 앉아 한 손으로 커튼을 들췄다. 밖은 이제 캄캄했다. 정원에는 작은 반딧불이들만 반짝거렸다. 에밀리아 이모는 항상 그랬다. 뭔가를 기다리는 듯한 모습, 뭔가 정탐하는 듯, 알 수 없는 신비로운 것에 흠뻑 젖어 있는 듯 했다. 한번은 이렇게 생각한 적도 있었다. ≪술에 흠뻑

---

9 카를로스파 혹은 카를리스타라고 불린다. 카를로스 데 몰리나 백작(카를로스 4세의 차남)의 혈통을 왕으로 옹립하려 한 전통주의자들로 1833년부터 1975년까지 스페인 정계의 주요 세력으로 상존했었다.

적신 카스테라 같아. 겉으로는 머리가 텅 비고 순진해 보이지만 실제로는 와인에 빠져 사는 게 아닐까?≫ 에밀리아 이모는 말수가 적었다. 보르하는 가끔 말했다. ≪엄마는 항상 슬퍼해. 아빠 걱정을 하시는 거야.≫ 당시 이모와 이모의 남편은 내겐 도저히 이해할 수 없는 미스터리였다. 이모가 형편없는 피아노 실력으로 언제나 똑같은 곡을 치는 것을 제외하고 다른 일을 하는 걸 본 적이 없었다. 신문도, 온 사방에 쌓여 있는 잡지도 읽는 걸 본 적이 없었다. 멍한 채로 책장을 넘기거나 두 눈이 잡지 속 사진 위에 머무는 순간에도 생각은 멀리 있다는 걸 금세 알 수 있었다. 새파란 작은 눈으로 창문을 통해 혹은 계단 틈을 통해 끊임없이 뭔가 지켜보고 있었다. 한 번은 ≪이모는 슬픈 게 아니야.≫라고 생각했다. 간혹 오전에 시내로 나가 밤에 돌아오는 적도 있었다. 그럴 때면 내게 선물을 사오곤 했는데 아주 예쁜 비단 파자마를 사줬던 기억도 있다. 그 덕에 그 끔찍한 기숙학교 원피스 잠옷에서 벗어날 수 있었다. 할머니를 대할 때는 보르하가 그렇듯 부드러웠다. 이모가 알바로 이모부를 사랑한다고 생각하면, 기분이 이상했다. 이모부는 거기, 거실 사진 속에 온갖 훈장을 달고 있지만, 우리는 모두 그가 전선에 있다는 걸 알고 있다. ≪적을 죽이고 명령에 따르지 않는 병사들을 총살하면서.≫ (보르하는 말하곤 했다. ≪우리 아빠는 대령이라서 맘대로 총살하라고 명령할 수 있어.≫) 하지만 실제로 여기서는 죽은 사람이나 마찬가지였다. 할아버지가 돌아가셨듯이. 사실 두 달전부터 이모부에게서는 전보도, 아무런 소식도 없었다.

마욜 경은 신문을 펼치고 기사 제목을 손으로 가리켰다. 도시 하나를 방금 탈환했다는 소식이었다. 라우로 치노의 얼굴이 붉어졌다.

–함락시켰어…. 함락시켰어….

모두가 동시에 말하기 시작했다. 할머니는 송곳니를 드러내며 미소를 지었는데 실제로 이런 적은 별로 없었다. 할머니는 보통 입을 다물고 웃었기 때문이다. 그렇게 날카로운 이빨 사이로 입술을 오므리고 웃을 때는, 집의 담벼락만 넘어서면 다른 사람이 되어버리는 보르하와 똑같은 분위기를 풍겼다. 《어쩌면 할머니도 우리와 멀리 떨어진 곳에 또 다른 인생을 숨겨두고 있는지도 몰라.》 하지만 동네 사람들과 천박하게 웃고 떠들며 친구로 지내는 할머니를 상상할 수가 없었다.

밖에서 뭔가 낮고 뜨거운 웅얼거림 같은 소리가 들렸다. 커튼이 들썩거리고 테이블 위에 놓인 신문이 갑자기 살아난 듯 이상한 날갯짓과 함께 펄럭이면서 그 위를 내리누르는 평평하고 무거운 신부님 손바닥 아래서 싸움을 벌였다. 할머니가 말했다.

–바람이야. 다시 바람이 일어나는 거야. 내가 걱정한 대로야!

할머니는 날씨에 대해 잘 알아서 거의 언제나 징후를 알아챘다. 커튼 자락이 에밀리아 이모의 얼굴을 덮어 둘은 서툰 싸움을 벌여야 했다. 커튼은 마치 살아 있는 것처럼 기발한 싸움을 벌였다. 보르하가 이모 옆으로 달려가 커튼을 벗겨냈다. 이모의 얼굴은 창백했고 입술은 떨렸다. 나는 정원을 내다보았다. 구겨진 종이 두 장이 짐승들처럼 서로를 뒤쫓고 있었다. 내등 뒤에서 할머니가 말했다.

–내일 오전 11시에 마욜 경께서 테 데움[10]을 집전하실 거다. 우리 식구 전부 성모마리아 교회로 가서 우리 군의 승리를 하느님께 감사드리도록 하자….

램프 불빛이 흔들리기 시작했고 할머니가 말했다.

–저 발코니를 닫아라.

라우로 치노가 발코니로 다가갔다. 그의 노르스름한 옆모습이 회랑의 아치 저 너머 하늘을 향해 불쑥 솟았다. 그러고는 문짝들을 향해 팔을 활짝 뻗었다. 에밀리아 이모는 마욜 경 가까이로 가 옆에 앉았다.

보르하가 내게 의자를 권하고는 병사처럼 옆자리에 섰다. 방금 빗질을 한 머리칼은 여전히 젖어 있었다. 연초록 커다란 눈으로 할머니 쪽을 바라보며 조용히 몸을 곧추세우고 품위있게 서 있는 모습이었다. 할머니의 대나무 지팡이가 다시 미끄러져 바닥으로 넘어졌다. 보르하는 서둘러 지팡이를 주워들었

---

10 하느님에게 감사드리기 위해 부르는 천주교의 찬미가

다. 손잡이에 반사된 빛이 번쩍이며 황금빛 곤충처럼 휘익 벽을 가로질렀다.

안토니아는 식당 문을 활짝 열었다. 음식은 이미 다 차려져 있었다. 의사 선생님—그는 홀아비이다—과 교구 주임신부, 마욜 경 그리고 후안 안토니오가 함께 있었다. 후안 안토니오는 우리보다 약간 나이가 많았지만 키 때문에 누구도 그렇게 생각하지 않았다. 몸이 가늘고 거의 푸른 빛이 도는 피부에 두 눈이 심하게 가운데로 몰려 있었다. 입술 주변으로 거뭇거뭇한 수염 자국이 역겨운 데다가 납작하고 퉁퉁한 손은 언제나 축축했다. 그 애는 일주일에 서너 번씩 고해성사를 하고 난 다음 얼굴을 제단으로 향한 채 두 손으로 머리를 감싸고 오랫동안 명상을 하곤 했다. (하루는 그 애가 교회에서 우는 걸 보았다. 보르하가 내게 말하기를 ≪걔가 그러는 건 죄를 많이 지어서 그러는 거야. 죄가 엄청 많거든.≫ 그러고는 덧붙였다. ≪여러 번 제7계명[11]을 어기는 죄를 지었어, 알아? 아주 부도덕해, 그러니 스스로 벌을 주는 거야. 교회에 가서 고해성사를 드리지만 자기도 이미 알고 있어. 또다시 죄를 지을 거라는 걸. 어쩔 도리가 없거든. 이미 악마에 사로잡혀 있으니까.≫ ≪넌 그런 걸 전부 어떻게 알아?≫ 내가 물었다. ≪우린 가끔 이야기를 나누거든…. 하지만 나는—보르하는 이 점을 분명히

---

11 십계명의 제7계명, 간음하지 말라.

했다—그런 데서 자유로워.≫ 보르하는 사악한 미소를 지었고 나도 그 애처럼 눈을 가느다랗게 뜨려고 애쓰면서 함께 웃었다.) 진지하고 말 없는 후안 안토니오는 언제나처럼 그의 친구이자 적인 악마에 쫓기며 그 자리에 있었다. 후안 안토니오는 예절을 차리지 않고 게걸스럽게 먹었다. 입술 주변에 음식을 묻혀가며 먹는 모습은 보는 것만으로도 구역질이 났다. 그런데도 쳐다보지 않을 수가 없었다. 그 애는 보르하의 동료이자 제일 친한 친구였다. 보르하는 후안 안토니오가 아주 똑똑하다고, 농장 관리인의 아들 카를로스와 살바도르보다 훨씬 똑똑하다고 했다.

바람 때문에 창문을 닫아둬서 집 안이 몹시 더웠다. 마욜 경의 이마에는 마치 왕관을 쓴 듯 땀방울이 번쩍였다. 마욜 경은 키가 크고 아름다운 용모를 가졌다. 대략 쉰 살 정도, 백발에 회갈색 눈동자가 인상적이었다. 라우로는 마욜 경이 말을 건네올 때마다 얼굴을 붉혔다. 마욜 경은 우아하게 냅킨을 입술로 가져가 톡톡 두드렸다. 내가 본 중에 가장 잘생기고 우아한, 몹시 품위 있는 사람이었다. ≪아주 잘 생겼어.≫ 할머니도 말하곤 했다. ≪왕자처럼 품위 있고 장엄하게 미사를 집전하지. 가톨릭 예배에서는 비교할 자가 없어!≫ 그렇게 말하는 걸로 봐서 그의 앞날은 그야말로 창창해 보였다. 적어도 추기경까지는 올라갈 수 있을 것 같았다. 마욜 경은 두꺼운 천으로 만든 의복을 입었는데 아래로 갈수록 주름이 풍성해졌고 걸을 때면 독특하게 사그락거리는 소리가 났다. 이 섬에서 태어난 사람은 아니었다. 걸음걸이는 느리고 무심한 데가 있었다. 모두 그가 아주 교양 있는 사람이라고 했다. 우리 집에 식사하러 올 때는—자주 있는 일이었다—식사를 마친 후 아주 오랫동안 보르하가 원하든 그렇지 않든 옆에 데리고 기도서를 읽으며 회랑을 거닐었다. 내게는 절대 말을 거는 법이 없었다. 두 개의 금화처럼 금빛으로 차갑게 빛나는 그의 눈에서 종종 비난의 눈길을 발견할 수 있었다. 아주 드물게 내게 무슨 말이라도 할 때는 반드시 할머니나 보르하를 통해서 했다. 나는 그의 존재 자체에 큰 존경심, 아니 거의 공포감을 느끼고 있었다. 그가 미소 짓는 걸 한 번도 본 적이 없는 것 같다. 할머니는 마욜 경이 음악을 매우 사랑한다고 했고, 에밀리아 이모는 간혹 그와 아주 이상하고 오래된 악보나 또 다른 우리가 알지 못하는 것에 대해 이야기를 나누곤 했다. 보르하의 엄마가 그 앞에서 피아노를 두드리기로 마음먹을 때면 나는 거의 마욜 경을 동정하기까지 했다. 그럴 때면 그의 눈에는 순교자의 빛이 어슴프레 비치기도 했다. 마욜 경의 목소리는 울림이 좋고 강렬했다. 치노의 말에 따르면 그레고리오 성가대 같다고 했다. ≪그걸 듣는 것은 영광의 문을 보는 것과 같아요.≫

그날 밤은 바람이 멈추지 않았다. 내가 막 잠자리에 들 무렵 비탈길을 내려다보았을 때 땅에서 진한 냄새가 올라왔다. 더 아래로 바다가 반짝거렸다. 구름 뒤에서 갑자기 희뿌연 빛이 일어났다. 나는 장막 같은 빗줄기가 우리를 향해 다가오는 것을 보았다.

밤새도록, 동틀 무렵까지 비가 내렸다.

5

잠에서 깨어났을 때 눈을 뜨지 않고도 내가 혼자가 아니라는 사실을 알았다. 날개 같은 것의 쓸림, 웅얼거림이 느껴졌다. 나는 천천히 눈꺼풀을 뜨고 노란빛이 넘실대는 벽 쪽으로 고개를 돌렸다. 잘 닫히지 않아 애먹이곤 하는 그 블라인드 사이로 햇살이 길게 들어왔다. (이 방에서 잠이 깬 첫날 아침 블라인드 사이로 아침 햇살이 길게 들어왔을 때 아무리 닫으려고 해도 닫히지 않아서 나는 몹시 불안했었다. 그 이후로 아침 햇살에 익숙해지기가 꽤나 힘들었다.)

안토니아는 창가에 서서 손바닥 위에 올려둔 옥수수 알갱이를 작은 잉꼬 곤돌리에로에게 먹이고 있었다. 나는 천천히 고개를 돌려 안토니아를 바라보았다. 안토니아도 말없이 나를 바라보았다. 나는 몸을 일으켜 옷장 거울에 비친 내 모습을 보았다. 새하얀 침대 시트에 내 몸은 둘로 나뉘었고 풀어헤친 머리를 비추는 햇살이 붉은 광채를 내뿜고 있었다. 안토니아가 말했다.

−갑시다, 아가씨, 늦었어요….

나는 다시 뒤로 드러누웠다. 안토니아가 다시 말했다.

-아가씨가 자는 걸 보고 있었어요. 아가씨 엄마 생각이 났네요.

나는 내가 자는 걸 누가 보는 게 싫었다. 내가 무방비 상태로 끔찍한 꿈에 사로잡혀 있는 걸 들키는 것 같았다. 안토니아의 말에 나는 화가 났다.

-아가씨는 엄마를 닮지 않았는데, 그런데도 잘 때는 똑같아요. 정말로, 마티아 아가씨, 아가씨 엄마를 보는 줄 알았어요.

잉꼬새 곤돌리에로가 꾸루룩거리며 뭔가 종알거리자, 안토니아는 손가락으로 아주 조심스럽게 그 작은 줄무늬 머리를 쓰다듬었다.

-아가씬 너무 말랐어, 이러다가 아플까 걱정이에요.

-절대 안 그래!

-그렇지만 소리 지르는 걸 들었는 걸요.

안토니아는 낮고 조심스러운 목소리로 끈질기게 계속 말했다.

- 아가씨가 소리를 질렀다구요….

-그래서? 그게 뭐? 난 매일 밤 소리 질렀어. 마우리시아는 알고 있어도 아무 말 안 했어.

잉꼬새 곤돌리에로가 안토니아의 손에서 도망치듯 날아올라 공중에서 둔하게 천천히 두 바퀴 돌더니 침대 위로 드리운 캐노피 위에 내려앉았다. 불안에 떠는, 살아 있는 한 송이 꽃 같았다. 나는 새를 쫓으려고 한쪽 팔을 쳐들였다. 팔이 블라인드 사이로 들어온 한 줄기 햇살을 가로지르며 반짝였다. 예전에는 엄마의 방이었던 그 방에는 모든 가구가 붉은색 카오바 목재로 되어 있어서 마치 벚나무처럼 광채를 내며 번쩍거렸다. 안토니아가 멈추지 않고 말했다.

-그거 알아요? 아가씨 엄마도 소리를 질렀어요.

≪엄마, 엄마, 항상 똑같은 이야기이지. 난 엄마라는 사람 알지도 못한다고! 도대체 왜 맨날 내게 엄마 얘기를 하는 거지?≫ 난 바닥으로 뛰어내려 햇살로 얼룩진 마룻바닥에 발을 디뎠다. 따뜻했다.

부드럽게 문이 열리는 소리가 들리고 에밀리아 이모가 들어왔다.

-서두르렴, 마티아.

이모가 말했다.

이모는 거울 쪽으로 가고 안토니아는 바닥에 흩어진 내 옷을 주워들었다. 하지만 이모가 거울을 들여다보면서 혹시라도 생겨났을지 모를 주름을 열심히 찾는 듯 두 손으로 뺨을 쓸어내릴 때, 안토니아가 밀랍으로 만든 달팽이처럼 귀에 온 신경을 집중시키고 우리 이야기를 주의 깊게 듣고 있다는 걸 난 알고 있었다. 당시에는 이모가 나이든 여자라고 생각했지만 그래 봤자 서른다섯 정도였을 것이다. 금발의 머리칼은 매끄럽고 윤이 났다. 턱만큼이나 엉덩이도 넓었다. 예쁘지는 않았지만, 그래, 아주 부드러웠고, 언제나 뭔가에 깜짝 놀란 뒤 그것이 무엇이었는지 자신에게 묻고 있는 것처럼 멍하니 생각에 잠겨 있곤 했다.

장식품을 놓으려고 우묵하게 벽을 파 놓은 곳에는 성인 조각상이 감송 잎파리들과 밀랍으로 만든 백합꽃 사이에 쓰러져 있었고, 반쯤 녹은 양초가 작은 촛대 위에 뒤틀린 듯 남아 있었다. 회갈색 거미 한 마리가 조심스럽게 벽을 타고 올라갔다. 이모가 다시 먼 산을 보며 말했다.

-서두르렴. 아직 침대에 있는 걸 할머니가 아시면 꾸중하실 거야.

이모는 방을 나갔다. 언제나 그랬다. 몽유병 환자처럼 들어왔다 나가고, 얼굴을 마주보지 않고 이야기한다. ≪꼭 유령 같아.≫

안토니아는 방과 이어진 욕실로 들어갔다. 할머니 집의 욕실처럼 그렇게 뒤죽박죽인 욕실은 본 적이 없다. 어두운 빛깔 목재 가구와 대리석 가구가 꽉 들어찬 데다가 거대한 세면대에는 엄청나게 큰 거울이 비스듬히 놓여 있어 내 모습 역시 기울어져 보였다. 그래서 마치 이상한 꿈속에서 내가 나 자신을 위에서 아래로 내려다보는 듯했고 어떻게 보면 옷장처럼 보이기도 했다. 빈 병과 플라스크가 가득한 푸른빛 크리스털 선반들. 여름에는 미지근하고 겨울에는 얼음장처럼 차가운 물이 나오는 수도관에는 문제가 많아서 늘 웅얼거리는 것 같은 음울한 소음이 나곤 했다. 핏줄 같은 결무늬가 새겨진 불그죽죽한 세면대 대리석과 잔뜩 겁을 집어먹게 하는 커다란 용이 조각된 검은 목재 가구는, 내가 그 당시를 떠올릴 때마다 가장 생생하게 기억하는 것 중 하나이다. 섬에서 머물게 된 처음 며칠 동안은 그 화장실—안토니아는 늘 이렇게 불렀다—에서 먼지 쌓인 목재와 대리석의 조합 때문에 생겨난 작은 틈 사이를 손가락으로 훑으며 오랜 시간을 보내곤 했다. 사자 발 모양의 황백색 다리가 달린 욕조는 낡았고 가장자리가 약간 부서진 데다가 혈통 나쁜 짐승에게 찍힌 낙인처럼 커다랗고 검은 얼룩이 있었다. 벽에는 습기 때문에 생긴 얼룩이 남아 있었다. 얼룩은 기괴한 대륙 모양 같기도 하고, 늙고 버려진 이의 눈물 같기도 했다. 정말로 뜨거운 물을 사용하려면 안토니아가 주방에서 항아리에 담아 들고 올라와야만 했다. 나는 안토니아가 부산하게 움직이는 소리를 들으면서 뿌옇기 때문에 더욱 비현실적이고 신비로운 수증기 구름 사이에 서 있을 안토니아를 상상했다. 애처롭게 벌거벗은 채 그 거울 앞에 서서 젤라틴처럼 물컹거릴 것만 같은 거울의 표면을 꿰뚫고 들어가고 싶은 충동을 느끼면서 나는 생각했었다. ≪거울 세상 속의 앨리스…≫ 겁에 질린 슬픈 두 눈. 그때 나의 모습은 아마도 외로움 그 자체였을 것이다.

안토니아는 새파란 곤돌리에로를 오른쪽 어깨에 얹고 얼굴이 새빨개져 돌아왔다.

나는 침대 가장자리에 앉아 다리를 흔들대고 있었다. 천장에 매달린 것처럼 높은 침대 때문에 현기증이 났다. 한밤중 잠을 이루지 못할 때면, 나는 안개가 뒤덮인 바다를 떠다니는 배에 실려서, 어딘가 가고 싶지 않은 곳을 향해 떠난다고 상상했다. 상상 속에서는 여전히 오른쪽 어깨 위에 354, 3-A라는 숫자가 수놓아진 누에스트라 세뇨라 델 로스 앙헬레스 기숙학교의 까끌까끌한 잠옷을 입고 있었다. 안토니아와 곤돌리에로의 그림자가 벽 위로 비쳤다.

-보르하 도련님이랑 아가씨는 어딜 돌아다니는 거예요?

안토니아가 햇볕에 그을린 긁힌 자국투성이 다리를 보고 물었다. 내 오른쪽 무릎에는 반창고가 붙어 있었다.

-저기.

나는 하품하며 대답했다.

안토니아는 내게로 다가와 내 머리칼 속에 손을 밀어 넣고는 물방울이 흘러내리듯 손가락으로 머리를 빗기기 시작했다.

-컬도 없고 웨이브도 없고….

곤돌리에로가 침대 매트 위에 앉았다가 캐노피를 여기저기 돌아다녔다. 안토니아가 내 어깨 위로 두 손을 올려놓았다.

-너무 말랐어요. 분명 아픈 거예요, 가엾게도. 아가씨를 돌봐줬어야 했는데… 그래요, 그래, 잘 돌봤어야 했는데.

누가? 나는 생각했다. 나를 돌봤어야 하는 그 미스터리 속

인물은 대체 누구인 거지? 분명 할머니일 리는 없었다.

─난 아프지 않아, 그렇게 성가시게 굴지 마!

열 시 반 정각에 우리는 성모마리아 교회를 향해 출발했다. 그야말로 태양이 작열했고 정원은 바짝 말라 있었다. 단 하나 남은 물웅덩이를 부리로 쪼는 새 몇 마리만이 어젯밤 폭풍우가 왔다는 걸 고자질하는 듯했다. 할머니가 에밀리아 이모에게 뭔가 이야기하며 지팡이로 덤불과 꽃들을 가리켰다. 둘다 레이스 숄을 걸쳤고 할머니는 진주목걸이를 두 겹 둘렀다. 에밀리아 이모는 반짝이는 검은 비단 정장에 재킷을 입어 넓은 엉덩이가 더 강조되었다. 할머니가 보르하를 보며 말했다.

─아이들이 크는 건 정말 안타까운 일이야. 저 나이에는 남자 어른처럼 입힐 수도 없고 그렇다고 아이처럼 입힐 수도 없고. 세일러복만 한 게 없어! 안 그러냐, 에밀리야? 보르하가 하얀 세일러복을 입었을 때 좀 예뻤니? 꼭 어제 일만 같구나!

나는 곁눈질로 보르하를 보며 미소를 지었다. 보르하는 할머니를 향해 할 수 있는 한 가장 다정한 미소를 지으며 이빨 사이로 이렇게 중얼거렸다. ≪넌 어떻고? 코르셋 속에 빠진 고래 같았지.≫

제대로 돌보지 않은 정원을 둘러보며 할머니는 한탄했다.

─하지만 이런 걸 돌보기에는 좋지 않은 시절이야. 지금은 절제하고 긴축해야 할 때지.

철책 문이 열려 있었다. 에스 톤이 밀짚모자를 벗어 손에 들고 우리를 바라보았다. 에스 톤은 한쪽 눈이 흐려서 앞을 잘 보지 못했고 이도 두 개 빠져 있었다. 그를 보며 나는 그가 한 말을 떠올렸다. ≪부인이 날 보호해줄 거야. 부인이 날 보호해줄 거야.≫ 할머니는 위엄 있게 그의 앞을 지나갔다. 바닥에서 뽀드득 소리가 났다. 할머니의 발은 비현실적으로 작았지만 지난 밤 내린 비에 부드러워진 땅에 발자국을 남겼다. 무화과나무 이파리가 햇살에 반짝였다. 나는 나무 꼭대기에 시선을 고정하고 천천히 다가갔다. (그렇다, 거기 새하얀 수탉이 조용히 앉아 있었다.) 아직 비에 젖어 작은 물방울이 달려 있던 무화과나무는 잘 보이지 않는 잎사귀 뒷면까지 반짝거렸다. 나는 집의 노란 그림자가 내 위로 드리우는 걸 느꼈다. 바로 그 순간 그 황금빛 그림자가 무화과나무 속으로 들어와 나무를 시원하게 해주었다. 그곳에 손 마호르를 도망친 신비로운 수탉이 새하얗게 빛나고 있었다. 나뭇가지 위로 고개를 쳐든 닭의 성난 눈이 사납게 우리를 바라보았다. 할머니가 나를 불렀다.

　－마티아! 마티아!

　나는 천천히 몸을 돌렸다. 눈이 부신 듯, 두려움 같은 이상한 느낌이 나를 감쌌다. 할머니가 나를 돌아보았다. 할머니는 둥그렇고 새카만 덩어리, 이제 막 굴러오려는 돌멩이 같았다.

　－마티아, 마티아!

　할머니가 계속 나를 불렀다. 아니, 어쩌면 내게 그렇게 들렸는지도 모른다. 확실치 않다. 내게 가까워진 태양이 나무와 잎사귀들 그리고 수탉의 동그란 눈동자에 이상한 불꽃을 일으켰다. 고개를 들어보니 하늘은 보기만큼 붉지 않았다. 차라리 비에 젖은 양철 지붕 같았다.

–마티아!

할머니가 햇살에 반짝이는 백발의 곱슬머리 아래, 아이라인을 검게 칠한 눈으로 나를 바라보고 있었다. (안토니아는 ≪부인 머리칼은 정말로 아름다워요.≫라고 말하곤 했다.) 그때 안토니아가 (베일로 두 눈과 거미 같이 촘촘한 입술 위 주근깨를 거의 가린 채) 말했다.

–아가씨가 몸이 좋지 않아요. 어젯밤 정말로 창백하더라고요. 좋지 않은 거 같아요.

치노가 내게 다가왔다. 초록색 안경 렌즈 속에 비친 태양은 아주 조그마했다.

–마티아 양, 제발요, 할머님께서 기다리십니다. 테 데움은 11시 시작이에요.

뒤를 돌아보니 모두가 철책 문 앞에서 나를 기다리고 있었다. 나는 왼편으로 마을 초입에 늘어선 새하얀 집들을 바라보았다. 성모마리아 교회의 녹색 모자이크 돔 지붕이 햇살에 금빛으로 반짝였다. 아침의 불꽃같은 무자비한 초록이 마치 비명을 내지르는 것 같았다.

–저 손 마호르 수탉이 매일 여기 와.

내가 말했다. 그러고는 모두를 향해 걷기 시작했다. 치노가 고개를 끄덕였다.

-그래요. 항상 저 나무에 오지요.

-정말 알 수 없는 일이야.

할머니가 말했다.

우리가 철책 문을 지날 때 에스 톤이 희뿌연 한쪽 눈으로 나를 뚫어지게 쳐다보았다.

-아이가 가엾게도 아픈 것 같아요. 잘 지켜봐야겠어요….

에밀리아 이모가 걸으며 할머니에게 말했다.

-아, 그래.

할머니는 갑자기 두 손을 들어 올려 숄을 흰 곱슬머리 위로 잘 고정했다.

-이 가엾은 아이들은 좋은 시절을 살지 못했어…. 파산한 데다가 전쟁까지! 주여, 전능하신 하느님, 이런 고난을 주시다니!

갑자기 성모마리아 교회 종소리가 마을 위로 비명을 쏟아내듯 소스라치게 울리기 시작했다. 부서진 단어들처럼, 허공에 흩어진 수천 마디의 탄식처럼, 혹은 무례한 투덜거림처럼. (오로지 타론히 형제의 검은 군화만이 짓밟았던 그 침묵을 깨웠다.)

광장 뒤편 수공업자들의 동네를 지났다. 동네는 조용했다. 매끄러운 돌바닥에 보르하가 미끄러지자 할머니가 말했다.

–조심하렴, 우리 아가.

치노가 보르하의 팔꿈치를 잡아줬다.

일요일이 아니었는데도 뭔가 일요일 같은 분위기가 있었다. 대장간은 조용했다. 구두 수선공과 타론히 형제의 가게에는 창에 나무 걸쇠가 걸려 있었다. 우리 앞으로 검은 옷을 입은 여자 하나가 머리에 숄을 두르며 마지막 종소리를 잡아채기라도 할 듯 달려갔다. 거리 끝으로 교회 앞 작은 광장이 보였는데 광장 한가운데는 작은 샘이 하나 있었다. 돼지들이 물을 마시고 사내아이들이 여자들에게 손으로 물을 뿌리려고 올라가고 할머니의 비둘기들이 마을을 가로질러 파란 번개처럼 손마호르로 날아가기 전에 잠시 날개를 접는 샘이었다. 그 샘 뒤로 황금빛 웅장한 성모마리아 교회가 우뚝 솟아 있었다. 교회 문은 활짝 열려 있고 마지막으로 도착한 신도들이 돌계단을 올랐다. 갑자기 종소리가 멈추더니 침묵이 터져 나왔다. 에밀리아 이모와 치노가 양쪽에서 할머니가 계단 오르는 걸 도왔다. 둘이 각각 한쪽 팔을 잡고 기름이 흘러나오지 않도록 손잡이로 큰 항아리를 들어 올리듯 그렇게 한없이 조심스럽게 주의를 기울였다. (그게 바로 할머니였다. 항아리는 오래됐고 투박하지만 그 안에 모두가 소중히 여기는 그 무엇이 들어 있다.)

교회 문가에서 남자들 여럿이 인사를 나눴고 고개를 숙이는 여자들도 있었다. 보르하와 나는 손을 잡고 따라갔다. 에밀리아 이모의 오른쪽 스타킹은 솔기가 비뚤어져 있었다.

87

활짝 열린 황금빛 거대한 문의 아치 위로 돌에 새겨진 문장과 복음사가[12] 네 명의 두상이 있었다. 초록색 모자이크 돔 지붕 위로는 강렬한 붉은 태양이 창백한 하늘 한가운데서 고통스럽게 불꽃을 뿌려댔다. 난 속으로 말했다. ≪하늘이 파랗게 보이는 적이 거의 없군.≫ 잔인한 폭력의 기운, 성난 불길이 저 위에서 활활 타올라 모든 것이 그 검은 빛에 물들었다. 교회 문짝 테두리로는 쇳덩어리들이 번쩍거렸다. 교회 안은 마치 우물 속 같아서 검푸르고 축축한 기운이 온몸에 들러붙는 것 같았다. 성모마리아 교회의 거대한 입천장에는 장엄한 날갯짓 같은 분위기가 있었다. 혹시 저 어두운 구석에 박쥐가 둥지를 틀고 있는 것은 아닐까, 제단 위의 황금 사이로 생쥐들이 도망치거나 서로 쫓고 있는 것은 아닐까 생각했다. 할머니 집도 어둡고 지저분했다. (안토니아는 여자 둘이 돌보기에는 집이 너무 크다고 불평하면서 식구들이 사용하는 방들만 청소했다.) 도자기들, 그리고 국왕이 증조할아버지 결혼 선물로 하사했다는 은식기에는 거미줄과 먼지가 가득했다. 진열장 속 찬란하게 빛나는 옥으로 만든 조각상들과 위층의 거대하고 신비로운 욕실(복잡한 세계를 향하는 문처럼 보이는 기울어진 희뿌연 거울, 그리고 겨울이면 언제나 터지는 수도관이 내는 소음), 그리고 아래층에는 개미가 우글대는 밭. 사방에 물이 새

---

12 복음서를 쓴 마태, 마가, 누가, 요한 네 사람을 일컫는다.

고 바람이 새어 들어오는 할머니 집처럼 여기 교회 안에도 기둥 사이 구석구석까지 축축한 바람이 불었다. 또 할머니 집과 똑같이 목재와 이끼, 소금 냄새가 뒤섞여 있었다. 그리고 꽃들. (보르하가 나를 데려가고 싶어 하지 않을 때면 나 혼자 앉아 있곤 하던 돌계단, 인동 넝쿨이 빽빽하게 뒤덮인 집의 노란 벽 뒤로 피어난 붉은색 글라디올러스.) 성모마리아 교회 안, 어둠 속 저 높은 곳에서는 황홀한 색색가지 스테인드글라스가 거무죽죽한 곰팡이와 맹렬히 얇고 가는 태양빛 사이에서 빛나고 있었다. 특히 두 손을 모은 채 발에 못이 박힌 성자의 가녀린 모습이 새겨진 유리는 더욱 그랬다. 붉은 빛 한 줄기가 핏자국처럼 바닥으로 떨어졌다. 순간 번뜩이는 태양빛이 황금 나비처럼 둥근 천장을 가로질러 날아갔다. 마욜 경은 노래했다.

　—데움 라우다무스, 테 도미눔 콘피테무르[13]

　할머니가 나를 잡아 흔들었다. 조심스러웠지만 부드러운 데라곤 없었다. 할머니 손가락이 내 오른쪽 어깨에 깊숙이 박혔다. 그러고는 내 손에서 기도서를 빼앗았다. 누에스트라 세뇨라 델 로스 앙헬레스 기숙학교에 들어갈 때 선물 받은 두꺼운 기도서였다. 나는 그 책의 금박을 입힌 가장자리를 손가락 끝으로 문지르곤 했는데, 그러면 손가락 끝에 나비 날개처럼 황금빛 가루가 묻어났고 나는 그걸로 눈꺼풀과 이빨을 문지르

13　찬미하나이다. 주 하느님, 주님을 찬미하나이다.

곤 했다(하지만 이빨에는 묻지 않았다). 할머니는 초록색 끈이 끼워진 페이지를 펼치고 말했다. ≪읽어라!≫ 밖에서는 태양이 그 어떤 폭발음보다 훨씬 더 강력한 침묵의 붉은 천둥소리를 울리며 빛났다. 도저히 기도서를 읽을 수 없었던 나는 유리창을 향해 눈을 들었다. 바로 거기 곱슬머리 보르하를 닮은 작은 성자와 용을 짓밟고 서 있는 거대한 황금빛 성 지오르지오[14]가 있었다. 치노와 보르하는 경건하게 기도서를 읽었다.

―티비 체루빈 엣 세라핌 인세사빌리 보체 프로클라망트 상투스 상투스 상투스[15]···.

언젠가 치노가 저 사제복이 삼백 년은 되었다고 말해준 적이 있다. 흰색에 황금빛 테두리와 술이 달린 옷은 어둠 속에 홀로 빛났다. (보드라운 잎사귀 위에 앉아 있는 손 마호르 수탉이 아직 폭풍우에 젖은 채 장엄하게 활짝 펼친 날개 같았다.)

나는 오른쪽 다리가 저려 왼쪽 복숭아뼈로 몰래 비벼댔다. 할머니가 내게 기도서를 넘겨주며 엄한 표정을 지었다. 책 위로 머리를 숙이고 눈을 감았다. 배가 고팠다. 서두르느라 아침을 먹을 겨를이 없었기 때문이다. 나는 크면 정오가 되도록 침대에 앉아 천천히 담배를 피우며 신문의 사진이나 머리기사를

---

14 기독교 성자전 『황금전설』에 나오는 등장인물. 악한 용을 창으로 찔러 죽여 용의 희생양이 될 뻔한 공주를 구출한 일화로 유명하며 이 때문에 흔히 군인, 기사의 수호성인으로 여겨졌다.
15 끊임없이 소리 높여 노래 부르오니, 거룩하시도다! 거룩하시도다! 거룩하시도다!

훑어보는 에밀리아 이모처럼 살겠다고 마음먹었다. 모두 목소리를 높여 기도서를 읽었다. 태양이 유리창으로 들어오고 싶은 듯 스테인드글라스 위를 비추며 퍼져나갔다. 나는 우리가 거대한 고래의 갈비뼈들 사이에 들어간 요나와 같다고 생각했다. 기둥 사이 공간의 검은 입천장 바로 위에 태양이 있었다. 나는 황금과 무지개로 이루어진 거대한 퍼즐 같은 돔 지붕이 녹색으로 타오르는 것을 상상했다.

　-테 마르티룸 칸디다투스 라우닷 엑세르시투스….[16]

　나는 생각했다. ≪전쟁은, 도대체 전쟁은… 뭘까?≫ 모든 게 너무나 평온했다. 그리고 또 생각했다. 우리에게 배를 빌려달라던 그 애. 타론히 형제. 두 집안은 사촌 간이라고 그랬다. 그 애 이름은 마누엘 타론히. 그리고 햇살에 반짝이는 보드랍고 긴 붉은 머리칼을 가진 말레네. 저기 저 위에 언제나 태양. 알바로 이모부. 그럼 우리 아버지는? 엄마는? ≪네 엄마도 밤에 소리를 질렀어.≫ 그래? 그래서 뭐? 날 보러 오지도 않는데. (≪너희 부모님은 이혼했지, 그렇지?≫ 덤불 아래 돌계단에 둘이 앉아 있을 때 후안 안토니오가 내게 물었다. ≪아니야, 그렇지 않아.≫ 하지만 그 애는 내가 온전히 이해할 수 없는 악의적인 미소를 지었다. 내 무릎 위에 손을 올려놓더니 쓰다듬기 시작했다. 치마가 살짝, 아주 살짝 들려 올라갔다. 햇

16　눈부신 순교자들의 무리….

볕에 그을린 둥글고 부드러운 내 무릎이 보였다. 그때까지는 무릎이 그렇게 예쁠 수 있다는 걸 결코 알지 못했다. 갑자기 땀에 축축한 그 애의 손을 견딜 수가 없었다. 그 애는 말했다. ≪네 엄마는….≫ 그 다음 말은 무슨 말인지 잘 알아듣지 못했다. 두꺼비처럼 혐오스러운 그 애의 손에 신경이 곤두섰기 때문이다. 게다가 입술은 구역질나도록 두꺼웠다. 나는 그 애를 힘껏 밀쳤고 그 애는 벽에 부딪혔다. 우리 옆에 있던 꽃들이 강렬한 향을 풍겼다. 저 아래 바다에서 녹색의 빛이 흘러들었다. 마치 우리 집 모퉁이를 돌기만 하면 바다가 바로 거기 있는 것처럼. 하지만 그건 사실이 아니었다.) 우리 엄마는 내가 알지 못하는 사람, 그냥 타인일 뿐이었다. 나는 엄마가 죽은 후 저 멀리, 할머니 말에 의하면 다 쓰러져가는 시골집에서 아버지의 보모와 함께 살고 있었다. 아버지는 장난감을 보내오곤 했다. 어린이용 연극 세트, 나만큼 키가 큰 헝겊 인형, 그리고 이야기책. ≪왜 우리 인어들은 불멸의 영혼이 없는 걸까?≫ 인어는 영혼이 없었다. 그래, 없었지. 그래서 거품이 되어버렸다. ≪그리고 맨발로 바닥을 밟을 때마다 날카로운 칼날과 바늘이 박히는 것 같았다….≫

　　－쿠오스 프레티오소 상키네 레데미스터….[17]

　　어린 인어공주는 사랑받기를 원했지만 아무도 공주를 사

17　보배로운 피로써 구속받은….

랑하지 않았다. 가엾은 인어공주! 그러려고 인간이 되고 싶어
했나? 하지만 여자는 아니었다. 나는 눈을 들어 기도문을 찾았
다. ≪내 친구들은…≫ 이렇게 말을 시작하다가 멈췄다. ≪무
슨 친구들? 하느님의 군대, 그게 무슨 친구인데?≫

(어쩌면 누군가 다만 잠시라도 나를 사랑해주기를 바랐는
지도 모른다. 잘 기억나지 않는다.)

6

시장님 집에는 ≪음료수≫가 있었다. 적어도 그렇게 불렀다.

우리는 교회에서 나와 그리로 갔다. 그 집에는 타론히 형
제 둘이 와 있었다. 동생은—치노 말에 의하면—공식적인 직
책은 없었지만 말이다. 마욜 경과 시장, 시장 부인 그리고 마
을의 유지들과 주임신부.

마욜 경과 할머니가 분위기를 지배했지만, 둘 다 경멸의
시선을 보내며 입을 다물고 있었다. 우리가 시장님 집에 들어
설 때, 모두가 아첨하는 듯 인사를 했다. 우리는 정원에 마련
된 크리스털 잔이 반짝이는 테이블에 둘러앉았다. 치노는 파
리가 두어 마리 앉은 자기 잔을 손에 들고 좀 떨어져 서 있었
다. 입술에 쩍쩍 달라붙는 들척지근한 와인 맛은 끔찍했다. 보
르하와 나는 곁눈질로 시선을 교환했고 보르하는 입술을 아
래로 말면서 눈살을 찌푸렸다. 시장 부인은 마당에 포도 넝쿨

을 하나 심어두었는데, 할머니가 그 넝쿨을 가리키며 말했다.

−누가 이런 생각을 했담?

할머니 말 속에는 막연한 부러움이 섞여 있었다.

할머니의 손가락은 포도나무 받침대를 가리켰다. 거기엔 아직 엷은 연둣빛을 띠고 있어 잎사귀와 거의 구분되지 않는 작은 포도송이들이 달려 있었다. 누군가 고개를 들고 포도가 익을 무렵에 관해 이야기하기 시작했다. 보르하와 나는 회반죽 칠을 한 담벼락 옆 벤치에 앉아 있었다. 할머니는 시장님과 이야기를 나누었다. 두 번이나 타론히 형제가 할머니에게 말을 걸려고 했지만, 할머니는 못 본 척했다.

치노는 여전히 말없이 멀리 떨어져 있었다. 마침내 파리 한 마리가 그의 잔에 빠졌다. 테이블 주변으로는 시장 부인이 하루살이처럼 앵앵거리며 돌아다녔다. 태양이 우물 속으로 빠지듯 그렇게 정원 위로 떨어졌다. 테이블에는 하얀 린넨 식탁보가 덮여 있었는데, 몇 년은 펼쳐본 일 없었던 듯 접힌 자국이 선명했다. 푸르스름한 크리스털 잔에는 카오바 나무처럼 붉은 와인의 광채가 뒤섞인, 분노로 가득 찬 태양이 넘실거렸다. 벤치 아래, 우리 발밑으로 개미들이 한 줄로 지나갔다. 보르하는 개미를 천천히 하나하나 죽였다. 시장 부인이 파스타가 든 쟁반을 내밀었다. 사람들은 전쟁과 승리에 관해 이야기를 나누었다. 난간에 걸린 국기가 바람 한 점 없는 하늘에 축 늘어져 있었다.

담벼락 뒤에서 목소리가 들렸다. 하지만 정원에 있는 사람들은 아무것도 듣지 못했다. 보르하가 벤치 위로 올라섰고 나도 따라했다. 담벼락 가장자리에는 금방이라도 살을 찢을 태세를 갖춘 것 같은, 이빨처럼 날카로운 유리 조각들이 뾰족뾰족 박혀 있었다. (≪손 마호르에도 똑같은 것이 있습죠.≫ 타론히 형제 중 형이 할머니를 쳐다보면서 악취가 나는 전투복을 입은 채 몸을 일으켰다.)

날카로운 유리 조각들 사이로 그들이 보였다. 그 사람들은 곧바로 내 눈에 들어왔다. 그 셋, 말레네와 마누엘 그리고 막내 사내아이가 조용히, 어젯밤 폭우가 아직 다 마르지 않은 땅을 파헤치고 나서 어딘가 어두운 곳에서 돌아오는 것처럼 진흙투성이 구두를 신고 길을 가고 있었다. 그들은 참나무들 사이로 사라졌다가 다시 더 가까이에서 나타났다. 상복이 아니라 평소처럼 옷을 입은 그들이 나란히 거리로 들어왔다. 기다리고 있었다는 듯 대장장이 부인—기엠의 엄마—과 다른 여자 둘이 거리로 나와 참지 못하고 목소리를 높였다. 하지만 말레네, 마누엘, 그리고 막내 아이는 아무런 대꾸도 하지 않았고, 그들이 지나간 길에는 거의 마법처럼 다시 아주 이상한 침묵이 퍼졌다. 날카로운 유리 조각들 사이로 이제 더는 아무것도 보이지 않았다. 그 순간 그들은 바로 담장 옆을 지나고 있어서 우리는 길거리 돌바닥 밟는 소리만 들을 수 있었다. 그들이 멀어지자마자, 대장장이 부인과 다른 여자들의 성난 목소리가 다시 들려왔다. ≪저러고 보란 듯이 다니는 거 정말 부끄럽지도 않나?≫ ≪분명 기독교식으로 매장하지도 않았을 거야….≫ ≪어떻게 감히!≫

보르하가 희미한 목소리로 말했다.

―신발이 진흙투성이던데…. 공동묘지에서 오는 건 아닌 거 같고, 어디에 묻었을까?

유리 파편에 반사된 녹색, 청남색, 다이아몬드 빛 광채에 눈이 아팠다. 나는 손가락 끝으로 칼끝처럼 날카로운 유리 파편의 가장자리를 쓸었다. 너무 강한 햇살에 눈이 따끔거렸다.

치노가 뒤편으로 다가와 말했다.

―내려오세요, 제발…. 제발….

보르하는 펄쩍 바닥으로 뛰어내렸다. 태양은 그 날카로운 이빨 같은 파편 사이로 녹색, 루비색이 되었다.

―여기도 포도가 잘 될까요, 손 마호르처럼?

시장 부인이 보드라운 목소리로 묻고 있었다.

치노는 손가락으로 잔에 빠진 파리를 건져냈다. 그는 파리를 공중으로 던져버렸고 벽에 달라붙은 파리에서 금빛 방울이 흘러내렸다.

태양의 학교

1

나는 폭풍우가 무섭지 않았다. 산에서 바다까지 비탈길을 굴러내려 마을을 통과해가는 천둥소리가 나는 좋았다. 하지만 바람은 무서웠다. 담벼락을 기어오르는 짐승이 나를 스쳐가기라도 하듯 바람이 불기도 전에 바람을 예감했다. 나는 어둠 속에서 깨어나곤 했다. 거울이 반짝였고 나는 방안을 스쳐가는 숨결을 느꼈다. 때로는 마을 집들 뒤편 밭과 작은 정원에서 생각지도 못했는데 갑자기 꽃들이 피어오를 때와 비슷한 두려움을 느끼기도 했다. 꽃들이 섬 밑에 숨겨진 어떤 비밀, 아름답지만 사악한 왕국에 대해 고자질하는 것 같았다.

(어느 날 내가 강가에 가보고 싶다고 하자 치노가 말했다. ≪이 섬에는 강이 하나도 없어요.≫ 강이 하나도 없다, 하나도. 내 지난날 중 뭔가 아름다운 게 있었다면 그건 시에스타 시간이나 해 질 녘, 아니면 황금빛 햇살이 떠오르는 아침에 푸른 강

물을 바라보는 것이었다. 자갈 해변처럼 강가의 매끄러운 바위들과 골풀, 갈대들.)

기엠의 아버지 대장간 뒤편, 잘 닫히지 않는 그 파란색 문의 유리 뒤로 형제의 엄마가 정성을 다해 가꾸는 정원 겸 밭이 있었다. 기엠의 엄마는 뚱뚱한 여자였는데 보르하와 내가—나도?—자기 집에 가면 아주 좋아했다.

그 섬에서 나는 태양을 알게 되었다. 기엠의 정원에 있는 꽃을 떨게 하고, 안개를 가로질러 축축한 불꽃이 되었다가 성배 모양의 꽃잎 위에서 천천히 수증기로 피어나는 태양. 섬의 꽃들은 약간 이상했다. 나는 한 번도 그렇게 쨍한 색깔의, 그렇게 큰 꽃들을 본 적이 없었다(내 고향의 들꽃들은 키 큰 풀숲이나 나무들 사이에서 투명한 이슬을 머금고 피어나는 보랏빛, 하얀색 혹은 밝은 노란색의 작은 꽃들이었다). 하지만 여기 꽃들은 반대로 바위틈에서 피어나 공기와 빛, 대기에 이르기까지 모든 것을 지배했다. 오솔길이나 비탈길, 이끼와 빨갛게 녹슨 쇠로 뒤덮인 용 모양을 한 우리 집 우물가. 여하간 바닥이라면 어디든 온 사방에서 꽃이 피어나는 것도 아주 이상했다. 가끔 보르하가 며칠간의 휴전을 선포할 때면 우리는 기엠네 대장간의 그 정원 겸 밭에 가곤 했다.

마누엘과 산타 카탈리나에서 그 일이 있은 지 이틀 후, 보르하가 우리를 그 윗길로 데려갔다.

—대장간에 가자. 기엠이랑 할 말이 있어.

-휴전할 거야?

-응.

치노가 우리를 따라왔다. 등 뒤에서 그의 서두르는 발소리, 헐떡거림을 듣는 것은 괴로운 일이었다. ≪기관지가 좋지 않아요.≫ 안토니아가 말한 적이 있었다.

기엠은 아버지를 돕고 있었다. 대장간 입구, 아니 골목 어귀에서부터 벌써 쇠망치 두드리는 소리가 들렸다.

보르하가 앞장서서 들어갔다. 치노는 내 어깨에 한 손을 올렸다.

-마티아 아가씨, 제발, 착하게 굴어줘요. 부탁입니다, 제발요.

나는 곁눈질로 그를 보았다. 치노가 그런 말을 할 때면 나는 왠지 부끄러웠다. 치노가 덧붙였다.

-두 분은 모르십니다. 다음에 제가 할머님께 다 말씀드려야 해요. 이런 친구들은 좋아하지 않으실 거예요. 아시겠어요?

-그래, 알아.

내가 성가셔하며 대답했다. 그때 이상하게도 치노가 버럭 화를 내며 말했다.

-두 분은 도무지 동정심이라곤 없어요. 잔인하십니다⋯. 아무것도 몰라요. 나를 위해서 이러는 게 아닙니다. 그분을 위해서예요⋯. 아세요? 우리 어머니 말입니다. 나 때문에 어머니가 슬퍼하시는 게 정말 싫어요. 어머니는 너무나 외롭다고요.

어머니는 내가 신학교에 들어갔을 때 너무 외로울까 봐 잉꼬새 곤돌리에로를 가르치기 시작한 거라고요. 그런데 이제 나랑 함께 지내게 되었는데 이젠 또 할머님이 내게 심한 말씀하시는 걸 도저히 참으실 수가 없는 겁니다. 두 분은 그걸 아셔야 해요. 그런데 도무지 이해하려고 하질 않으시니! 정말로 잔인하고 냉담하십니다. 하느님도 아실 거예요.

–바보 같은 소리 좀 그만해! 새가 어떻고, 다 모르겠어. 그리고 제발 내 어깨에서 그 손 좀 치워.

나도 화내며 말했다. 그런 나 자신에게 나도 깜짝 놀랐다. 어쩌면 겁이 나서였을까? 아니면 슬픔 같은, 아무짝에도 쓸모없는 감정 때문이었을까? 모르겠다! 하지만 누에스트라 세뇨라 델 로스 앙헬레스 기숙학교에서 고로고를 베개 밑에 숨기고 있었을 때 만큼이나 가슴이 답답해 왔다.

대장장이는 흠집이 잔뜩 난, 큰 가죽 앞치마를 두르고 있었다. 치노가 그에게 미소를 지었다.

–정원에 들어가도 되겠습니까? 이분들이 들어가고 싶어….

–무슨 일이 있는 건 아니겠죠?

–맙소사, 아닙니다, 아니예요, 이분들이….

치노가 우리를 손으로 가리킬 때 새끼손가락에 자기 엄마의 은반지를 끼고 있는 것을 보았다.

≪치노, 치노의 엄마, 반지.≫ 나는 당황해서 혼자 속삭였

다. ≪그들, 언제나 함께 하는 사람들. 그런데 나는 아무도 없어, 전혀, 아무도.≫ (물론 나도 보석상자에 반지를 가지고 있었다. 그리고 할머니 말에 의하면 은행에 더 많이 있다고 했다. 하지만 난 그런 반지를 원한 게 아니다. 그런 건 싫다. 나중에 크면 모두에게 나눠줄 것이다.)

내가 갑자기 말했다.

─치노, 너 사제복 입었을 땐 정말 꼴보기 싫었는데, 그런데 신학교는 왜 그만둔 거지? 신부님들이 널 싫어했지, 그렇지? 너는 하느님을 믿지 않으니까. 보르하는 아주 잘 알고 있던데?

정원에 들어가자 역시나 독을 품은 듯한 큰 꽃들이 피어 있었다. (그런데 나는 왜, 도대체 왜 치노를 비웃으며 그런 말을 하고는 그토록 슬퍼진 걸까? 왜 그 쓰디쓴 맛이 혀끝에까지 남아 있었을까?)

─마티아, 조용히 해. 우리 공부할 거야.

보르하는 이렇게 말하면서 바닥에 앉더니 무릎 위에 책을 펼쳐 들었다.

─어서, 치노, 하느님에 대해서 말해 봐.

내가 끈질기게 말했다.

(분명 뭔가 있었다. 태양빛에, 꽃과 꽃잎들 속에 뭔가가 내 혀를 독하게 몰아세워서 나는 도무지 멈출 수가 없었다.)

치노도 책을 펼쳤다. 그러고는 빼놓을 수 없는 그 손수건을 꺼내 이마의 땀을 닦았다. 바람 한 점 없었다. 손수건에 수

놓아진 머리글자를 보자 시기심이 솟구쳤다. 그의 엄마, 창백한 얼굴에 주름진 입술, 안토니아가 아니면 누가 수를 놓아줬겠나? 나는 손톱으로 이파리 하나를 떼어냈다. 바보처럼 이렇게 말하고 싶었다. ≪우리 엄마는 거의 보지 못했지만, 그래도 우리 아버지는 장난감이랑 책이랑 인형을 보내줬었어. 그리고 동방박사의 날에는….≫ 하지만 누가 보르하에게, 기엠에게, 치노에게 동방박사의 날 이야기를 하겠는가. 나는 갑자기 부끄러워졌다.

*

유리와 목재로 된, 파란색을 칠한 작은 문을 열면 방이 나왔다. 기엠의 엄마는 그 방에 색바랜 꽃무늬 시트를 덮은 작은 침대와 질긴 면 덮개를 덮은 라디오, 달력과 재봉틀을 넣어 두었다. ≪때로 마우리시아가 말했었지. *무서워하지 마!*≫ 언제? 언제 그렇게 말했더라? 정말 그렇게 말했던가? 난 어렸고 갑자기….

　-그럴 가치가 없어요. 뭐하러 두 분께 하느님에 대해 말하겠습니까?

　치노가 말했다. 그 말에 보르하가 고개를 들었다. 두 눈이 번쩍였다.

　-아, 좋아, 치노. 그럼 오렌지 농장 얘기를 다시 해볼까?

103

치노는 입술을 깨물었다. 그의 셔츠는 더러웠다. 분명 안토니아가 우리 옷을 빨고 다림질하느라 그의 옷을 빨아줄 시간이 없었을 것이다. (≪쌤통이다!≫) 마치 크리스털 잔 속에 들어와 있는 기분이었다. 하늘과 대기 모두가 유리막 뒤에 있는 것처럼 느껴졌다. 나비 두 마리가 서로 뒤쫓아 날았다. 사촌 보르하가 말했다.

─그런데 하느님은 마누엘 타론히의 아버지에 대해 뭐라고 하시지?

─분명 악한 인간이라고 생각하십니다. 시기심과 증오에 몸을 맡기는 것은 좋지 않아요. 모든 인간은 하느님이 자신에게 허락하신 것에 만족해야 합니다.

─그럼 넌? 하느님은 네게 뭘 허락하셨는데?

보르하가 책장 위를 지나는 벌레를 눌러 죽여 손가락 끝으로 밀어내는 바람에 검붉은 핏자국이 남았다. 보르하는 대답을 재촉했다.

─치노, 네겐 뭘 허락하신 건데?

바로 그때 기엠의 엄마가 들어왔다. 문 유리가 가늘게 떨렸다. 팔짱을 끼더니 우리를 보고 미소를 지었다.

─아니, 맙소사, 이분들이 그렇게 아름다운 정원에 사시면서 이 가난뱅이들 정원에 뭘 보러 오신 걸까? 우리 집 정원이 더 나은 게 뭐죠?

여자가 말하는 동안 나는 다시 강을 생각했다. ≪분명 강이

첫 기억

있을 거야. 땅속에서 바다로 흐르는 강이 분명 있을 거야.≫ 나는 눈을 감았다. 눈꺼풀 사이로 새빨간 빛이 새어 들어왔다. 보르하가 말하는 소리가 들렸다.

  -기엠 좀 볼 수 있나요? 기엠 일이 끝나기를 기다리고 있어요.

  나는 눈을 떴다. 여자가 기뻐서 호들갑을 떨었다.

  -그런데 우리 기엠이랑…. 도대체 무슨 할 말이 그렇게 많은 거유?

  그때 머리칼이 뻣뻣하고 투박한 기엠의 머리가 나타났다. 기엠이 말했다.

  -할 일이 있어. 거기서 기다려, 보르하.

  보르하가 단숨에 책을 덮었다. 그 바람에 책갈피 사이에 초록색 나비 한 마리가 잡혔다.

  -포르트에 갈 건데, 올래? 기엠?

  -포르트!

  그의 엄마가 뚱뚱한 두 팔을 공중으로 들어 올리며 말했다.

  -기엠이 포르트에서 뭘 하는 건데요?

  치노는 손수건을 소매 안에 간직했다. 우리는 나가려고 일어섰다. 대장간에는 검붉은 공기가 숨 쉬고 있었다. 대장장이는 절반은 어둠에, 절반은 화염 속에 갇혀 있는 것 같았다. 그을음이 낀 벽돌 벽에는 고문 도구처럼 보이는 무쇠 연장들이 걸려 있었다.

토요일이었고 성모마리아 교회 뒤로 시장 가판대가 설치되었다. 마을 상인들이 나귀에 물건을 싣고 팔러 왔다. 바닥에 천을 깔고 그 위에 양철 시계와 사기그릇, 거울 조각들을 늘어놓았다. 금빛으로 가장자리를 수놓은 작은 거울 조각에 비친 태양이 따갑게 몸을 비틀었다.

*

기엠 패거리에는 대장장이 아들 열여섯 살 기엠, 부드러운 목재 향이 가득한 정원의 벽 한가득 바퀴들을 기대놓은, 광장 끄트머리 집에 살던 마부 아들 아브레스의 토니(나는 그 애를 생생하게 기억한다. 금발에 제일 키가 커서 거의 나를 능가할 정도였고 겨우 열다섯 살이었다. 우리가 해변에 갈 때 멀리서 그 애가 빨간 바지를 입고 바위틈에서 조개를 잡는 모습이 보이곤 했다), 또 마부의 아들 아브레스의 토니와 혼동하지 않기 위해 손 루흐의 안토니오라고 부르던 손 루흐의 소작인 아들 안토니오가 있었다. 이 세 명이 주축이었다. 그다음 겨우 열세 살인 교회 뒤편 목공소집 아들 라몬이 있었다. 그런데 기엠은 때로 그 애를 데리고 다니는 걸 좋아했다. 이상하게도 라몬은 시에스타 시간이면 무리 전체와 움직이거나—그때는 라몬이 2중대였지만—아니면 기엠과 단둘이 다녔다. 태양이 작열하는 시간에, 마을 끝에 유적이 있는 작은 광장, 땅이 꺼져 말라버린 강바닥 같은 곳에서(이 섬 전체에 강이 하나도, 하나도 없는데) 창처럼 쭉 뻗은 초록 가지들 사이 먼지 구덩이에 둘이 함께 있는 게 눈에 띄곤 했다. 그 애는 겨우 열세 살. 하지만 보르하는 말하곤 했다. ≪걔가 아는 게 많아. 그래서 같이 다니는 거야.≫ 사악한 지혜로 무장한 아이, 그건 맞다. 가끔 목공소 앞을 지날 때면 목재들 틈에서 제 아버지를 돕고 있는 그 애와 마주칠 때가 있었다. 그러면 그 애는 작고 반짝이는 눈으로 우리를 바라보며 마치 자신이 많은 비밀(내게는 도무지 이해할 수 없는 것들)을 알고 있다는 듯 미소를 지었다. 그래서 보르하가 ≪그 애가 아는 게 있어서 데리고 다니는 거야≫라고 말하는 것이리라. 그리고 마지막으로 (항상 함께 다니는 건 아니지만 라몬의 친구인) 손 루흐 세탁부의 아들이자 구두 수선공 밑에서 수습을 하는 절름발이 세바스티안이 있었다.

우리 편에는 명령을 내리는 보르하, 의사 선생님의 아들 후안 안토니오, 그리고 비탈길을 벗어난 마을 초입에 커다란 정원과 밭을 갖춘 집에 사는 할머니 농장 관리인의 두 아들이 있었다. 이름은 레온과 카를로스인데 각각 열여섯, 열네 살이고 성격이 온순했다. 겨울이면 수사들과 함께 공부했고 보르하와 어울리기는 하지만 그건 아버지가 그렇게 하라고 했기 때문일 뿐 우리와는 사고방식이 다른 것 같았다. 특히 동생 카를로스는 공부를 좋아했고 상자에 곤충을 수집했다. 뿔테 안경을 쓴 그 애의 턱은 아직 반질반질했다. 둘에게서는 빵 냄새가 났다. 그리고 손가락에는 언제나 잉크 자국이 있었다. 할머니가 우리에게 그러는 것처럼, 그 애들의 아버지도 방학 때도 그 애들에게 공부를 시키기 때문이었다. 동생 카를로스는 말하곤 했다. ≪난 도로공학자가 될 거야.≫ 그러면 보르하는 어깨를 으쓱해 보였다. 레온은 좀 더 장난꾸러기에다가 위선적이었다. 둘은 신앙심이 깊었다. 아니 적어도 그런 척했다. 아버지를 기쁘게 하려고 그런 것이다. 그리고 그 애들의 아버지는 할머니를 기쁘게 하려고 그러는 것이었다. (이 섬에서는 모든 게 다 그랬다.)

기엠네 대장간에는 뭔가 해로운 것이 숨 쉬고 있었다. 바닥에 길게 드리운 그늘 속에, 쇳덩어리 두드리는 소리에, 풀무의 헐떡거림 속에…. 온 사방이 그랬다. 기엠은 웃통을 벗은 채 영사이먼호처럼 툭 튀어나온 갈빗대 위로 땀을 비 오듯 흘렸고 머리칼은 관자놀이에 딱 달라붙어 있었다. 밖에는 꽃들과 곰팡내 나는 우물이 있었다. 그리고 성질이 괄괄한, 빨갛게 익은 토마토와 초록색 토마토가 그려진 앞치마를 두른 그 애의 엄마와, 정원과 작은 밭을 나누는 나뭇가지들 사이로 앵앵대는 꿀벌들도. 그 애 엄마는 깡통으로 민 반죽 위에 청어와 피망 조각, 각종 채소와 검은 올리브를 올려 오븐에 구워냈는데 그건 마치 정원 한 조각, 혹은 설익은 초록이 살아 있는 작은 밭 한 조각을 떼어낸 듯한 모양이었다.

세 집 더 위로 올라가면 마부의 작업장과 토니가 있었다.

마부네 정원에는 꽃은 없고 몇 가지 채소를 심어둔 작은 밭과 우물이 전부였다. 늘 먼지가 가득했고 햇살 속에 반짝이는 금가루처럼 공중에는 톱밥이 날아다녔다. 아브레스의 토니. 나는 그 애가 하얀 돌에 반사되는 깨끗한 하늘 아래서 정원의 벽을 배경으로 손에는 알 수 없는 도구를 들고 목재 조각을 깎아내던 모습을 기억한다. 언제나 맨발에 속눈썹에는 톱밥 먼지가 수북했다. 그 애는 눈을 반쯤 감은 채 윤기라고는 없는 빵 껍질 색깔 머리칼을 양쪽으로 늘어뜨리고 이렇게 말했다. ≪좋아, 기엠이 가면 나도 가.≫ 그 애의 아버지는 목수, 그러니까 못돼먹은 라몬의 아버지의 사촌 동생이었다. 하지만 토니와 사촌 라몬은 사이가 좋지 않았다. 둘이 이야기를 나누는 걸 본 적이 없었다.

보르하와 기엠 사이의 휴전 기간은 그 애들이 아니라 보르하가 정했다. 휴전하는 이유는 단 하나. 포르트에 있는 에스 마리네의 카페에 가서 카드놀이도 하고, 에스 마리네가 밀수로 얻었다는, 비밀스럽게 숨겨 놓은 물건을 사는 데 돈을 쓰려는 것이었다. 에스 마리네는 아이들과의 사이에 비밀이 많았다. 그들 사이의 대화는 언제나 말이 절반, 고갯짓과 눈짓이 절반이라 나는 거의 알아듣지 못했다. 에스 마리네는 때로 아이들 돈을 다 따버리고는 빙글빙글 웃으며 담배를 말면서 충혈된 눈으로 놀리듯 아이들을 바라보았다. 언제나 판매가 금지된 무언가를 가지고 있었다(때로는 아편 담배까지). 아이들은 똑딱선을 빌려 오렌지 농장에 가곤 했지만 오로지 보르하에게만은 배를 빌려주지 않았다. 에스 마리네의 말에 의하면 보르하는 배를 잘 몰 줄 몰랐고 그래서 기엠이나 토니가 같이 가지 않으면 절대 빌려주지 않았다. *천만금을 준다고 해도 안 돼*, 에스 마리네는 말하곤 했다. 그래서 보르하는 오렌지 농장에 가려면 휴전하고 그 애들을 데려가는 수밖에 없었다. 보르하는 오렌지 농장에 가는 걸 정말 좋아했다. 사흘 꼬박을 그곳에서 보낸 적도 있었다.

보르하는 첫 방학 동안 딱 한 번 나를 그곳에 데려갔다. 그것도 밤에는 집으로 돌아온다는 조건이 있었다. 할머니는 남자아이들과 함께 오렌지 농장에 가서 사흘 밤을 보내기에는 내가 너무 컸다고 말했다. (언제는 내가 혼자 남자애들과 다니지 않는 것처럼 말이다.) 하지만 집 밖에서 밤을 보낸다는 바로 그 사실이 아주 중요한 것 같았다. 그 애들이 오렌지 농장에 갔던 중 두 번은 할머니 모르게 포르트까지 가서 배웅을 했다. 그러고는 내가 여자라는 사실을 증오하면서 *레온티나*를 타고 집으로 돌아왔다. 할머니는 아무것도 눈치채지 못했다. 맨발로 똑딱선에 올라탄 아이들이 모두 한껏 즐거워하던 모습을 기억한다. 치노는 초록색 안경 렌즈를 반짝이며 간식 바구니 옆에 두 무릎을 모으고 앉아 있었다. 갈매기들이 작은 깃발처럼 펄럭이며 파도 가장자리에서 울어댔다.

그날도 나는 포르트까지 아이들과 함께 갔다. (그전에 필사적으로 할머니에게 허락을 구했었다. ≪할머니, 애들이랑 오렌지 농장에 가게 해줘요.≫, ≪절대 안 된다. 미친 게냐! 절대 안 돼! 젊은 여자애가 사내아이들이랑! 게다가 그중에는 기엠 같은 아이도 있는데.≫, ≪그렇지만 치노가 같이 가잖아요….≫, ≪그게 무슨 상관이냐?≫)

에스 마리네의 카페에는 다락방이 하나 있었는데 그곳에는 보르하와 기엠만 올라갈 수 있었다. 보르하는 기엠과 에스 마리네—나이는 오십이 넘었고 작은 키에 등과 가슴이 불룩 나온—가 공동의 비밀을 가지고 있다는 걸 알고 있었다. 바다 위 커다란 테라스, 해 질 녘이면 포르트의 남자들이 몰려드는 그곳에서 아이들은 모여 있곤 했다. 에스 마리네는 테이블 위에 잔을 올려놓았다. 와인과 올리브 통조림 깡통도 팔고 간혹 미리 요청해둔 경우에는 외국인들에게 먹을 것도 팔았다. 포르트 사람들은 고기잡이로 먹고사는 가난한 사람들이었다. 에스 마리네와 그 바다 위 큰 테라스로 밥을 먹으러 오는 사람들이 밀수에 종사하고 있다는 걸 모두 알고 있었다. 보르하가 말했었다. ≪기엠은 그자들이 배 타고 가서 밀수품 자루를 숨겨뒀다가 나중에 찾으러 가는 동굴이 어디인지 알아.≫ 그런 말을 들으니 금지된 일이라고 하기에는 너무 간단하다는 생각이 들었다. 그 부근에는 동굴이 많았다. 기엠과 에스 마리네는 아주 가까운 친구였다. 그 둘이 이야기를 나누는 것을 보면서, 나는 기엠이 나보다, 그리고 보르하보다 훨씬, 아주 훨씬 더 나이가 들었을 거라는 생각을 했다. 어쩌면 그리고 그건 단지 나이 때문이 아닐지도 몰랐다. 기엠은 우리가 절대 알 수 없는 모든 몸짓과 눈짓을 다 알아들었다. 웃는 얼굴 하나만 보더라도 기엠은 보르하보다 훨씬 나이 든 것 같았다. 실제로는 겨우 한 살 위일 뿐인데도 말이다. 그리고 어쩌면 그래서 보르하가 휴전이라는 구실을 만들어 그 애들과 함께 오렌지 농장에 가는 것인지도 몰랐다. 날씨가 좋으면 우리는 에스 마리네의 카페 테라스 위에 묶어둔 밧줄이나 자루들 위에 앉았다. 에스 마리네는 앵무새 새장이 여러 개 있었는데 금속 꼬챙이에 고기를 끼워 먹이를 주었다. 우리를 보자마자 앵무새들이 동시에 말을 하기 시작했다. 꼭 우리에게 욕설을 퍼붓는 것만 같았다. 에스 마리네는 혼자 살았고, 직접 요리를 했다. 우리는 종종 그와 함께 밥을 먹었는데, 커다란 그릇 하나에 음식을 주면 모두 함께 숟가락을 넣고 먹었다. 에스 마리네는 오른쪽 눈으로만 보았다. 왼쪽 눈은 눈썹 아래 이상스럽게 가려두었다. 항상 우리에게 아주 정중하게 할머니 안부를 물었지만 치노에게는 거의 말을 걸지 않았다. 보르하가 치노를 괴롭힐 때마다 에스 마리네는 그냥 웃기만 했다. 보르하는 손 마호르의 주인에 관해 에스 마리네와 이야기를 나누곤 했다. 에스 마리네는 손 마호르의 주인 호르헤에 대해 아는 게 많았다. 에스 마리네가 말하는 호르헤는 우리가 늘 에스 톤이나 안토니아에게서 듣는 이야기, 그러니까 거의 악마에 가까운 모습과는 아주 달랐다. 에스 마리네는 호르헤를 아주 좋아했고, 보르하는 극도로 집중하며 그의 이야기를 들었다. 치노도 마찬가지였다. 그날 바다 위 테라스에서 보낸 오후의 그 빛깔, 새장 속에서 노래하던 앵무새 소리를 기억한다. 그리고 창문 유리 위 푸른빛이 서서히 황금색으로 물들어가던 것도. 에스 마리네는 우리 사이에 앉아서 손 마호르의 주인 호르헤가 보르하의 친척—내 친척이라고는 하지 않았다—이라고 말하면서 놀리듯 보르하를 바라보았다. 보르하는 입을 약간 벌린 채 눈을 반짝이며 그 이야기를 듣고 있었다.

　-그런데 보르하, 넌 그 양반처럼 될 건가? 캬아, 네가 어찌 그 양반처럼 되겠나! 다시 태어나도 어려울 거야!

　보르하에게 에스 마리네처럼 말하는 사람은 아무도 없었다. 보르하는 뭐라 대답할 줄 몰라그저 미소를 지을 뿐이었다. 나는 아직도 자루들 위에 무릎을 꿇고 앉아 그를 바라보던 보르하의 모습이 눈앞에 생생하다. 노인은 거대한 바닷게처럼 생긴 손에 담배를 들고 있었다. 그가 바닥에 침을 뱉으며 웃었다. 충혈된 그의 왼쪽 눈에서는 쉬지 않고 눈물이 흘렀다. 에스 마리네가 말했다.

　-크아, 네가 어찌 그 양반처럼 되겠나.

　보르하가 부드럽게 웃고 있기는 해도 증오와 시기심 그리고 분노로 몸을 떨고 있다는 걸 나는 눈치챘다. 보르하가 정말로 원하는 게 있다면—그리고 그때 나는 아직 그가 얼마나 그걸 원하는지, 또 어떤 희생을 치를 준비가 되어 있는지 알지 못했다—훗날 사람들이 자기에 대해 손 마호르의 주인 호르헤 이야기를 하듯 그렇게 이야기해주는 것이었다. 몇몇 사람, 그러니까 에스 톤 같은 이들은 우리에게 손 마호르의 호르헤에 대해 다르게 말하기는 하지만, 그게 오히려 더 보르하를 자극하는 듯했다. (어느 날 밤 정원에서 아몬드 껍질을 벗기면서 수다스러운 에스 톤이 낮은 목소리로 마치 대단한 비밀이라도 되는 듯-그래서 우리가 더 혹하기도 했고- 여러 가지 이야기를 해주었다. ≪그 손 마호르의 호르헤, 그 양반은 미쳤어. 귀신에 씌었다고. 여기 사람들한테는 아무 관심이 없었어. 이 마을에는 자기 수준의 친구가 하나도 없었어. 언제나 저 멀리, 저 바다로 친구를 찾아다녔지. 친구라니! 내 참, 다들 해적 나부랭이들이었어. 에스 마리네가 델핀호에 선원으로 등록하고 돈 호르헤 그 양반이랑 이교도들 세상으로 나갔었지…. 돈 호르헤는 미쳐도 완전히 미쳤어. 아니 차라리 몸에 악마가 덧들였다고 말하는 게 나을 거야. 아버님이 너무 응석을 받아주셨다더군. 그래서 그래. 아버지의 눈을 통해서만 세상을 본 거야. 그 가엾은 노인은 호르헤가 저 빌어먹을 섬들을 천둥 번개처럼 굴러다니는 동안 손 마호르에서 혼자 아들 이름을 부르다 죽었어…. 돌아왔을 땐 이미 노인은 땅에 묻혀 있었는데 호르헤는 초상도 치르지 않고 하느님이 명한 대로 장례 절차를 지키지도 않았어…. 아니, 아니, 그보다 더 최악이었어. 몸 안에 악마의 기운이 들린 거지. 집안 가득 부랑아들을 불러들여서는… 그 집에서 끔찍한 술판을 벌였다고 해. 어느 밤인가는 사람들이 악마 하나가 망토에 검은 안경을 쓰고 그 집으로 들어가는 걸 봤다더라고. 절벽에서 끔찍스러운 웃음소리가 들렸고. 아무도 델핀호에 가까이 가고 싶어 하지 않았지. 마법에 걸렸으니까. 포르트 사람들이 그러는데 그 배가 밤이면 지옥 불처럼 환하게 빛난다는 거야…. 그 안에서 무슨 일이 일어났는지는 하느님만 아시겠지. 그리고 여기, 내가 누구라고 이름을 말하고 싶지는 않지만, 시내 유지의 부인 한 분이 남편을 버리고 호르헤랑 도망을 쳤어. 그 사모님이 어떻게 됐는지는 아무도 몰라. 지옥이 삼켜버리기라도 한 것처럼 말이야. 여자들한테 마술을 건 것 같다니까. 여자들은 모두 그 양반이라면 미쳐서 결국에는 그 악마랑 줄행랑을 쳤지. 섬 전체가 겁에 질렸었어! 그리고 부인은… 알려진 것만 네 명이야. 그중 하나는 기독교인도 아니었어. 피부가 검고 유령처럼 델핀호에서 살았는데 일도 안 했어. 그런 멍청한 미친 짓에 돈을 다 허비해 버렸어. 그렇게 허랑허랑 돈을 쓰면서 다 잃고 말았지…. 하지만… 세월은 잔인한 거야. 모두에게 세월은 흐른다고. 그래서 지금 저렇게 몸은 병들고 늙어서 친구 하나 없이…. 아이들은 다 그 양반을 무서워해. 엄마들이 늘 그러거든. 착하게 굴지 않으면 손 마호르 주인이 잡아간다. 하느님이 벌을 내리신 거야. 다 지나가는 거거든, 인생에선 다 지나가는 거야.≫

그리고 에스 마리네는 말했다.

-이젠 아무에게도 자기 모습을 드러내지 않아, 거기서 나오질 않아. 죽어가고 있어.

잠시 생각에 잠겼다가 말을 이어갔다.

-언제 한 번 보러 가야지. 날 기억할 거야. 그 배의 선원이었거든. 그 시절 사람이 찾아가면 좋은 와인을 한 잔 대접해준다고 해. 진짜 신사야. 자기를 섬기는 사람을 무시하는 법이 없었어. 진짜 신사지. 그런 사람은 많지 않아.

치노가 말했다.

-전에는 도냐 프락세데스랑 친한 친구 사이였어요.

-예전에, 예전이야…. 지금은 친척들에 대해 알고 싶어 하지 않아. 언제 한 번 뵈러 갈 거야, 그래, 그분을 뵈어야지…. 나랑 아주 멀리까지 항해했었어. 섬들을 말이야.

그러고는 갑자기 짤막하고 살집이 두둑한 손가락에 짐승 앞발 같은 손으로 바다를 가리켰다. 저 멀리 바다에서 빛나는 광채는 그냥 보기만 해도 목이 막혔다.

-그런데 지금은 저기 숨어 있어. 쳇! 그 구역질 나는 사나모, 기타나 주물럭거리는 역겨운 녀석이랑 함께! 자존심도 없이 녀석에게 기대 살다니…. 나는 그런 짓은 못해, 우리가 전에 어떻게 살았느냐 말이야! 그 역겨운 사나모 녀석, 우리 델핀호의 옛 시절을, 가여운 그 양반의 추억을 이용하다니! 그래, 그놈의 빌어먹을 기타로 그 양반의 추억을 휘저어대는 거야. 거리로 내쫓기지 않으려고. 그 자식은 늘 그랬어, 배신자! 델핀

116
첫 기억

에 마지막으로 남은 자야, 마지막!

한쪽 구석에서 기엠이 음울한 미소를 지었다.

-그래, 온 세상이 그 양반을 알고 있지! 온 세상이 알아, 돈 호르헤를!

에스 마리네와 기엠은 알 수 없는 미소를 지어보였다. 보르하가 고함치듯 말했다.

-우리는 성이 같아. 전에는 가족이 다 잘 지냈어. 치노 말이 맞아. 할머니는 그분이랑 좋은 친구였어. 누구랑도 끝난 사이, 그런 건 없어, 실제로.

-없지, 없어, 없고 말고.

에스 마리네가 담배꽁초를 이쪽 입꼬리에서 저쪽으로 옮기며 말했다.

-그리고 자네가 상속자가 될거야, 그건 확실해!

기엠은 발로 개미들을 짓눌렀다. (섬은 개미 천지였다. 사방에 개미 길이 있었다. 끝없이 뚫린 혈관처럼 가느다랗고 작은 터널을 뚫고 다녔다. 그 길을 따라 온천지에 개미들이 끊임없이 오갔다.) 에스 마리네는 구멍 뚫린 작은 나무 국자를 검은 올리브 깡통에 넣었다가 꺼내 물이 뚝뚝 흐르는 채로 접시에 쏟아놓았다.

-그 양반을 보러 갈 거지?

치노가 보르하의 어깨에 한 손을 얹었다. 순간 그 손은 아주 이상해 보였다. 노르스름하고 건조한 손. 친구의 손은 아니었다. 하지만 뭔가를 원하거나 혹은 간곡히 청하는 손이었다. 보르하는 내가 잘 아는 그 확고한 미소를 지으며 가만히 있었다.

-물론, 그분을 뵈러 갈 거야, 언제라도. 어쨌거나 나한테는 아저씨니까.

-그렇지, 뭐 그렇게 되지.

에스 마리네는 웃었다.

-가서 뵙게 되면 내 안부를 전해주게, 그 시절 얘기를 좀 해드려. 이봐, 찬장에 금화를 가지고 있었어. 금화를 몇 통씩, 몇 통씩이나! 그러고는 말했지. 마리네, 가져가라. 넌 좋은 녀석이야! 내가 그 양반을 잘 섬겼거든. 그렇지만 고정 월급 같은 건 없었어. 전혀!

기엠과 에스 마리네는 다시 서로 눈을 마주치며 숨이 넘어갈 듯 웃어댔다. 그럴 때면 작고 사악한 눈빛의 기엠은 얼마나 교활한 늙은이 같아 보이던지! 보르하도 억지로 웃었다. 에스 마리네가 우리에게 파는 와인은 정말로 저질이어서 이빨과 입술이 검게 물들었다. 가끔은 일종의 아주 센 소주를 팔 때도 있었는데, 그 술을 마시면 썩 기분이 좋아졌다.

-아, 섬들은 전부 돌아다녔어.

할머니가 혼잣말을 하실 때처럼 에스 마리네는 오른눈을 반짝이며 꿈꾸듯 말했다.

-그 돛단배를 팔아버리다니, 빌어먹을…. 그 배를 판 게 아

니라 그 양반이 불 질러버렸다고 하는 사람들도 있기는 해. 델핀호를 어쨌는지 나는 몰라, 우리가 전부 그 배를 얼마나 좋아했는데! 사실 그때 나는 생각했어. 손 마호르의 주인님이 델핀을 없애버렸다고? 그렇다면 이건 아주 심각한 건데?

-아픈 게 아닙니다.

치노가 말했다.

-언젠가 정원 철책 문 뒤로 꽃을 가꾸는 그분을 본 일이 있어요.

-심각해, 심각해.

에스 마리네가 거듭 말했다. 그의 한쪽 눈은 뒤얽힌 눈썹 속으로 완전히 사라져버렸다.

모두 오렌지 농장으로 떠나고 혼자 *레온티나*를 타고 돌아오면서 나는 이 모든 추억을 떠올렸다. 아이들이 모두 떠나는 걸 보고 난 뒤의 그 씁쓸한 마음, 그 대화가 내 마음에 불러일으킨 이상한 몽상을 가득 안고 선착장에 도착한 나는 비탈길을 올랐다. 작은 밭을 통해 정원으로 들어가 내 방으로 조용히 올라갔다. 포르트까지 다녀온 걸 할머니가 눈치채지 못하도록 서둘러 씻고 저녁 식사를 위해 옷을 갈아입으려고 살금살금 걸었다. 나중에 할머니가 내게 물었다.

-어디 있었던 게냐?

-공부했어요.

할머니는 내 손가락을 보았다. 잉크가 묻어 있는지 보려는 거였다. 그러고는 그 커다란 코를 내 입에 갖다 대고 담배를 피웠는지 냄새를 맡았다. (그전에 나는 아직 상표가 붙어 있는 수프 깡통에 에스 마리네가 보관해 두었던 박하 캐러멜을 미친 듯이 씹었다.)

나는 안토니아에게 물었다.

-손 마호르 주인은 어떤 사람이야? 그 집에 악마가 있다는 게 정말이야?

안토니아는 침대 시트를 펼친 다음 시트 안으로 손을 집어넣어 잡아당기다가 나를 돌아보며 말했다.

-그 주인님은 이제 너무 늙었어요. 좀 이상하긴 해도 대단한 분이었죠…. 진짜 신사였어요, 그건 확실해요. 너그럽고 또 미친 사람 같은 데가 있었어요. 여기 사람들은 다 그분을 이해할 수가 없었어요…. 자기 방식대로 즐기며 살았으니까요. 기괴망측하기도 하고, 여기 사람들은 절대 하지 않는 일들이었죠. 그러니까… 뭐라고 할까요? 전부 다 쓸어가 버렸어요, 바람처럼요! 그 많던 재산을 다 써버리고, 정말 어마어마한 스캔들이었어요!

-돈은 아직도 많아! 찬장에 금화가 가득하대.

-그게 그분에게 뭐 대수겠어요? 그런 건 아무것도 아닐걸요.

안토니아가 대답했다. 그 말을 할 때 안토니아는 경멸하듯 입술을 삐죽거렸다. (어째서 그 순간 그 사진, 라우로가 어렸을 때 안토니아와 같이 찍은 그 사진, 거울 테두리에 끼어 있

던 그 사진이 떠올랐는지 모르겠다.) 안토니아는 아주 짧게 웃
더니 더 낮은 목소리로 마치 혼잣말하듯 덧붙였다.

　-이미 충분히 우스운 짓을 했죠, 이미…. 그 땅을 전부 호
세 타론히랑 사 멜레네에게 주다니. 정확히 비탈길 딱 한가운
데, 우리 마님 땅 한가운데를. 그래서 도냐 프락세데스가 그렇
게 화가 난 거죠.

　(*레온티나*를 타고 집으로 돌아오는 길, 조금씩 어두워지는
하늘 아래서 나는 그 일을 다시 떠올렸다. 햇볕에 그을린 쭉 뻗
은 내 다리를 보면서 어쩌면 사람들이 우리에게 해준 말이 사
실일지도 모르겠다고 생각했다. 하지만 내가 보기에 인생에는
너무나 사실적인 일들이 있었다. 사람들이 언제나 내게 말하
고 또 말해주었으므로 나는 세상이 넓고 또 악하다는 걸 잘 알
고 있었다. 그리고 생각했던 것보다 더 끔찍할 수도 있다는 생
각에 더욱 두려웠다. 땅을 내려다보며 나는 홀로 생각했다. 우
리는 죽은 자들 위에서 살고 있다, 거대한 꽃들과 나무가 가득
한 이 돌무더기 섬은 죽은 자들 위에 죽은 자들이 쌓여 뒤섞인
곳이다. 한번은 에스 마리네가 이렇게 말한 적이 있다. 손 마
호르의 호르헤는 수많은 희생자를 만들었고 잔인했다고. 그러
면서 세상 누구도 그 사람만큼 너그럽고 존경할 만한 사람은
없다고도 했다. 그렇다면 희생당한 그 사람들은 누구란 말인
가? 어떤 나쁜 짓을 했다는 것인가? 비탈길 *끄트머리*에는 요
전 날 오후 내가 후안 안토니오를 밀쳐 버렸던 돌계단 옆에 우

121
태양의 학교

물이 있었다. 우물에는 이끼가 잔뜩 낀 용머리가 입을 크게 벌리고 있었다. 뭔가 우물 속으로 떨어질 때면 울림이 아주 깊었다. 쇠줄을 내리는 소리에조차 섬뜩한 울림이 있었다. 나는 그 어둠 속, 물을 향해 머리를 깊이 숙이곤 했다. 땅의 어두운 심장부 냄새를 맡는 것 같았다.)

—너희들 스테인드글라스에 성 지오르지오를 본 적 있나?

그날 에스 마리네가 말했다.

— 손 마호르의 호르헤가 바로 그랬어.[1]

성모마리아 교회 안에는, 태양 빛이 통과해 새빨간 와인이 들어 있는 잔처럼 투명한 눈들에 둘러싸여 성 지오르지오가 황금 왕관과 갑옷, 커다란 녹색 창을 들고 빛을 발하고 있었다.

—꼭 성 지오르지오 같아. 그걸 그린 사람이 자기 조상을 모델로 삼았다고들 하더군.

—말도 안 되는 소리!

치노가 안경을 벗고 두 손으로 눈을 가리며 말했다.

—당장 닥치고 그 아름다운 스테인드글라스에 대해 이러쿵저러쿵 마시오….

(나는 언제나 생각했었다. 치노에게는 성모마리아 교회 스테인드글라스의 순교자들이 어둠 속에서 빛나며 복수심에 가득 차 저 높은 곳으로부터 우리를 내려다보는 자신의 형제 같

---

1 '지오르지오'를 스페인어로 바꾸면 '호르헤'가 된다.

은 존재일 것이라고. 밖에서는 태양이 사자처럼 정탐을 하는 사이, 겁에 질린 도마뱀과 쥐가 바람에 굴러다니는 종잇장처럼 돌아다니는 그 교회에서 말이다.)

에스 마리네가 테이블을 주먹으로 내려치는 바람에 접시 위 까만 올리브들이 튀어 올랐다. 기엠의 웃음소리가 크게 들렸다. 에스 마리네도 목소리를 높였다.

—성 지오르지오 같다고, 내가 말했잖아. 그 양반은 성 지오르지오 같아. 그리고 비열한 놈은 입을 다물고! 정말이야, 그 양반은 성 지오르지오처럼 잘생기고 또 기골이 장대했어⋯. 그리고 부적이랑 호박색 묵주를 잔뜩 들고 다녔어. 내가 봤다고. 이것 봐.

에스 마리네는 악취를 풍기는 셔츠를 풀어헤치고 표식이 새겨진 이상한 은화를 보여주었다.

—그 양반이 내게 준 거야⋯. 그 양반은 달랐어. 그 누구보다 앞서갔지. 사람들은 그랬어. ≪왜 그 몹쓸 배에서 나오지 않는 거지? 왜 건강도 돈도 다 잃게 만드는 항해를 그만두고 다른 사람들처럼 살지 않는 거지? 도시로 가서, 본토로 가서 다른 사람들처럼 즐기라고, 그런 것에 인생을 다 소진해버리지 말라고.≫ 그러면 그 양반은 이렇게 대답했어. ≪아니, 난 다른 인종이야.≫ 그 양반은 바람 같았어, 진짜 그랬어. 신 같았어. 내가 맹세하지.

에스 마리네는 두 손으로 십자가를 만들어 입을 맞추었다.

쪽 하는 소리가 났다. 눈치 없이 치노가 말했다.

-그건 유다의 키스지.

에스 마리네는 불같이 화를 내며 단도를 꺼내 들어 그의 가슴을 겨눴다. 치노가 벽으로 물러섰다. 바람이 정면에서 불어 치노는 눈을 감았다. 안경을 쓰고 있지 않았기 때문이다. 안경이 들린, 번쩍 치켜든 손이 떨리고 있었다.

-넌 어느 하느님 편인 게냐? 배교자? 아니면 선지자?

눈에 핏발이 선 에스 마리네가 소리쳤다.

-어떤 하느님이냐고? 넌 아무것도 안 믿잖아. 불신자라서 쫓아낸 거잖아. 넌 네 돼지 같은 배때기나 믿겠지.

그러면서 칼끝으로 갈색 단추가 달린 검은 옷의 푹 꺼진, 두려움에 떨고 있는 배를 가리켰다.

-넌 네 돼지 같은 창자만 믿어! 네가 이 순진한 애들에게 대체 뭘 가르친다는 거야?

우리를 가리키는 말이었다. 그러고는 침을 뱉고서 말했다.

-넌 죽음을 가르칠 뿐이야! 죽은 자들, 그것뿐이야. 넌 죽음에서 온 것밖에 몰라…. 썩 꺼져, 이 배교자, 유다야. 가서 타론히 형제를 불러와. 날 찾아오라고 해.

치노는 그에게서 떨어져 섰다. 보르하가 벌떡 일어나 포도주를 더 가지러 갔다.

-어이, 어이.

에스 마리네가 보르하를 불렀다. 보르하는 의기양양하게

돈을 보여주었다. 그는 돌돌 말아 고무줄로 묶은 돈을 오른편 주머니에 가지고 다녔다. 스웨터 끝자락을 들어 올렸을 때 벨트 뒤로 할아버지의 오래된 리볼버 개머리판이 보였다. 에스 마리네는 곧 분위기를 바꾸려는 듯 소리 내 웃었고 그 바람에 얼굴이 검붉어져 곧 터질 것처럼 보였다.

에스 마리네는 우리에게 밀수해 온 담배와 럼주도 팔았다. 그리고 기엠과 보르하에게는 뭔가 알 수 없는 것도 주었다. 내게는 보여주지도 않았다.

–이쁜이, 넌 안 돼, 안 돼.

보르하가 나를 떼어놓으며 말했다. 그렇게 말하는 보르하의 두 눈과 입술이 반짝거려서 내가 와인에 취한 게 아닌가 생각할 정도였다. 나는 화가 난 채로 혼자 *레온티나*를 타고 돌아와야 했다. 그 애들, 못돼먹은 녀석들은 에스 마리네의 똑딱선에 올랐다. 고함을 지르며 밧줄을 풀고 뱃머리로 올라갔다. 그 애들 등 뒤로 햇살이 내리쬐고 있었다. 성모마리아 교회에서처럼 하늘을 검붉게 물들이면서. 바람마저 나를 아프게 했다. 에스 마리네가 내게 말했다.

–꼬맹이 아가씨, 어서 배에 타고 돌아가요. 가세요, 얼른!

그 후로는 나도 알게 되었다. 휴전은 이틀이 될 수도 있고, 사흘, 아니면 단 하루가 될 수도 있다는 것을.

2

그 애들과 적대적 관계일 때 보르하가 할아버지의 라이플과 오래된 리볼버를, 후안 안토니오가 단도를, 그리고 농장 관리인 아들들이 채찍을 가지고 있었다면, 기엠과 그 무리는 정육점 갈고리를 가지고 있었다. 정육점은 가파른 길 끝에 있었다. 어느 날 나는 양 머리 하나가 그 문에 걸려 있는 것을 보았다. 툭 튀어나온 눈 하나가 시퍼런 핏줄 사이로 분노에 가득 찬 듯 잔혹하게 박혀 있었다. 아이들은 그곳에서 갈고리를 하나씩 훔쳐낸 다음 셔츠 안에 숨겨 다녔다. 유대인 광장에서 만날 때면, 서로 허세를 부리듯 그 갈고리를 휘둘러대곤 했다. 바위틈에 숨어 우리를 향해 돌을 던지기도 했는데 물론 던져서 ≪맞추지는≫ 않았다. 그냥 도발의 시작일 뿐이었다. 그러고는 숲으로 갔다. 치노에게는 이렇게 소리쳤다.

-유다, 유다, 유다!

보르하, 후안 안토니오 혹은 농장 관리인 아들들이 그 애들 뒤를 쫓았다. 그러고는 나무 사이에서 서로 격렬히 뒤쫓으며 잔인한 싸움이 시작되었다. 그 애들은 리볼버나 라이플총을 갖고 있는 보르하와는 거리를 유지했다. 조용하고 지독하게 잔인한 싸움이었다. 그 싸움의 의미를 나는 이해할 수가 없었지만 어쨌거나 몹시 불쾌한 일이었다. 누군가 다칠까 봐 그런 게 아니었다. 뭔가 나를 전율하게 하는 음울한 것을 예감하고 있었기 때문이다. 한 번은 후안 안토니오가 갈고리에 다친 적이 있었다. 다리 아래 검은 털 사이로 흘러내리던 피, 울지 않으려고 꽉 깨문 입술이 기억난다. 걱정은 단 한 가지, 자기 아버지가 알면 안 된다는 것이었다. 보르하가 바닷물에 적신 수건을 세게 묶어 치료해 주었다. 보르하도 가끔은 갈고리에 스쳐 다치는 일이 있었지만, 조심성이 많고 장어처럼 재빨리 도망치는 데다가 라이플총이 기엠을 겁주기도 했다. 기엠은 소리 지르곤 했다.

ㅡ반칙이야. 라이플총이라니, 반칙이야.

기엠 패거리가 무화과나무에 불을 붙이며 도발을 시작하곤 하던 곳은 유대인 광장인데, 오래전 화재로 허물어진 마을의 구시가지에 있었다. 탄광 숲을 향해 올라가는 오솔길 옆에 화재 때 그을린 현관 아치 몇 개, 무너지기 일보 직전인 집 두 채가 남았을 뿐이었다. 땅은 마치 돌 깎는 망치로 잘라낸 듯 깎아지른 절벽의 담벼락에서 갑자기 끝났다. 오른편으로는 비탈길과 말레네 타론히의 새하얀 집이 똑똑히 눈에 들어왔다. 그 아래로 바다가 눈부시게 펼쳐졌다. 내 지도책 속 바다와 똑같았지만, 더 거대하고 생생하게 살아 있어서 그 푸르름에 현기증이 나 온몸이 떨릴 정도였다. 게다가 더 짙은 빛깔의 땅과 해안 근처에 내걸린 깃발이 펄럭이듯 갈매기 무리가 날아오르며 그려내는 가로무늬까지. 오래전 유대인들을 산 채로 태워버렸다는 광장 높은 곳에서 내려다보는 바다는 불안함과 두려움을 불러일으켰다. 바람과 하늘이 뒤섞여 푸르른, 그래서 단호하게 위협을 가하는 듯한 그 바다에서는 찬란히 빛나는 우주도, 두려움에 떨며 떠돌아다니는 메아리도 길을 잃는 것 같았다. 오직 하나, 아래를 내려다보며 구르고 또 구를 수만 있다는 듯. 그리고 삶은 흉포하고 또 아주 멀리 있는 그 무엇이었다.

할머니의 굳은 얼굴, 마욜 경의 아름다운 얼굴, 그리고 에밀리아 이모의 불가해한 기다림, 원피스 주름 아래 간직한 안토니아의 냉담한 마음. 그런 것들에 맞서 나는 또 다른 섬, 오직 나만을 위한 섬을 만들었다. 보르하와 나는 알고 있었다. 우리는 혼자라는 것을. 종종 밤이 되면 우리는 벽을 세 번 두드리곤 했다. 그러면 보르하는 침대에서 벌떡 뛰어내렸고 나도 그랬다. 그러고는 요정들처럼 살금살금 복도와 방들을 가로질러 회랑에서 만나곤 했다.

회랑의 아치 사이로 하늘이 반짝이고 격자천장의 어둠 속에서 신비롭고도 허망한 섬광이 번쩍였다. ≪잠이 오질 않아.≫ ≪나도.≫ 창문에서 우리가 보이지 않도록 바닥에 엎드린 채 우리는 조용히 담배를 피웠다. 파자마와 살갗 사이에 아무도 알지 못하는, 낡고 더러워진 검은색 이상한 옷을 입은 내 인형을 간직하고 있었다. 나는 입천장 아래서 침이 잔뜩 묻은 끈적한 캐러멜을 꺼내 던져버렸다. 입에서 박하 향이 났다. 보르하가 말했다. ≪뭘 씹은 거야? 껌? 캐러멜?≫ 어느 쪽이든

창피하다고 생각한 나는 이렇게 대답했다. ≪치약이야, 냄새가 그래.≫ 그리고는 에밀리아 이모의 무라티 담배를 피우며 우리는 다시 입을 다물고 조용히 있었다. 가끔 보르하가 이렇게 말했다. ≪도대체 이게 언제 끝날까? 넌 전쟁에서 누가 이길 거 같아? 난 우리가 이긴다고 생각해. 가톨릭교도들이고 또 하느님을 믿으니까.≫ ≪난 모르겠어. 누가 이길지 모르겠어. 그건 절대 알 수 없는 일이야.≫ 보르하는 자주 내게 상기시켰다. ≪그거 알아? 우리는 본토에 정말 예쁜 집이 있었어. 그리고 난 학교에 다녔는데….≫ 그러면서 자기 고향이랑 친구들 이야기를 할 때면 나는 무슨 말인지 잘 이해할 수 없는데도 가만히 듣고 있었다. 그냥 그 목소리가 좋았다. 아치들과 하늘을 바라보며 생각했었다. ≪마우리시아≫ (아버지의 밭, 집, 숲과 강, 참나무 숲. 아, 꼭 땅이 크고 둥근 눈을 가진 것처럼 고요한 녹색 물웅덩이들이 있던 강!) 우리는 그 모든 것들로부터 너무나 무방비 상태로, 어쩌지도 못하고, 너무나—그래, 정말로 너무나—멀리 떨어져 있었다. 알바로 이모부의 초상화와 타론히 형제와 내 아버지에 대한 추억과 또 안토니아와 치노로부터…. 어른들이란, 남자들, 또 여자들이란 얼마나 이상한 종족인지! 또 우리는 얼마나 낯설고 부조리한 존재들인지! 세상으로부터, 시간의 흐름에서부터 얼마나 멀리 떨어져 있었는지! 우리는 이제 아이가 아니었다. 갑자기 우리는 우리가 어땠었는지 잊고 말았다. 그리고 바닥에 엎드려 이유도 모른 채 서로

태양의 학교

에게 가까이 다가갈 엄두도 내지 못했다. 보르하는 내 손 위에 자기 손을 올려놓곤 했다. 우리는 그저 머리만 맞대고 있었다. 가끔 보르하의 곱슬머리가 이마나 차가운 코끝을 간지럽히기도 했다. 보르하는 담배 연기를 한 모금 내뱉으며 말했다. ≪이 모든 게 언제 끝나려나…!≫ 그게 뭘 말하는지는 우리도 분명치 않았다. 전쟁을 말하는 것인지, 이 섬 이야기인지, 아니면 우리의 이 시절을 말하는 것인지. 가끔 갑자기 어떤 방에 불빛이 새어 나오고 그 샛노란 사각형 불빛이 우리 위를 비추는 일도 있었다. 그럴 때면 혹시 누군가 다가와 ≪너희들 여기서 뭐 하는 거니?≫라고 물으면 어떡하나 하는 생각에 갑자기 부끄러워지기도 했다. 그렇게 묻는다면 뭐라고 대답할 것인가? 그모든 이들, 엄하고 무관심한 말들, 보르하 자신과 기엠 그리고 후안 안토니오, 나와 함께 있지 않은 내 아버지, 그 모든 것에 맞서서 나는 나만의 섬을 가지고 있었다. 내 옷장 한구석, 수건과 양말 그리고 내 지도책 아래, 내 검둥이 작은 인형이 사는 곳. 녹색 평원, 바다 그리고 옷핀 머리 같은 도시들이 그려진 파란 종이와 하얀 수건들 사이에 내 작은 고로고가 다른 사람들의 잔인한 호기심을 피해 숨어 살고 있었다. 나는 반짝거리는 지도책 속에서—옷장의 어둠 속에 반쯤 몸을 숨긴 채, 카오바 나무와 녹말풀 냄새를 맡으며—매혹적인 나라들을 돌아다닐 수 있었다. 손 마호르의 호르헤가 돌아다니던 그리스의 섬들, 사라져버린 델핀호를 타고, 남자들과 여자들에게서, 그토록 두렵던 잔혹한 세상으로부터 도망치던 곳으로 말이다. 나는 또 지도책 속에서 알바로 이모부의 전쟁, 정복한 도시들(≪함락시켰어, 함락시켰어.≫, ≪테 데움….≫)도 돌아다녔다. 나의 아버지가 길을 잃고 조난당해 그의 나쁜 사상과 함께 침몰해버린 그 전쟁. 지도책 속에서 전쟁은 마치 늪처럼 아직 정복하지 못한 곳으로 아버지를 빨아들였다. 그리고 아버지에게 뭐가 남았나? (아, 작은 피터 팬, 네버랜드, 소피의 불행…. 아버지에게서? 아니, 아니다, 아버지는 네버랜드에 대해 분명 아무것도 몰랐다.) 그리고 남은 기억이라곤 오로지 옷장에 머리를 처박고 허리를 굽힌 채 지도책을 한 장 한 장 넘기는 부스럭 소리에 섞여드는 아버지 목소리의 울림, 시시한 대화 속 아버지 목소리뿐이었다. ≪마티아, 마티아, 아무 말도 안 할 거야? 아빠야….≫ (마을의 작은 전화 부스, 발뒤꿈치를 들고 서 있는 내 뺨 가까이서 흔들리는 검은 수화기, 나는 목이 메었다.) 나는 누구랑 이야기하고 있던 걸까? 누구랑? 시골집 상자 속에 눈이 내리는 멋진 수정 구슬을 잊고 두고 간 사람? (≪네 아빠 거야. 어렸을 때 그 구슬을 흔들어 눈이 오게 하는 걸 아주 좋아했단다….≫) 아버지라는 단어는 거기, 내가 오른쪽 눈에 가까이 대고—왼쪽 눈은 감은 채로—뒤집으면 안에 눈이 내리는 그 커다란 빗방울 같은 새하얀 수정 구슬 속에 갇혀 있었다. 그래, 그 목소리, ≪아무 말도 안 할 거야?≫ 그리고 어느 오후 우편함을 열던 또 다른, 마우리시아의 목소리, ≪아빠가 네게 뭘 보내셨는지 보렴….≫ 그 목소리만이 남았다.

(옷장 안에는 내 조그만 추억 보따리가 있었다. 갑자기 스며 나오는 핏방울이 소리를 내듯, 아버지의 목소리가 들리던 검은색 구불구불한 전화선, 다락방 사과들, 네버랜드, 봄의 대청소….) 하지만 우리는 다른 섬에 살고 있었다. 이 섬에서 우리는, 그래, 길을 잃고 공포를 불러일으키는 푸른 바다에, 무엇보다도 침묵에 둘러싸여 있었다. 섬 해안으로는 배도 지나지 않고 그 어떤 것도 보이지도 들리지도 않았다. 오로지 바다의 숨소리만 들렸다. 거기 회랑에서 나는 머나먼 추억을 간직한 내 검둥이 고로고를 꼭 껴안았다. 내가 누에스트라 세뇨라 델 로스 앙헬레스 기숙학교까지 가져갔던 고로고. 교감 선생님이 발견하고 쓰레기통에 버리려고 했고, 그런 교감 선생님에게 발길질한 나는 학교에서 쫓겨났다. 한때 고로고라고 불렸던 아이―나는 그 녀석을 위해 책의 여백마다 내 펜 끝에서 상상으로 생겨나는 작은 도시들과 나선형 계단과 끝이 뾰족한 돔 지붕과 종탑과 좌우가 맞지 않는 그림자를 그렸다―또 때로는 그저 검둥이라고 불렸던, 머나먼 안데르센의 도시에서 굴뚝을 청소하던 불행한 아이였다.

그 모든 것에 맞서서, *레온티나*를 타고 돌아오면서―계집애라서 (여자도 아니다, 여자조차도 되지 못해서) 오렌지 농장으로 가는 소풍에서 쫓겨난 채―그 모든 것에 맞서려고 나는 내 방으로 올라가 수건들과 양말들 밑에서 내 꼬맹이 검둥이

를 꺼내 그 애 얼굴을 바라보며 나 자신에게 물었다. 어째서 고
로고를 더는 사랑할 수 없는가 하고.

3

보르하는 도둑이었다. 어떻게 그런 나쁜 습관이 들었는지, 아
니면 날 때부터 그랬는지는 알 수 없었다. 문제는 보르하가 지
속해서, 그리고 거의 반사적으로 도둑질을 했다는 것이다. 특
히 돈을 훔쳤다. 자기 엄마와 할머니 돈을 기술 좋게 훔쳐냈
다. 위험할수록, 들킬까 봐 두려울수록 더 특별한 기쁨을 느끼
는 듯했다. 모두 그를 몹시 신뢰했고 그 애가 순진하다고, 또
고귀한 품성을 지녔다고 철석같이 믿었으므로 일은 아주 쉬웠
다. 주로 자기 엄마 방에서 돈을 훔쳤다. 에밀리아 이모는 부
주의해서 서랍장이나 가구 위에 돈을 아무렇게나 팽개쳐두기
일쑤였다. 그러고는 가엾게도 이렇게 불평하곤 했다.

─돈이 손에서 술술 빠져나가. 어째서 그런지 모르겠어….

할머니 돈을 훔치는 것은 훨씬 짜릿했다. 할머니는 돈을
양철 상자에 보관했다. 그걸 여느라 얼굴을 찡그리는 통에 상
자에 뿌옇게 입김이 서리곤 했다. 돈 상자는 보통 옷장 선반
에 두었는데 상자를 지키려고 그랬는지 그 위로 기도서와 프
랑스 루르드를 여행하며 가져온 죄 사함의 묵주를 넣은 상자
를 올려두었다. 그 옆에는 성수가 가득한 크리스털 병이 파수

꾼처럼 자리를 지켰다. 보르하는 간혹 그 물을 한 모금씩 마시기도 했다. 병은 성모마리아 모양이었고 왕관을 뚜껑처럼 돌려 열게 되어 있었다. 보르하는 의자 위로 올라가—키가 작은 보르하의 손이 닿기에는 선반이 너무 높았다—오랫동안 작업을 해야만 했다. 먼저 성모마리아처럼 생긴 병을 멀리 치우고, 기도서와 묵주 상자를 치운 다음 마지막으로 돈 상자의 열쇠를 돌려 열어서 돈을 꺼내야 했다. 돈은 보통 담배종이 다발처럼 둥글게 말아두었는데 할머니가 눈치채지 못할 만큼만 조심스럽게 꺼내고 나머지를 다시 제자리에 두는 데까지 시간이 한참 걸렸다. 복도 괘종시계 옆에 서서 나는 할머니 발소리가 들리는지 계단을 감시하면서 망을 보았다. 이 경우에는 도와준 대가로 전리품을 나눠 가졌다. 그중 대부분은 에스 마리네에게서 담배를 사느라, 또 담배 흔적을 지울 캐러멜을 사느라 써버렸다.

할머니는 종종 그 긴 손가락을 갈고리 모양으로 만들어 내 입에 쑤셔 넣곤 했다.

─네 나이에 캐러멜 먹는 애가 어디 있니? 부끄럽지도 않니? 이가 몽땅 상할 텐데.

기억하기로 당시 가장 굴욕적인 일 중 하나는 할머니가 끊임없이 내가 커서 아름다운 여인이 될 수 있을지를 걱정하는 것이었다. 무슨 일이 있어도 반드시 쟁취해야만 하는 그 아름다움이라는 것을.

–돈 없는 여자에게 도움이 되는 건 오로지 그것뿐이야.

그러니까 인생에서 내가 기댈 수 있는 단 하나의 재산은 아름다움이라는 것이었다. 하지만 그 아름다움이라는 것이 아직은 존재하지도 않고 멀기만 했던 것이 내 외모는 할머니의 기준으로 보았을 때 한참 부족했다. 우선 나는 어처구니없을 만큼 말랐고 키가 컸다. 할머니 말에 의하면 에밀리아 이모는 예쁘지는 않지만 부자였고 그래서 알바로 이모부(적어도 겉보기로는 지위가 높고 돈이 많은 남자)와 결혼했다. 우리 엄마는 예쁘고 부자였지만 바보 같이 로맨틱한 감정에 빠져 잘못된 선택을 하는 바람에 대가를 톡톡히 치렀다. 우리 아버지는, 또다시 할머니 말에 의하면, 원칙도 없고 뒤틀린 사상에 사로잡혀 있었다. 그리고 그 사상을 위해 엄마의 돈을 다 써버린 것도 모자라 자기 집안까지 파산시켰다. ≪그런 남자들은 절대 결혼해서는 안 돼. 가는 곳마다 악의 씨앗을 뿌리니까.≫ 다행히도, 할머니 말에 의하면, 그 결혼은 오래 지속하지 않았다. 엄마는 상황이 급반전되기 전에 죽었다. 그러므로 아름다움을 가꿔야 하고 돈도 있어야 한다…. 그래야 양날의 검을 쥐게 된다는 것이다.

할머니는 내 이빨도 몹시 걱정했다. 너무 크고 또 벌어졌다는 것이다. 그리고 내 눈에 대해서도 마찬가지였다(≪그렇게 곁눈질하지 마라.≫, ≪눈꺼풀을 반쯤 감지 말아라≫, ≪맙소사, 얘는 오른쪽 눈이 살짝 사시인가 본데?≫). 절망적으로 축 늘어진 내 머리카락도, 내 다리도 걱정이었다.

　-너무 말랐어…. 결국은 나이 탓이라고 봐. 조금씩 나아지기를 기다려야지. 몇 년만 지나면 우리가 널 못 알아보게 될 거다. 그런데 네가 너무 네 아버지를 닮아서 걱정이구나.

　흔들의자에 앉아 부엉이처럼 동그란 눈으로 나를 샅샅이 훑어보면서 내게 걸어보라, 앉아보라를 시키고 내 손과 눈을 들여다보았다(장날 노새를 사던 마을 사람들을 떠올리게 되었다). 또 그을린 내 피부와 태양빛 때문에 콧잔등에 솟아난 주근깨를 비난했다.

　-비렁뱅이처럼 매일 햇빛에 쏘다니더니! 맙소사, 난리가 났네. 입은 크고 눈 사이는 너무 벌어졌고…. 눈을 그렇게 가늘게 뜨지 마! 이마에 주름지잖니. 어깨를 펴고 고개를 들어…. 입술을 다물고, 침을 좀 묻히고….

　당시에는 할머니가 미웠어도 피할 도리가 없었다. 그 자리에서 새처럼 팔다리를 다 들고 갑자기 죽어버렸으면 좋겠다고 생각했다. 할머니는 대나무 지팡이로 내 등을 훑으며 똑바로 세우고 무릎과 어깨를 툭툭 치기도 했다.

　-언젠가는 나한테 감사하게 될 거다…. 이제 가봐라.

　그 ≪이제 가봐라.≫라는 말 뒤에 나를 기다리는 것은 라틴어 격변화나 코르네유 번역 혹은 할머니가 눈의 피로를 느끼지 않고도 창문가 흔들의자에 앉아 극장용 망원경으로 할머니의 괴물 같은 장난감 비탈길을 내려다보면서 들을 수 있도록—혹은 듣는 척하도록—어린 성자의 이야기를 큰 소리로 읽는 일이었다. 할머니의 손 가까이에서는 코담배 상자와 지팡이가 서서히 미끄러지고 있었다.

차라리 벌을 받는 게 더 나았다. 그래서 나는 할머니 목소리에 아랑곳하지 않고 뛰쳐나가곤 했다.

—마티아, 마티아! 어서 돌아와!

보르하가 없어도 나는 비탈길을 달려 바다까지 내려가 기분이 상한 채로 용설란 사이에 앉아 있거나, 가엾은 개처럼 내 그림자를 흔적으로 남기며 비탈길 담벼락 밖을 빙빙 돌거나, 혼자 있을 수 있는 곳이면 어디든 멀리 도망치기도 했다.

—가도 좋다….

나는 정확히 할머니가 싫어하는 방식으로 내 어깨 위로 눈길을 돌리며 방을 나오곤 했다. 갈고리 같은 할머니 손가락에는 내 캐러멜 찌꺼기가 남아 있었고 할머니는 그걸 손수건으로 조심스레 닦아내곤 했다.

그럴 때 보르하가 같이 없으면—배신자, 배신자, 내가 허락받지 못할 걸 알면서도 오렌지 농장에 가버렸어. 울고 싶은 걸 숨기려고 뭐라도 물어뜯으면서 다리를 꼰 채 담벼락에 기대앉아 무관심한 척 굴욕감을 삼키며 혼자 있게 될 것을 알면서도 가버렸어.—나는 할머니의 발톱에 잡혀 멍청한 에밀리아 이모와 함께 있어야 했다. 이모는 방에서 담배나 피우고 몰래 코냑이나 마시면서 (아, 그래서 두 눈이 벌게지고) 보드라운 배가 불룩해진 채 잔인한 알바로 이모부(보르하 말에 의하면 마을로 진격해 사람들을 총살했고, 보르하가 한 번도 볼에 키스하거나 눈을 똑바로 바라본 적이 없으며 크리스토 레이 학교에서 나쁜 점수를 받아올 때면 온종일 빵 하나와 물만 먹게 하는 벌을 주던 이모부)를 기다리고, 기다리고, 또 기다렸다. 알바로 이모부. 그에게서 남은 것은 쿠바 여송연 한 상자, 나는 그걸 코에 갖다 대고 눈을 감은 채 냄새를 들이마시곤 했다, 은장식 버클이 달린 가죽끈, 마구와 안장은 모두 정원에서 먼지를 뒤집어쓰고 있다. 그리고 벽에 걸린, 쳐다보기만 해도 부르르 떨던 채찍도 있다.

-저건 할아버지 거였어.

-그럼, 알바로 이모부 건요?

-글쎄…. 오면 저걸 쓰기도 했지.

(알바로 이모부는 섬사람이 아니었다. 보르하는 언제나 말했었다. ≪우리는 나바라² 사람이야.≫ 그리고 그곳에 정원과 마구간이 있는 큰 집과 땅을 가지고 있었다. ≪거기는 진짜 아름다웠어.≫ 보르하가 한숨을 내쉬며 말하곤 했다. ≪하지만 할머니는 너를 너무 사랑하시잖아, 보르하. 나랑은 달라. 네가 이 집을 물려받게 될 거야….≫) 그리고 에스 톤이 하던 말 ≪그자들은 짐승 같아…. 부인이 나를 보호해줄 거야.≫라는 말을 들었을

---

2 스페인 북부, 프랑스의 피레네산맥과 바스크 지역 사이에 있는 지역.

때 내가 올라가고 있던 그 주방의 창문 옆에 걸려 있던 채찍. 그 채찍은 어떻게 칼처럼 뾰족한 얼굴에 흉터로 인해 입이 비뚤어진 알바로 이모부의 소유가 된 걸까? 보르하는 이모부와 그렇게 닮았는데도 어떻게 그렇게 잘생겼을 수가 있지? 하지만 보르하도 가끔 이모부와 똑같은 식으로 바라볼 때가 있었다. 입을 일그러뜨리면서 위험한 칼날 같은 표정으로.

보르하가 오렌지 농장에 가 있던 마지막 날, 할머니가 점심 식사를 마친 후 말했다.

-난 좀 쉴 테다. 마티아, 너도 올라가서 잠시 눈 좀 붙여. 점심 먹고 좀 쉬는 게 너한테 좋을 거라고 후안 안토니오 아버지가 그러셨다.

일주일, 혹은 그 이전부터 후안 안토니오 아버지 탓에 이런 지겨운 일과를 갖게 되었다. 몹시 더웠던 것으로 기억한다. 창문을 활짝 열어뒀는데도 바람 한 점 없어 커튼도 잠잠했다. 정원의 나무 위에서는 윙윙대는 곤충들 사이로 먼지들이 반짝였다. 에밀리아 이모가 일어서면서 말했다.

-올라가서 편지를 써야겠어요.

언제나 편지를 써야 한다고 그랬다. 무시무시한 편지 뭉치들. 난 그걸 전선으로 보낸다고 생각했었다. 가끔은 이렇게 말했다.

-나랑 올라가자, 마티아.

그날 오후도 그랬다. 난 이모랑 함께 올라가는 게 정말 따분했지만 그렇다고 거절할 수는 없었다. 에밀리아 이모의 방은 아주 큰 데다가 작은 거실이 딸려 있었다. 어마어마하게 큰 부부용 침대와 장미색 천을 씌운 팔걸이 의자들, 무거운 옷장과 화장대, 서랍장과 닫혀 있는 커튼, 그리고 햇빛. 하얗고 투명한 천에 달라붙은 태양은 침대 위로 빛을 뿌렸고 창문틀 그림자 때문에 사각형 모양을 한 햇살에서는 녹말풀과 사과 냄새가 났다.

에밀리아 이모는 원피스를 벗고, 이모 말처럼 《시원하게》 주름진 연두색 가운으로 갈아입었다. 그 방에 있는 다른 모든 것과 마찬가지로 이모의 가운 역시 현기증 나는 향내를 풍겼다. 성난 태양에 상처 입지 않으려고 커튼을 굳게 닫은 그곳에는 뭐라고 한마디로 정의할 수 없는, 아주 폐쇄적인 동시에 들큼하고 탁한 무언가가 있었다. 나는 억지로 샌들과 옷(평생 입고 다닐 것만 같던 흰 블라우스와 가증스러운 주름치마)을 벗었고 에밀리아 이모는 내 머리칼을 땋아 높이 말아 올렸다.

-자, 어서 누워서 잠을 청해봐. 만화, 캐러멜, 껌, 그런 건 안 돼. 삼킬지도 몰라.

나는 상한 기분을 숨기고 그 역겨운 향수 냄새—게다가 화장대 위에 놓인 재스민이 향내를 뿜어냈다—를 들이마시며 침대에 누웠다. 눈을 뜬 채 천장을 바라보며 비탈길에서 매미가 울어대는 소리를 들었다. 그 방은 에밀리아 이모의 불룩 튀어나온 배와 가슴처럼 농밀하고 외설적인 곳이었다. 나는 이모가 장식장으로 다가가 너무나 아름다운 루비 빛깔 잔에 코냑을 따르는 것을 지켜보았다. 나는 눈을 감은 척하며 눈꺼풀 사이로 이모를 바라보았다. 이모는 코냑을 단숨에 마시고는 세면대로 가 수도꼭지를 열고—수도관이 욕설이라도 지껄이는 듯 일제히 신음을 내뱉으며 쉭쉭 거리기 시작했다—잔을 헹궜다. 그리고 나서 담뱃불을 붙인 다음 팔걸이 의자에 털썩 앉아 마욜 경이 빌려주곤 하는, 그러나 결코 읽는 법이 없는 잡지를 넘기기 시작했다. 갑자기 아주 이상한 분위기가 감돌았다. 누군가 정원에 있던 채찍과 마구를 이 방 벽으로 옮겨 놓은 듯, 과격하고 잔인한 무언가가(혹시 알바로 이모부에 대한 추억이었을까) 에밀리아 이모의 방을 가득 채운 고요함을 둘로 찢어 버린 것 같은…. 뭣 때문인지 이모는 이렇게 말했다.

　-네 이모부는….

　팔걸이 의자에 몸을 절반 정도 눕힌 채로 이모는 발코니 쪽으로 팔을 뻗어 커튼을 들쳐 올렸다. 생기 넘치는 햇살 다발이 황금 칼처럼 들어왔다. 나는 이모의 푸석한 옆모습과 눈그늘을 자세히 살펴보면서 속으로 말했다. ≪너무나 안타깝다! 뭔가 잃어가고 있어.≫ 그러고는 후안 안토니오와 보르하가 나누는 대화에서 엿들었던 것들 때문에 나의 혼란스러운 상상 속에서 알바로 이모부와 이모에 관한 이상한 생각들이 질주하기 시작했다. 나는 그 애들의 말을 잘 알아듣는 척했지만 사실 아리송하고 불분명한 것 투성이였다. 두려움 비슷한 뭔가를 느낀 나는 침대 한구석에 웅크리고 있었다. 왜냐하면, 거기 오른쪽—지금도 내가 보고 있는 곳—에는 다리미질 냄새가 강하게 풍기는, 수놓은 침대 커버 위로 네모난 태양 빛이 비치고 있었기 때문이다. ≪저 베개는 알바로 이모부 것이야. 저기는 이모부 자리이고. 에밀리아 이모는 언제나 이모부를 기다리고 있고 말이야.≫ 정확히 두려움이라고는 할 수 없는 무언가가 등줄기를 타고 흘러내렸다. 보르하와 후안 안토니오가 여자들과 남자들에 관해 이야기했던 것들을 떠올리며 나는 이상한 부끄러움 비슷한 것을 느꼈다. 나는 속으로 생각했다. ≪아니야, 어쩌면 그것도 또 다른 거짓말일지도 몰라.≫ 나는 죽음에 관한 이야기 역시 싸구려 거짓말이기를 바랐다. 나는 눈을 감았다. 에밀리아 이모는 나무 상자에 보관하던 편지들을 하나하나 꺼내 다시 읽기 시작했다. 그 상자에서도 알바로 이모부의 가죽 냄새, 삼나무 냄새 같은 침입자의 냄새가 피어오르는 것 같았다. 나는 그 세계의 이방인처럼 느껴졌다. 나는 가슴과 속치마 사이에 고로고를 데리고 있었는데 그 순간 이모가 내게 말했다.

−거기 뭘 숨기고 있는 거니?

−아무것도 아니야.

이모가 내게로 다가왔다. 나는 고로고를 보호하려고 침대 위에 납작 엎드렸지만, 이모는 결국 내게서 고로고를 빼앗는 데 성공했다. 이모는 손안에서 고로고를 한 바퀴 돌렸다. 나는 얼굴이 새빨개진 걸 들키지 않으려고 계속 엎드려 있었다. (귀가 얼마나 뜨거운지 생생히 느껴졌다.) 이모는 나를 비웃는 대신 이렇게 말했다.

－아, 인형…. 그래, 나도 거의 결혼하기 전날까지 인형이랑 같이 잤었지.

이모를 보려고 고개를 들었다. 이모는 웃고 있었다. 나는 이모 손에서 인형을 빼앗아 다시 베개 아래로 넣었다. 그러고는 생각했다 ≪그게 아니라고, 고로고를 껴안고 자지 않는단 말이야.—나는 고로고와 같이 잔 적은 없었다. 대신 셸린이라는 이름의 곰 인형을 데리고 잤다.—고로고는 다른 인형이란 말이야. 함께 여행하고, 또 옳지 않은 일에 관해 이야기를 나누는 상대라고. 껴안고 좋아하는 그런 인형이 아니란 말이야, 멍청한 이모.≫ 하지만 이모는 말했다.

－맨날 내게 담배를 달라고 하더니, 아직 인형이랑 노는 거니?

이모는 내 머리에 한 손을 올리더니 앞머리를 흐트러뜨렸다. 그러더니 서랍장으로 가 담뱃갑에서 무라티를 한 개비 꺼내서는 (담뱃갑에는 겨울 정원에 야자수 화분과 연미복을 입은 신사가 다리를 꼬고 앉아 멋지게 담배를 피우는 모습이 그려져 있었다) 웃으면서 내 입술에 꽂아주었다. 이모는 담배에 불을 붙여주며 말했다.

－네 엄마랑 나는 서로 아주 좋아했어, 마티아. 자, 착하게 굴어야지. 이 담배 피워. 알지? 난 허용적이야. 그렇지만 담배

를 피우고 나서는 눈 감고 잠을 청해야 해.

이모는 손목시계를 보며 덧붙였다.

-담배 피울 시간 십 분 줄게. 그런 다음 적어도 삼십 분은 쉬는 거야. 그러고서 계단 내려갈 때 소리만 내지 않는다면 나가게 해줄게.

이모는 다시 한 잔을 따라 들고 팔걸이 의자에 몸을 눕힌 채 편지로 돌아갔다. 재스민은 노랗게 시들었고 서랍장 위 작은 램프와 성 브루노, 성녀 카탈리나상 옆에는 꽃들이 쌓여만 갔다.

에밀리아 이모는 팔걸이 의자에서 잠들곤 했다. 봄이면 정원에 내놓는 탓에 햇볕에 그을린 의자에서 담배를 다 태우지도 않고 누워 잠들어 버렸다. 날이 무척 더웠던 것으로 기억한다. 팔월의 끄트머리였다. 파리 한 마리가 커튼과 유리 사이에 끼어 앵앵거렸다. 햇살 냄새가 벽을 태우고 서랍장의 밝은 카오바 빛깔에서 농밀한 향을 끌어냈다. 성인상들에서 나오는 톡 쏘는 향내와 꽃향기, 에밀리아 이모의 분 냄새와 코냑의 부드러운 향이 한데 뒤섞였다. 입천장과 혀 사이에 터키 담배의 들큼하고 이국적인 맛이, 또 입술 사이로는 이모 앞에서 피우느라 간신히 물고 있던 담배의 황금빛 광채가 느껴졌다. 나는 이모를 깨우지 않으려고 천천히 몸을 일으켰다. 이모는 방 안의 장밋빛, 황금빛 어둠 속에서 단단하고 새하얀 팔뚝을 늘어뜨리고 누워 있었다. 녹색 크리스털 재떨이에는 꽁초 하나가 아직 타고 있었다. 그리고 커튼 주름과 유리 사이에 잡혀 도망치지 못하는 파리 한 마리.

　나는 이모를 보려고 고개를 숙이고 조금씩 몸을 일으켰다. 마치 우물 속을 들여다보는 것 같았다. 마치 이모가 갑자기 어른들의 비밀을 털어놓기 시작했고, 그래서 내가 너무 놀라고 부끄러운 나머지 어디로 얼굴을 숨겨야 할지 알지 못하는 것만 같았다. 입을 아래로 말고 두 눈을 감은 채(한쪽 눈을 다른 한쪽보다 더 꼭 감고, 오른쪽 눈꺼풀과 뺨 사이가 유리 조각처럼 반짝이는데) 거기 그렇게 홀로 버려져 슬픔에 젖은 이모를 보니 몹시 혼란스러웠다. 가운 밖으로 살이 삐져나와 있었다. 나는 이모의 쭉 뻗은 다리와 맨발에 오른쪽 복숭아뼈 위로 올라간 치맛자락을 가만히 응시했다. (≪뭐하러 발톱은 칠하는 걸까?≫) 가늘고 그을린, 긁힌 자국투성이 내 다리와 꼬마 성자처럼 길쭉한 내 발, 바짝 깎은 네모난 발톱(하나는 타박상으로 푸르죽죽하고 갈라져서 손가락으로 누르면 아팠다)을 보며 속으로 말했다. ≪나도 발톱을 칠해야겠다.≫ 하지만 모든 건 너무 멀리 있었다. 그건 다음 생, 거의 다른 세상에서나 가능할 테지. 내가 에밀리아 이모처럼 느껴지는 날, 무라티 담배와 편지들, 새하얗고 푸석푸석한 기다림, 옷장 속에 몰래 숨겨둔 코냑을 채운 루비 빛깔 잔과 슬픈 대화를 나누면서 전쟁 따위는 아랑곳없이 졸음에 빠져드는 그런 생활. 이모부가 전쟁에 이겨야만, 그래서 집으로 돌아와야만 저렇게 정성껏 바른 발톱을 보게 될 텐데…. ≪저렇게 뚱뚱하면 이모부가 좋아하지 않을 거야.≫ 하지만 그런 생각은 나를 부끄럽게 했다. 나는 소리를 내지 않으려고, 주변에 흐트러져 있는 잡지들과 신문에서 종이 버석거리는 소리를 내지 않도록 애쓰며 바닥으로 미끄러져 내려갔다. 아주 조심스럽게 양탄자 위에 발을 올리고 샌들을 찾았다. 그리고는 부끄러운 줄도 모르고 내게 어른들의 어두운 모습을 드러낸 이 무방비한 여자의 길게 뻗은 다리 위를 지나갔다. 서랍장으로 다가간 나는 루비색 잔을 들었다. 잔을 높이 들고 거울 속 내 모습, 새하얀 속옷 끈 위로 에밀리아 이모가 아무렇게나 말아 올린 머리칼이 삐져나와 늘어진, 가느다랗고 햇볕에 그을린 내 어깨를 바라보았다. 내 뒤로는 황금빛 태양이 후광처럼 빛났다. 불그죽죽한 머리칼을 보며 이런 생각을 했다. ≪역광으로 보니 내가 마누엘처럼 빨간 머리네. 다들 내가 까무잡잡하다고 생각하는데.≫ 사탕이랑 박하 향 캐러멜을 너무 먹어서 다 썩어버릴지도 모른다고 할머니가 그토록 걱정하는 내 이빨을 보려고 나는 인상을 찌푸렸다. ≪나는 여자가 아니야, 아니야, 아니야. 나는 여자가 아니야.≫ 이렇게 말하자 가슴에 무거운 돌이 사라지는 것 같았다. 하지만 무릎이 떨렸다. 나는 붉은 잔 속으로 맹렬하게 혀를 집어넣었다. (하지만 지옥에나 떨어질 저 못된 이모가 어찌나 잔을 깨끗이 헹궈 두었던지!)

제일 어려운 것은—보르하가 할머니 상자에서 돈을 훔쳐낼 때와 마찬가지로—조용히 문을 여는 일이다. 그래서 보르하와 나는 방문 경첩에 기름 적신 수탉 깃털을 문지르는 방법을 배워두었다.

고로고가 양탄자 위로 떨어졌다. 팔짱을 끼고 검은 얼굴을 바닥으로 향한 가여운 모습이었다. 나는 얼른 고로고를 주워 들어 다시 내 가슴속에 넣고 머리를 메달의 체인으로 휘감았다. 옷을 집어 들고 옆방으로 가 서둘러 입었다. 그러고는 샌들은 여전히 손에 든 채 밖으로 나갔다. 복도 끝에서 괘종시계의 똑딱 소리가 침묵을 잘라냈다. 길어진 내 그림자가 계단까지 나를 따라왔다. 나는 첫 번째 계단에 앉아 샌들을 신었다. 너무나 더워서 꼭 꿈속에서 수증기를 들이마시는 것 같았다. (확실한 것은 아주 오랫동안—그리고 바로 지금, 이 순간까지도—마치 커다란 잔 속에 소음이 제거된 채 머물렀던 것 같던 그날 오후를 기억했다는 것이다. 그 숨 막히는 침묵 속에 오로지 마누엘과 내가 처음 대화를 나눌 때의 목소리만이 들려왔다. 마누엘의 목소리와 나 자신의 목소리가 뒤섞인 소리만이. 그리고 그 초록색 방울뱀의 찌르는 듯한 눈빛—괴물처럼 우리 머리 가까이에서—풀밭 사이에서 비탈길 땅 위에 누운 우리 둘을 바라보던 그 눈빛.)

*

정원으로 나갔을 때 햇살은 벽에 부딪혀 새하얗게 성을 냈고 아치 아래로는 축축한 그늘이 조밀한 수증기로 변해가고 있었다. 에스 톤의 농기구 옆에 멈춰서자 로렌사의 목소리가 들렸다.

─어떻게 안 된다고 하지?

그리고 안토니아의 목소리.

─그냥 줘, 아무도 모를 거야…. 어디서 구했는지 자기 엄마에게도 말하지 말라고 해.

그때 로렌사의 뒤를 따라 마누엘이 나왔다. 둘은 몸을 돌렸다. 로렌사는 손에 열쇠를 들고 있었고 둘은 집의 노란 모퉁이를 돌았다.

─둘이 어딜 가는 거야, 안토니아? 마누엘이 뭘 달라고 한 거야?

─마실 물이요. 사람들이 그 집 개를 죽여서 우물에 던져 넣었대요.

─어떤 사람들이?

안토니아는 어깨를 으쓱해 보이고는 다시 바느질로 고개를 돌렸다.

─누구라도 다 아는 사람들이요.

나는 핀을 가득 물고 있는 주름진 안토니아의 입에서 시선을 옮겨 로렌사의 걸음을 뒤따랐다. 둘은 비탈길이 시작되는 곳에 있는 밭의 우물로 갔다.

나는 올리브 나무에 기대서서 둘을 보고 있었다. 저 아래로부터 용설란 사이로 바다의 초록빛 광채가 올라왔다. 역광 때문에 나무들이 어둡게 보였다. 마누엘이 우물 위로 몸을 숙였고 로렌사가 양동이를 던졌다. 물소리가 들렸다. 타오르는 침묵 속에 던져진 차가운 은그릇 같은 아름다운 소리였다. ≪죽은 개를 우물에 던져 넣었대요.≫ 나는 내 발을 보았다. 무심코 샌들 가장자리로 땅 위에 금을 긋고 있었다. ≪끔찍한 냄새가 날 거야. 그 물을 마실 수 없으니 물을 청하러 온 거지.≫

　－누구였는지 알아?

　로렌사가 자기네 말로 물었다.

　우물 속으로 고개를 숙인 그 애는 대답하지 않았다. 줄을 끌어 올릴 때 그 애의 까무잡잡한 팔뚝이 반짝거렸다. 돌로 만든 용—치노 말로는 12세기 것이라고 했다—이 이끼 속에서 웃고 있는 것처럼 보였다. 로렌사가 낮은 목소리로 말했다.

　－필요한 만큼 가져 가. 그렇지만 사람들이 못 보게 해. 아무한테 아무 말도 말고….

　마누엘은 돌아서 가버렸다. 나는 올리브 나무에 조용히 기대 있었다. 마누엘이 물을 퍼서 항아리에 담았다. 초록색으로 칠한 큰 항아리였다. 나는 속으로 중얼거렸다. ≪죽은 개는 끔찍해. 도저히 참을 수 없을 만큼.≫

4

아마도 내가 당황한 이유는 그 애가 전혀 화를 내지 않았기 때문일 것이다. 내 발소리를 듣고 그 애가 고개를 들었다. 나는 아직도 도르래의 삐걱거리는 소리, 우물에서 솟아나는 탁한 습기를 지금 바로 내 옆에서 일어나는 일처럼 명료하게 기억한다. 땅의 숨결처럼 뜨겁던 습기까지도. 내가 말했다. ≪물이 차가워.≫ 그런 비슷한 말이었다. 어쩌면 그보다 더 진부한 말이었을 수도 있다. 어쨌거나 그 애가 고개를 돌려 나를 바라보았다. 나는 밭으로 고개를 숙인 그 애의 새카맣게 그을린 목덜미에 익숙했었다. 그 애가 내게로 고개를 돌렸을 때 나는 생각했다. ≪한 번도 나를 쳐다본 적이 없었어.≫ 그날 오후, 배를 가져갈 때, 그 애는 나도 보르하도 쳐다보지 않았다. (갑자기 호세 타론히를 묻고 돌아오던 그들을 봤던 날, 그 시장 부인의 정원 냄새가 풍기는 것 같았다. 포도 넝쿨 사이로 비치던 햇살, 그리고 무엇보다도 과도한 빛의 현혹. 어쩌면 그건 담벼락 가장자리에 꽂혀 있던 잔혹한 유리 조각들을 비추던 녹색, 황금색, 루비색 빛무리 때문이었을 수도 있다.)

아마도 3시 15분경이었을 것이다. 타들어 가는 잎사귀들을 둘러싼 햇살이 쨍쨍한 시간. 푸르죽죽한 이끼가 수십 년 내린 빗물처럼 용을 뒤덮고 있었다. 마누엘의 얼굴은 가늘고 단단했다. 한없이 깊은 두 눈, 손때 묻은 목재 같은 얼굴에서 나오는 광채는 햇볕 아래 타는 듯했다. 깊고 검은 눈동자에 푸른색 홍채. 한 번도 그런 눈을 본 일이 없었다. 얼굴의 나머지 윤곽을 모두 잊게 하는 두 눈. 확실히 나는 그 애의 얼굴을 다 잊었다. 보르하나 기엠, 또 후안 안토니오(언제나 내게 빈정거리며 모욕을 주려고 하던 아이들)에게서는 한 번도 일어나지 않은 이상한 일이 일어났다. 그 애가 (마을에서 아무도 알아주지 않는, 범죄자의 사상을 지닌 까닭에 살해당한 남자의 아들) 나를 쳐다보았을 때 나는 내가 한없이 어리석고 보잘것없게 느껴졌다. 얼굴에 피가 몰리는 것 같았다. 나의 어처구니없는 허세와 내게서 풍길 무라티 담배 냄새, 내 잘난 척하는 태도, 박하 향 캐러멜에 대한 기억까지 일시에 몰려들어 내가 바보 같고 별 볼 일 없는 것처럼 느껴진 것이다. 더 이상 무슨 말을 해야 할지 몰랐다. 그저 그 애를 바라보면서 그 자리에 가만히 서서 도무지 부적절하게 그 애를 향해 한 손을 내밀었다는 것, 그리고 늙은 프락세데스 부인의 손녀이자 보르하의 사촌, 누에스트라 세뇨라 델 로스 앙헬레스 기숙학교를 배경으로 하는 내 존재 자체가 정말로 기묘하다는 걸 그야말로 갑자기 깨달은 것이다. 그 애 안에는 오로지 어두운 슬픔만 있었다. 그런데 그 슬픔은 온전히 그 애 자신으로 인한 것이라기보다 어쩌면 나 역시 이유가 되었다. 나를 보듬어 안기라도 한 듯, 나를 꽉 움켜쥐어(흔들면 안에서 눈이 내리는 둥글고 차가운 수정 구슬을 내 손 안에 꽉 움켜쥐듯이) 갑자기 내가 그와 합체되기라도 한 듯. 그 슬픔 속에는 엉망으로 땋아올린 탓에 뒤로 흘러내려 목덜미에 쓸리는 머리칼, 급하게 뛰어나오느라 잠그지 못한 샌들 끈, 그리고 비 오듯 쏟아지는 땀이 모두 들어 있었다.

　-너무한 거 같아.

　내가 말했다. 내 입술이 떨리는 것을 알고 있었다. 그때까지 한 번도 생각해보지 않은, 아직도 혼란스러운 일을 말한다는 것도 알았다.

　-너희들한테 그렇게 한 거 너무 끔찍한 일인 거 같아.

　이상스러울 정도로 부끄러움을 느끼면서도 마치 나를 통해 먼 죄, 내가 다 이해할 수는 없지만 지금도 내 양심을 꺼림칙하게 하는 죄(치노, 안토니아, 어쩌면 기옘까지도 포함하는, 나를 둘러싼 모든 이에게 내가 저지른 죄, 신에 대한 두려움 혹은 사랑처럼 인정하고 싶지 않은 죄와 죄의식까지도)의 속죄로 통하는 길이 열리기라도 하듯이, 나를 억압했던 모든 것들, 나를 놀려대던 보르하, 할머니의 융통성 없는 관습과 우리에 대한 무관심, 게으름, 성가실 만큼 쓸모없는 에밀리아 이모, 이 모든 것과 더불어 아주 얇은 껍질이 깨진 것만 같았다. 갑자기 나는 그 모든 것 사이에서 벌떡 몸을 일으켰다. 나 혼자서. 《그런데 왜? 왜?》 나는 속으로 말했다. 땅이 시에스타를 즐기는 그 시간, 죽은 개가 우물을 오염시키는 그 순간, 내가, 오직 나 혼자만이, 어떻게 된 일인지 영문도 모른 채 알 수 없는 과도한 빛의 혼란 속에 있었다(무방비 상태의 열네 살짜리들에게나 가능한 일이다). 내가 덧붙였다.

　－그 사람들이 그렇게 한 건 너무 나빴어. 지금 이 마을에서 하는 일도, 이 마을에 사는 사람들도 전부 겁쟁이, 비겁하고 구역질 나…. 구역질이 나서 토할 지경이야. 난 그 사람들이 미워, 여기 사람들, 이 섬사람들 다 미워. 너만 빼고!

　이 말을 하자마자, 나도 내 말에 깜짝 놀랐고 얼굴이 불타는 것만 같았다. 피부가 활활 불타올라 태양이 덩어리째 내 속으로 들어온 것 같았다. 나는 당황한 채 혼자 중얼거렸다. ≪와인을 마신 것도 아닌데, 에밀리아 이모 코냑 잔에는 한 방울도 남아 있지 않았어.≫ 그 애는 여전히 나를 바라보고 있었다. 그냥 바라보기만 했다. 놀라지도 않고, 증오심도, 조롱도, 애정 어린 시선도 보이지 않았다. 마치 지금 보고 있는 것, 듣고 있는 것이 몇 년이고 지난 후에는 그 애와 내가 아닌 다른 사람들 이야기가 될 거라는 듯. 햇볕과 공기에 타버린 구릿빛 그 애의 머리칼이 반짝였다. 고운 먼지가 복숭아뼈와 수도사 샌들을 신은 발을 뒤덮고 있었다. 그리고 그 애의 얼굴까지도. 나는 계속 말했다.

　－무슨 수를 쓰더라도 여길 떠나고 싶어…! 내가 물 긷는 거 도와줘도 될까?

　내 목소리가 얼마나 거칠었는지, 또 내 말 한마디 한마디의 메아리가 어떻게 얼어붙어 그 자리를 맴돌았는지 알게 해준 건 그 애의 침묵이었다.

이윽고 그 애가 말했다.

-아니, 아니….

그렇게 말할 때 그 애는 뭔가에서 깨어나는 것 같았다. 아니, 꿈에서 깨어난 건 나일지도 몰랐다. 그 애는 눈을 내리깔았다. 우리는 부끄러움이라도 타는 듯 커다란 물동이를 사이에 두고 마주 보고 있었다. 거기에는 내 열네 살 나이의 적막함, 또 (친구들 혹은 적어도 우리 할머니 편인 사람들에 의해 살해된) 자기 아버지의 시신을 나르기 위해 배를 빌려달라고 했던 저 아이에게 내가 방금 말한 모든 것에서 비롯된 적막함이 자리잡고 있었다. 나는 너무나 혼란스러운 나머지 큰 슬픔을 느꼈다. 벌 한 마리가 윙윙대던 소리, 그 옆 채소밭 울타리에서 잎사귀가 흔들리던 소리를 기억한다. 나는 샌들이 벗겨지지 않도록 우스꽝스럽게 발을 끌면서 반쯤 몸을 돌렸다.

나는 도망치려고 했다, 그 자리를 벗어나려고 했다. 그때 그 애가 나를 불렀다.

-아니, 그게 아니야.

그 애가 말했다.

-그렇게 가버리지 마….

너무나 피곤한 표정으로 나를 바라보았기 때문에 나는 생각했다. ≪이 아이도 나보다 훨씬 어른이야. 다른 애들 모두보다 훨씬 더. 기엠처럼 나이를 먹은 건 아니지만.≫ (치노 말에 따르면 겨우 열여섯이랬다.) 나는 마누엘이 수도사들과 함께 지냈다는 건 알고 있었다. 그래서인지 그 애의 목소리, 눈빛에서는 뭔가 수도원 분위기가 풍겼다.

우리는 고개를 들었다. 할머니가 키우는 비둘기 한 마리가 비탈길 위를 날아갔다. 하늘 높이 솟은 지붕을 날개로 쓸고 지날 것만 같았다. 비둘기 그림자가 땅을 가로지를 때 그림자 안에 뭔가가 파르르 떨렸다. 푸른빛 유성처럼.

*

–할머니가 날 보기라도 하면! 난 보통 이 시간에 집에서 빠져나오거든…. 특히 보르하가 오렌지 농장에 갔을 때. 돼지 같은 녀석들, 날 데려가지 않으려고 해!

나는 잔뜩 화가 나서 오렌지 농장 일을 이야기했다. 차가운 물줄기가 터져 나오는 것 같았다(언젠가 마우리시아가 작은 칼로 내 손가락 고름을 도려낸 다음 내가 평온해지고 열이 내린 것과 같았다). 나는 이야기를 늘어놓으며 샌들도 제대로 신고 블라우스 자락도 치마 속으로 넣었다. 그 애는 조용히 그 자리에 있었다. 내가 말을 마쳤을 때 그 애는 물동이를 들고 가버릴 수도, 그 자리에 머물 수도 없는 것 같았다. 그 애가 결정을 내리지 못하는 걸 보는 내 마음은 다시 슬퍼졌다. 나는 속으로 생각했다. ≪나랑 친구가 되고 싶지 않은 거야. 할머니가 무서워서 그래. 허락하지 않으실 거라고 생각하는 거지. 아무리 그래도….》 하지만 나 역시 그 이상으로 생각을 이어가는 것이 두려웠다. 그냥 도리없이 나를 밀어대는 그 부드러운 강물의 흐름에 몸을 맡기고 싶었다.

－너 시간 없잖아. 내가 같이 갈게.

내가 물동이를 집어 드는 시늉을 하자 그 애가 먼저 움직였다. 그 애는 한마디도 없이 밭을 나갔다. 나는 뒤따라갔다. 차마 내가 따라오는지 보려고 고개를 돌리지는 못하는 것 같았다. 비탈길을 내려오면서 나는 그 애의 등을 유심히 살펴보았다. 흙으로 얼룩진 흰 셔츠에 파란 바지. 샌들을 신은 발과 발목의 피부색은 어두운 색이었는데 고운 먼지가 덮여 있었다.

그 애 집은 비탈길 맨 아래쪽 바다 가까이에 있었다. 올리브 나무 몇 그루가 서로 떨어져 있었고 오른쪽으로 아몬드 나무가 대여섯 그루 있었다. 소금기와 바람에 닳아버린 문은 언제나 열려 있었다(자기 그림자를 빈틈없이 지키기라도 하듯 강박적으로 문을 닫으며 뒤로 숨는 우리 집과는 정반대였다). 반대로 마누엘의 집에는 이상하게도, 거의 비장할 정도로 모든 구멍으로 햇볕이 들어왔다. 마누엘 타론히의 집과 밭 그리고 나무들은 전에는 손 마호르의 호르헤 것이었다고 했다. 사람들 말로는 오래전 말레네와 손 마호르의 주인이 부부처럼 함께 살았다고 한다. 적어도 보르하는 그렇게 말했다. 그 사실이 갑자기 나를 아프게 했다. 이상스러운, 아무 의미 없는 아픔이었다. 호세 타론히의 땅은 할머니의 비탈길 땅을 침입한 거나 마찬가지였다. 할머니도 그 점을 몹시 싫어하는 것 같았지만 적어도 입에 올리지는 않았다. 어쩌면 미워하는 것이 아니라 그냥 무시하는 걸지도 몰랐다. 할머니는 언제나 말레네와 손 마호르의 호르헤 일을 모른 척했다. 이제 호세 타론히가 죽고, 한 번도 흙일을 해본 적 없는 그의 아들이 햇볕에 목덜미가 그을리고, 나로서는 알 수도, 이해할 수도 없는 어떤 것에 사로잡힌 듯, 오랜 시간 뜨거운 땅에 잡혀 있다. 마누엘이 우리에게서 *레온티나*를 빌려 가져갔을 때, 보르하의 성난 얼굴이 기억났다. 나는, 도대체 나는 왜, 그 애를 잘 알지도 못하는데―정말로 잘 몰랐나?―보르하에게도, 후안 안토니오에게도 절대 하지 않을 그런 이야기들을 구구절절 털어놓고 싶었을까? 그냥 이렇게 ≪세상에서, 아니 내 주변에서 일어나는 일을 이해할 수가 없어. 하늘에서 땅까지, 하늘에서 바다까지 이해할 수 있는 게 하나도 없어.≫라고 말하면 그뿐이었는데. 할머니부터 치노까지 마치 형벌처럼 모두가 나를 위협하는 세상. ≪세상이 잔혹한지 그건 모르겠어. 하지만 적어도 이해할 수는 없어.≫ 그리고 마누엘의 등과 목덜미, 타오르는 듯한 그 애의 머리칼을 바라보면서 생각했다. ≪이 아이가 내 고로고에 대해 알게 된다면…. 그걸 이해할까?≫ 저 아이, 저 가엾은 아이, 마을의 최하층 계급 유대인 자손, 아버지는 살해되었고 엄마는 평판이 수상쩍은 저 아이는 정말 이상했다. 저 애

가 나랑 무슨 상관이 있는 거지? ≪이런 일들, 왜 이런 거지?≫

밭의 문에 다다랐을 때 그 애가 고개를 돌려 나를 바라보았다. 그리고 바로 그때 나는 그 애의 커다랗고 검은 두 눈의 광채, 감히 활짝 열린 그 문을 넘어서지 못하게, 나를 꼼짝 못하게 하는 그 흉포한 광채를 보았다. 어쩌면 그 애는 이렇게 생각하고 있는지도 몰랐다. ≪거기 멈춰, 이 히스테리 부리는 꼬마야. 여기는 내 땅이고 여기서는 내가 주인이야. 그러니 너는 돌아서서 네 집으로 가. 그 못되고 이기적인 노인네, 위선주의자들, 그 잘난 척하는 자들에게로 돌아가. 구석구석 곰팡이가 피고 고통스러운 영혼처럼 도망 다니는 생쥐들, 국왕이 선물한 황금 식기가 있는 꽉 닫힌 네 집으로 돌아가. 어서, 어서 가버려. 여기는 내 집이야. 멍청하고 우스꽝스러운 너 같은 아이는 절대 이해할 수 없는 우리 집.≫ 나는 움직이지 않았다. 내 블라우스 아래, 쿵쾅거리는 가슴 위에 언제나처럼 가만히 있는 고로고를 손으로 찾았다. ≪멍청한 계집애, 막돼먹은 사내 녀석들이랑 담배 피우고, 취하고. 그리로 돌아가. 라틴어 격변화랑 프랑스어 번역이랑, 대나무 지팡이 아래서 우아하게 걷는 연습이나 해. 가, 가버려, 유약하고 느끼한, 돈에 썩은 남자나, 아니면 알바로 이모부처럼 짐승같이 채찍을 휘두르는 남자에게 널 시집보낼 테지.≫ 우리 머리 위로 비둘기들이 손 마호르 쪽으로 날아가고 있었다. 비스듬히 가로질러 도망치는 검은 눈꽃송이 같은 비둘기 그림자가 바람에 밀린 나뭇잎들처럼 우리 발 사이를 달려갔다. 그날처럼, 무화과나무 아래서 손 마호르의 위엄 있는 수탉이 성난 얼굴로 나를 바라보던 그 날 아침처럼, 나는 겁에 질렸다.

바로 그 순간 마누엘이 말했다.

-기다려줄래…?

그리고는 담벼락 뒤로 사라져버린 후에도 나는 여전히 ≪응≫이라고 말하고 있었다—정말로 꼬맹이 히스테리, 멍청한 계집아이가 맞다—고로고처럼 고개를 아래위로 움직이면서.

5

-처음엔 그 사람들이랑 같이 살았어.

아몬드 나무 사이 바닥에 누워 내가 그 애에게 말했다.

-생각이 나기는 해…. 그런데 나는 그때 아주 어렸어. 할머니는 우리 아버지를 전혀 마음에 들어 하지 않았다고 해. 그래도 그 사람들은 한참 같이 살았나 봐. 그렇지만, 보다시피, 그 이후에 이혼했고….

-안됐구나.

마누엘이 낮은 목소리로 말했다.

그 애도 역시 땅바닥에 엎드려 있었다. 우리는 서로 가까이 있었다. 그리고 아주 가끔만 겨우 서로를 바라보았다. 나는 아주 작은 소리로 말했고 그 애에게로 고개를 돌릴 때면 그 애의 눈이 아주 가까이 있었다. 나는 땅에 맞닿은 가슴이 쿵쾅거리는 것을 느꼈다. 그 애의 심장 소리도 들리는 것만 같았다.

　-안됐다고? 왜? 나는 기억이 나질 않아…. 거의…. 날 학교로 데리고 갔어. 마드리드에 있는 학교, 세인트 모르라는 시스네 거리에 있는 학교…. 집에 돌아오면 그 여자도 그 남자도 없었어. 그렇지만 그게 무슨 상관이야! 난 고로고가 있었는데.

　상상조차 해본 적 없는 일이었지만, 그 애는 두 손에 고로고를 잡고 있었다. 아직 흙일에 익숙지 않아 못이 박히고 긁힌 자국 투성이 까무잡잡한 두 손으로 내 검둥이 꼬맹이 고로고를 붙들고 있었다. 고로고를 손가락 사이로 빙빙 돌리고 바라보기도 했다. 분명 고로고의 의미를 이해하지는 못했으리라. 그게 무슨 상관이람? 그 애는 나무 그늘 아래서 잠자코, 진지하게, 두 눈을 반짝이며 내 이야기를 들었다. 저 아래, 우리 뒤편에서 바다의 장엄한 숨소리가 들려왔다. 녹색을 띤 황토색 바다빛은 우리 등 위로 솟아올라 비탈길 땅위로 쏟아지면서 기울어진 나무들 그림자 사이에서 우리 몸을 타고 미끄러져 내렸다. 나는 절대 반복되지 않을 길고 농밀한 꿈을 꾸는 것 같았다. 그 찬란히 빛나는 초록이 우리를 적시는 동안 저 높이 커다란 금빛 태양이 성난 붉은 눈으로 우리를 주시하고 있었다. 그렇게 나란히 엎드려 서로 제대로 바라보지도 못하고 있는 동안은 태양도 우리를 어쩔 수 없다는 걸 우리는 잘 알고 있었다. 할머니가 싫어하시는 바로 그 곁눈질로 보드라운 솜털이 뒤덮인 그 애의 호박색 귀를 보았다. 소라 껍데기 같은 그 귀에 내 귀를 갖다 대고 파도 소리를 듣고 싶었다. 그래서 그 애에게 그렇게 많은 이야기를 했다. 낮은 목소리로, 나 자신에게 혹은 고로고에게 말하듯이.

-그러고서 그 여자가 죽었어. 하지만 나는 학교에 있었고 기억나는 게 없어…. 마우리시아, 알지? 그 남자 유모, 마우리시아가 나에게 간식도 주고 옛날이야기도 해주고 그랬는데, 너무 늙었어. 그래서 그 여자가 죽었을 때….

나는 《그 여자》, 《그 남자》라고 말했고 마누엘은 절대, 절대 《그 사람들》이 누구냐고 묻지 않았다. 내게 절대 아무것도 묻지 않았다, 절대 뭔가 캐내려고 하지 않았다. 그렇게 내 옆에서 조용히 듣기만 했다. (길 잃은 작은 짐승처럼, 꼭 나처럼.)

-그 여자가 죽었을 때, 그 남자는 나를 시골에 있는 마우리시아에게로 보냈어. 그렇지만 그 시골은 아주 달랐어!

마누엘이 역시 낮은 목소리로 나를 쳐다보지도 않고 말했다.

-거기는 좋았어?

-응.

너무 좋았다! (나는 입을 다물었다. 갑자기 숲과 강이 몰려와 나는 목이 메었다. 그리고 안데르센과 거울 속 앨리스, 또 걸리버도…. 열다섯 살의 선장과 내가 막대기로 진흙 바닥 위

161

에 그린 작은 강들…. 또 땅속 요정들을 위해 도랑의 젖은 흙에 만들어둔 강들. 문 자물쇠에 걸어두었던 햇살 모양의 노란 꽃들. 멀리 메아리쳐 울려퍼지던 까마귀 울음소리. 그리고 마우리시아의 목소리, ≪난 작은 까마귀야, 불쌍한 작은 까마귀….≫, ≪마티아, 아빠에게서 소포가 왔네.≫)

-거기 종이인형극 세트가 있었어.

그 애가 고개를 들었다.

-아, 나도 있어. 그 남자가 보내준 거.

나는 고개를 돌려 그 애를 보았다. 그 애가 얼굴이 창백해지면서 서둘러 말했다.

-그리고 책도 보내줬어. 난 책 읽기를 좋아했어. 항상 여행에 관한 책이었어. 그 사람은 여행을 많이 했어. 배를 타고 섬들을 떠돌아다니며 인생을 보냈어.

그 애가 공중에 상상 속 루트를 그리는 것처럼 팔을 번쩍 들어 올렸을 때, 나는 얼굴에 피가 쏠리는 걸 느꼈다. 그 애를 바라보며 이렇게 말하고 싶어졌다. ≪아니, 나에게 더는 털어놓지 마. 남자들 여자들 사이 어두컴컴한 이야기들은 하지 말아줘. 이해할 수 없는 세상에 대해 절대 알고 싶지 않아. 제발, 날 내버려 둬. 난 아직 잘 모른단 말이야.≫ 하지만 그 애에게도 내게 일어났던 것과 똑같은 일이 일어났다. 마우리시아가 작은 칼로 도려낸 내 고름처럼. 아몬드 나무에서 뿜어나오는 초록빛의 후광을 입은 옆모습. 돌투성이 바닥에 엎드린 작은

짐승들처럼 우리는 비탈길의 경사면을 따라 아래로 미끄러지
듯 내려갔다. 바로 그 순간에야 우리는 무감각하게 아래로 미
끄러지고 있다는 사실을 깨달았다. 뭔가 등 뒤에 우리를 위협
하는 것이 있었다. 그 애가 덧붙였다.

－가는 나라마다 나를 기억하고 뭔가 보내줬어….

그러고는 갑자기 숨이 끊어지기라도 한 듯 서둘러 말했다.

－그 사람은 내가 자기랑 똑같이 그렇게 되면 좋겠다고 했
어. 그렇지만 난 그 사람이 무서웠어. 때로는 수도사님들과 영
원히 수도원에서 살 수는 없을까 생각했지.

그때 그 애의 손이 위로 올라가더니 내 손 위로 내려앉았
다. 그 애의 손은 땅을 짚고 있는 내 손을 꼭 눌렀다. 마치 저
아래, 더 큰 위협으로 굴러떨어지지 않도록 나를 꽉 붙들고 있
으려는 듯. 절벽 위 유대인들을 산 채로 태웠다는 그 광장에서
내가 느꼈던 그 푸르르고 농밀한, 황홀한 어지럼증을 느끼지
않도록 나를 붙들어두려는 듯. 그 애와 함께, 그 손과 함께, 내
잃어버린 어린 시절과 함께, 우리의 무지와 선한 마음과 함께
아직 깨끗하고, 늙은, 그리고 지혜로운 이 땅에 우리 손을 영
원히 묻어두려는 듯, 못 박아버리려는 듯.

－아, 그래?

내가 아주 가까이에 있는 사람만 들을 수 있을 만한 실낱
같은 목소리로 말했다. 어쩌면 내 대답을 듣지 못했는지도 모
른다. 그 애는 말을 이어갔다.

-애들이랑 나는 너무 달랐어! 처음엔 나도 몰랐지. 수도사님들이랑 살았으니까. 수도원장님이 그 사람 사촌이었어. 그래서 나를 예뻐했어. 그 사람은 성탄절 휴가 때만은 섬에 돌아왔는데….

그러고는 잠시 생각에 잠겼다가 말했다.

-그런데 마지막 왔을 때 그 여자가 나에게 말해줬어. 그래서 사실을 알게 됐어. 난 다른 애들이랑 좀 달라. 영리하지 못하고…. 그리고 저 위에서도 나는 너무 순진했어. 그 여자가 내게 ≪아들아, 너는 너무 착해, 벌써 열다섯 살인데≫라고 말했어. 하지만 엄마가 그 얘기를 해준 다음엔 내가 모든 애보다 훨씬 더 나이 든 것 같았어.

그 애는 두 손으로 얼굴을 감싸 쥐었다. 나는 내 손을 그 애 목덜미에 올려놓았다. 부드럽고 따뜻했다. 그 애는 내가 손을 뗄 때까지 움직이지 않았다. 그러고는 몸을 돌려 나를 바라보았다.

-그날로 나는 그 사람에게서 받던 모든 혜택을 사양하기로 했어. 내 자리는 그 사람들, 거기 그 집, 호세와 말레네 그리고 내 동생 마리아와 토메우와 함께라는 걸 깨달았거든…. 그리고 무엇보다도 그 사람, 타론히와 함께.

이 마지막 말은 아주 빨리 서둘러서, 마치 입김을 후 불어 내듯 발음했다.

-그 옆자리! 그 사람은 증오심에 사로잡혀 있었어. 그러니

모두가 그 사람을 조롱하고, 아니면 적으로 몰아세울 때 내가
옆에 있어야 했어.

나는 생각했다. ≪마누엘, 여기가 네 집, 네 가족이야.≫ 가
족은 선택하는 게 아니니까. 그냥 주어지는 거니까! 뭔가 내 가
슴을 짓눌렀다. (아, 내 가엾은 검둥이, 가짜 굴뚝 청소부) 그
애가 말을 이어갔다.

-그제야 내 동생들은 나랑은 아주 다른 생활을 하고 있다
는 걸 알게 되었어. 아무도 도와주려고 하지 않았어…. 그리고
그 여자에게는 마을 여자 누구도 말을 걸지 않았지. 호세 타론
히에게 이런저런 이야기를 하는 걸 들었어. 몹시 화를 내더군.
호세는 그 여자를 정말 좋아했거든. 예전에 일어났던 일들, 그
모든 걸 함께 괴로워해 주었어. 지금도 그런 일이 일어나고 있
지만. 나도 미워하는 게 아닌가 생각했을 정도야. 그때 생각했
어. *나를 좋아하도록 만들어야 해. 그리고 나도 언젠가는 저 남
자를 좋아하고야 말겠어.*

나는 그런 이야기를 듣는 게 무섭고 떨렸다. 내게는 너무
새로운 이야기였다! 마누엘의 비밀—남자, 여자 어른들 간의
비밀, 마누엘은 아무 잘못도 없는—이 밝혀진 걸 말하는 게 아
니다. 이런 식으로 알지 못하던 세상을 알게 된다는 것이 무서
웠다. 보르하와 나를 위협하는 그 두렵고 무서운 세상, 치노가
그토록 필사적으로 도망치려 했던 세상, 기엠과 에스 마리네
가 앙심을 품고 이야기하던 세상, 겉보기에는 손 마호르의 호

165

르헤 같은 사람에게 속해있는 세상. 나는 정말로 알 수 없었다.

-그래서, 그 사람들이랑 남은 거야?

-응, 그 사람들이랑 남았어.

할머니의 비둘기가 돌아오고 있었다. 비둘기들은 마치 우리 머리 위로 내려앉는 녹색 띤 푸른 그림자 같았다…. 새들은 이상한 끼꾁 소리를 냈다. 그러자 아주 고운 크리스털 방울들처럼 공기 중에서 뭔가 진동했다.

-이제는 너도 밖에 있는 거야. 그러니까 내 말은 장벽 밖에 있는 거라고. 내 말 무슨 뜻인지 알지? 타론히 형제랑 다른 모든 사람이 쳐놓은 장벽. 그리고 어쩌면 우리 할머니도….

-알아.

그 애가 말했다.

-무섭지 않아?

대답에는 시간이 걸렸다.

-무서워, 가끔은 그래. 정확히는 무섭다기보다, 그래, 아주 큰 슬픔 같은 거야.

슬픔이라고 말했을 때 뭔가 숨이 막힐 듯한 무거운 것이 천천히 비탈길을 굴러 내려오는 것만 같았다. 그 애는 아몬드를 하나 주워들었다가 안이 텅 빈 것을 보고 다시 옆에 두었다. 욕설을 내뱉는 입처럼 검게 썩은 구멍이 우리를 향해 입을 벌리고 있었다. 내가 만일 그때 열네 살이 아니었다면 울고 싶어졌을지도 모르겠다. 당시 나는 그 슬픔을 나의 것으로, 어떤 민

망스러운 후회로 느꼈다. ≪그래서 이 아이는 기엠 편도 보르하 편도 아닌 거야. 그래서 우리 중 누구 편도 아닌거야.≫ 혹은 어쩌면 모두의 편인지도 몰랐다. ≪너무 착하니까….≫ 하지만 정말로 착했던가? 나는 나쁜 아이였나? 보르하 혹은 치노는 나빴나? 정말 모르겠다! 그리고 담벼락 뒤에서 늙어가는 자신에 대한 두려움을 숨긴 채 꽃이나 가꾸고 있는 손 마호르의 호르헤는? 내가 말했다.

－마누엘, 너는 너무….

뭐라고 말을 해야 할지 알 수가 없었다. 그 애를 보고 그 애 이야기를 듣는 것이 거의 화가 날 지경이었다. 그 애가 *영사 이먼호*와 에스 마리네의 카페 그리고… 사내아이들과 오렌지 농장에 가는 것까지, 우리의 소중한 것을 함께하게 만들고 싶었다. 하지만 그 애가 그 모든 것과 무슨 상관이 있단 말인가? 이 세상 누구와 상관이 있단 말인가? 일에 익숙하지 않아 긁힌 자국 투성이인 그 애의 손을 바라보았다. 그 애가 말했다.

－아니, 아니야. 내 자리는 여기였어, 앙심을 품은 사람들이랑, 그렇게 슬퍼하는 사람들이랑…. 이 모든 일이 벌어졌을 때 나는 이미 여기 머물기로 결정한 상태였어. 게다가 너도 알다시피 그 사람을 죽였고….

돌 밑에서 아주 작은 초록 도마뱀 하나가 나왔다. 우리 둘은 가만히 그걸 지켜보았다. 우리는 바닥 가까이 풀숲 사이로 눈을 들이댔고, 도마뱀도 우리를 바라보았다. 옷핀 머리처럼

167

작은 두 눈은 날카롭고 무시무시했다. 잠시 그 도마뱀은 성모 마리아 교회 스테인드글라스에 있는 성 지오르지오의 무시무시한 용처럼 보였다. 나는 속으로 말했다 《이 아이는 남자들 편이야. 남자들 여자들 사이의 그 추악한 일에 얽혀 있어.》 그리고 나는 이제 막 자라서 여자가 되려는 참이었다. 아니, 어쩌면 이미 여자였는지도 모른다. 나는 뜨거운 열기 한가운데 차가운 손을 느꼈다. 《아니, 아니, 조금만 더 기다려…. 조금만 더.》 하지만 누구를 기다려야 했을까? 매 순간 나를 배반하는 것은 바로 나, 오로지 나였다. 고로고와 네버랜드를 배신한 것도 바로 나 자신이지 다른 그 누구도 아니었다. 나는 생각했다. 《나는 지금 도대체 어떤 괴물인 걸까?》 나는 성 지오르지오에게 짓밟힌 용의 작고도 거대한 시선을 느끼지 않으려고 눈을 감았다. 《이제 더 이상 아이도 아니고, 그렇다고 해서 결코 여자도 아닌 나는 도대체 어떤 괴물인 걸까?》

나는 그토록 큰 괴로움을 털어버리고 싶었다. 그래서 말했다.

-그런데, 손 마호르의 그분은 네게 가끔 전화하지 않아? 네 소식을 알고 싶어하지 않을까? 네가 그 분을 배신했다고 생각할지도 몰라.

-두 번 전화하셨어. 그 기타 치는 사람 알지? 오래전부터 그 사람이랑 살아. 전에 같이 델핀호를 탔던 사람인데 지금은 아주 늙었어. 그렇지만 그 사람이 좋아하는 노래를 불러줘….

이름이 사나모인데 귀에 빨간 꽃을 꽂고 다니지. 그 사람은 진정한 친구는 사나모밖에 없다고 말해. 한 번은 내가 동생들이랑 엄마랑 아몬드 따느라고 바쁠 때 올리브 나무 뒤편 밭으로 사나모가 와서 날 부른 적이 있어.

(나는 낙원의 마귀처럼 관자놀이에 검붉은 장미를 꽂고 나무 뒤로 나타나는 그를 상상했다.) 그런데 내가 대답했어. ≪갈 수 없어요. 갈 수 없다고 말해주세요. 엄마와 동생들을 도와야 해요. 저도 가고 싶어요. 그분께 감사하다고 전해주세요. 그리고 제가 많이 좋아한다고도요. 하지만 여기 이 사람들이 살아 있는 한 그분께 갈 수 없다고 전해주세요.≫

그 애가 ≪제가 많이 좋아한다고도요≫라고 말할 때 그 애의 목소리는 너무나 따뜻하고 너무나 가까이서 조용히 떨려왔으므로 나는 격렬한 질투심을 느꼈다.

나는 희미하게나마 나쁜, 잔혹한 아이가 되고 싶은 마음이 들었다. (나를 아프게 한 그 말 ≪제가 많이 좋아한다고도요≫ 하는 그 말에 맞서 뭐라고 해줄 말이 도무지 생각나질 않았다. 그저 멍청하게도 ≪근데 나는 고로고를 무척 좋아해, 그리고 그 크리스털 구슬도 좋아하고, 그리고 또, 그리고 또….≫. 너무나 큰 아픔이 나를 휘감았다. 열네 살짜리가 이렇게 큰 아픔을 느끼는 게 가능한 일인가? 끝없는, 끝없이 계속되는 고통이었다.

나는 땅에 손바닥을 짚고 날카로운 돌멩이에 손바닥을 찔리면서 성급하게 일어섰다. 도마뱀은 겁에 질려 도망쳤다. 마누엘은 놀란 것처럼 입을 절반쯤 벌리고 아래에서 위로 나를 쳐다보았다. 누군가 우리가 뒤에 숨어 있던 베일을 찢어버린 것 같았다. 내가 말했다.

−가자, 너, 거기 가자!

−어디?

−손 마호르.

−안 돼, 무슨 소릴 하는 거야?

그 애가 일어섰다. 한 번도 그렇게 서로 가까이 서 본 적이 없었기 때문에 그제야 나는 그 애가 나보다 키가 크다는 것을 알았다. 나는 생각했다. ≪이 아이가 내가 자기보다 나이가 많다고 생각했으면! 적어도 열여덟 살은 되었을 거라고 생각했으면!≫

−나랑 가자니까, 멍청이.

나는 알고 있었다. 아니 그 순간 처음 알았다. 그 애는 내가 가자고 하는 곳이면 어디든 갈 것이라는 걸.

나는 확신에 차서 걷기 시작했다. 아무 소리도 들리지 않았지만 그 애가 내 뒤를 따라오고 있다는 것을, 언제나 그러리라는 것을 알고 있었다. (나중에 이 깨달음이 나를 얼마나 아프게 했는지, 아니 적어도 이제는 잃어버린 것 같은 그 어느 시간에 나를 얼마나 아프게 했는지!)

하얀 수탉

1

포도는 9월 중순에 익었다. 시장부인은 할머니에게 첫 수확한 포도송이를 파란색, 노란색 꽃이 그려진 도자기 쟁반에 보내왔다. 수놓은 손수건으로 덮은 채였다. 할머니는 두 손가락으로 포도 한 알을 집어 들었다. 할머니의 다이아몬드 반지가 탁하고 흉측한 것 만큼이나 포도알은 신선하고 아름다웠다. 할머니는 포도알을 입에 넣고 껍질을 손수건에 뱉었다. 할머니가 말했다.

–신맛이네. 그럴 줄 알았다.

포도는 진주알 같은 물방울 하나를 머금고 쟁반 위에 남은 채 잊혀졌다.

온종일 사악한 눈빛으로 나를 쳐다보던 보르하가 할머니를 향해 말했다.

–손 마호르 포도는 달 거예요.

하지만 그 말은 나를 향한 것이었다. 할머니는 조심스럽게 냅킨으로 손가락 끝에 물기를 닦아냈다. 작은 빌라도[1] 같았다. 할머니가 말했다.

–안토니아, 커피를 가져다 줘.

손 마호르에 관한 말이 나올 때 할머니는 절대 대답하지 않았다. (언젠가 치노에게 물어보았다. ≪할머니는 왜 성 지오르지오에게 화가 나신 거지?≫, ≪불경스러운 말씀 마세요, 마티아 양.≫ 치노가 대답했다. 하지만 내 말을 정확히 알아듣고 이렇게 덧붙였다. ≪지주들과 소작인들이 항상 무엇 때문에 화를 내나요?≫ 그리고는 천박하게 엄지와 검지를 비볐다.)

–할머니, 나가도 되나요?

보르하가 물었다.

–비탈길로 산책 나갔으면 해서요, 수업 시작 전에….

할머니는 나를 유심히 바라보셨고 나는 얼굴이 붉어졌다. ≪보르하가 내게 할 말이 있는 거야.≫ 할머니가 말했다.

–이제 준비를 시작해야 해. 마욜 경이 네가 다닐 새 학교를 알아보고 있다. 누에스트라 세뇨라 델 로스 앙헬레스에서 너 때문에 우리가 민망한 일을 겪었으니, 이제는 하지 말아야 할 일을 하기 전에 깊이 생각해보기 바란다.

그리고는 보르하 쪽을 향해 말했다.

---

1   본디오 빌라도. 예수 그리스도에게 반역죄를 씌워 사형을 언도한 로마의 제5대 유대 총독.

-너도 마찬가지다. 보르하, 다시 학교에 가게 될 거야. 상황이 생각했던 것보다 더 위중한 듯하니 여기서 적당한 학교를 알아봐야겠다.

그리고는 잠시 말을 멈추었다가 다시 덧붙였다.

-더 이상 전쟁이 우리 일상을 침범해서는 안 돼. 전쟁은 정말이지 끔찍하구나.

≪전쟁?—내가 속으로 말했다—무슨 전쟁? 이 썩어버린 침묵, 이 죽은 자들의 끔찍한 침묵.≫

-난 전쟁을 증오한다.

할머니가 계속 말했다.

-우리는 가능한 한 전쟁을 무시하고 살아가야 해.

-우리는 언제 학교에 가게 될까요?

보르하가 그토록 불길한 소식이 세상 달콤한 꿀맛이라도 되는 듯, 바라고 바라던 칭찬이라도 되는 듯 미소를 지으며 물었다.

-성탄절 지난 후다.

할머니가 드롭프스에 손을 뻗으면서 말했다.

-그전에는 어려워. 잘 준비해서 내가 또 한 번 실망하는 일이 없도록 해다오.

할머니는 의미심장한 눈길로 치노를 바라보셨고, 치노는 고개를 숙였다. 그건 거의 해고에 가까웠다. 우리가 가버리면 치노는 그 집에서 뭘 할 수 있을까? 안토니아가 할머니 찻잔에 커피를 따를 때 손가락이 떨리는 것 같았다.

우리는 할머니 손에, 그리고 에밀리아 이모 뺨에 뽀뽀를 하고 밖으로 나왔다. 우리는 각기 자기 방으로 가서 불편한 옷을 벗고 다시 흉측하지만 편안한 차림으로 나왔다.

보르하는 이미 비탈길 아몬드 나무 아래 앉아서 기엠의 단도를 접었다 폈다 하면서 나를 기다리고 있었다. 머리칼이 이마를 가리고 있었다. 보르하가 말했다.

-위선자, 꼬마 악당.

보르하가 던지는 욕설 앞에서 잘난 척 미소를 지어보이고는 *레온티나*가 우리를 기다리는 선착장으로 내려가기 시작했다. 보르하가 뒤따라 왔다. 갈색 사슴처럼 옹벽을 뛰어넘는 소리가 들렸다. 보르하가 계속 말을 했다.

-배신자, 멍청이.

실제로 보르하는 분노와 절망감에 휩싸여 있었다. 선착장에 다다랐을 때 우리는 멈춰 섰다. 숨이 찼고 헐떡거렸다.

-너를 우리 편에서 빼버리기로 했어, 나가! 배신자들은 다나가!

나는 어깨를 으쓱해 보였다. 하지만 무릎이 덜덜 떨렸다. 내가 말했다.

-나도 너희들 편이 되고 싶지는 않아. 나도 친구들이 있어.

-알고 있어. 참 좋은 친구들이더라! 할머니도 곧 아시게될걸.

-네가 말씀드려서 알게 되실 리는 없지?

-당연하지, 내가 말할 리는 없어.

-그렇다면….

나는 내 사촌에 대해 알아가고 있었다. 보르하를 초조하게 하려면 아무리 엄포를 놓아도 무관심한 척하기만 하면 된다. 혹시 그래서 마누엘을 그토록 미워했던 걸까? 절대 아무런 관심도, 호의도, 적의도 내보이지 않았기 때문에? 어쩌면 바로 그래서 비밀리에 손 마호르의 호르헤를 그렇게 열렬히 숭배했던 걸까?

보르하가 내 손목을 너무 세게 움켜쥐는 바람에 손목이 부러지는 줄 알았다.

-이리 와, 이 멍청아.

그리고는 우리가 한밤중 회랑에서 만날 때처럼 목소리가 부드러워졌다. (갑자기 그 대화들로부터, 그 몰래 피우던 담배로부터 아주 오랜 시간이 흐른 것처럼 느껴졌다.)

-이런 말 하는 거, 다 너를 위해서야, 이 멍청아. 그 애가 누군지 몰라? 아무도 그 애랑은 말 안하는 거 몰라? 그 애 엄마는…. 좋아, 그 애 아버지가 결국 어떻게 되었니?

9월 중순, 땅은 촉촉하고 나뭇잎들은 푸르스름한 갈색빛이 되어 비탈길 바닥에 쌓여가는 때였다. 이전처럼 시에스타 시간(하지만 그때와는 아주 다른)이었다. 내가 말했다.

-호세 타론히는 그 애 아버지가 아니야, 아무것도 모르면

서….

나는 한바탕 웃어주고 절벽 가장자리를 걷기 시작했다. 어깨 뒤로 보르하가 나를 따라오는 것이 보였다. 보르하의 거친 숨소리가 들려왔다.

-그게 무슨 말이야? 아주 못됐구나, 너….

나는 뒤를 돌아보았다. 그 순간 나는 너무나 즐거웠다.

-그럴 리가 없어.

보르하가 말했다. 내가 말하지 않은 이름 때문에 괴로워하며 주저앉았다.

-그건 사실이 아니야…. 그냥 소문이라구. 그 자식은 타론히, 저 역겨운 유대인의 아들이야. 그야말로 개자식….

한 번도 그런 말을 한 적은 없었다. 보르하는 얼굴이 붉어졌고 그걸 보는 나도 괴로웠다. ≪마누엘이 호세 타론히 아들이 아니라고 한 말, 그건 보르하에게 할 수 있는 최악의 말이야.≫ 더 이상 두 다리로 지탱할 수 없다는 듯, 아니면 자기가 떨고 있다는 걸 내게 보이기 싫은 듯 보르하는 갑자기 바위 위에 주저앉았다. 입술은 창백했고 똑같은 말을 반복했다.

-그럴 리가 없어.

우리 발아래 펼쳐진 바닷소리가 들려왔다. 왼편 나무들 사이로 사 말레네와 마누엘의 집이 새하얀 빛을 띠고 있었다.

-그럼…, 너희가 거기 간다는 게 사실이야?

보르하가 물었다.

보르하의 고통을 즐기고 싶어서 나는 악의적으로 고개를 끄덕였다. (그건 사실이 아니었다. 보르하가 상상하는 것과는 달리 우리는 거기에 가지 않았다. 그럴 만한 용기가 없었다. 나는 비겁한 내 자신에 화가 났다. 그날 오후, 처음 내가 마누엘에게 ≪나랑 가자≫라고 말했을 때, 그 애는 자기 의지와는 다르게, 괴로워하면서도 나를 따라왔었다. 절벽 위로 길을 따라 올라갔다. 마을 밖, 거의 숲 가장자리에 다다른 곳에 손 마호르가 있었다. 오후의 햇살을 받아 반짝이던 높은 담벼락 너머로 지저분하게 올이 풀린 것 같은 초록 야자수 잎이 보였다. 마누엘이 진실을 말해주었을 때부터, 나는 평소 늘 그랬듯이 그곳에 가까이 다가갈 때 겁에 질려 있었다. 마누엘과 나는 녹색으로 칠한 철책 사이에 꼭 달라붙어 서서 사나모가 귀에 꽂는다는, 거의 검정에 가까운 그 장미처럼 새빨간 꽃들을 바라보았다. 한 번은 그의 기타 소리를 들은 적도 있다. 마누엘과 나는 도둑처럼 손 마호르의 담벼락에 꼼짝않고 앞뒤로 달라붙어 서 있었다. 두 개의 방랑하는 그림자처럼, 두 마리 떠도는 개처럼. 사나모의 음악이 담벼락을 넘어올 때면, 우리는 숨을 멈추고 그 소리를 들었다. 그 속살거림이 뜨거운 공기를 갈갈이 찢는 것 같았다. 사람 소리는 전혀 들리지 않았다. 오로지 그 현악기 음악과 모퉁이를 도는 햇살, 그리고 바람 소리뿐. 어느 날 오후, 9월이 한참 무르익을 무렵 마누엘과 나는 담벼락에 기대서서 서로 알지 못하는 사람처럼 서로를 바라보고 있었다. 나는 그 애가 했던 말 ≪제가 많이 좋아한다고 전해주세요≫라던 그 말을 다시 떠올렸다. 절벽에서 바람이 고함을 지르고 있었다. 마누엘이 말했다. ≪저 미치광이 난폭한 바람, 성탄절에 손 마호르에 들릴 때면 꼭 들리는 바람 소리야.≫ 나는 치노가 이렇게 말했던 걸 기억했다. ≪맙소사, 그 사람은 미치광이 난폭한 사람이예요.≫ 또 보르하가 이렇게 말한 적도 있다. ≪사람들이 다들 그러는데 내가 손 마호르의 호르헤를 닮았대.≫ 물론 보르하가 기엠 패거리를 겁먹게 하려고 ≪우리 아빠는 아무나 다 총살할 수도 있어≫라거나 ≪모래알보다 더 많은 사람을 나무에 목매달게 하라고 명령을 내렸어≫라고 말한 적은 있지만, 그런 말을 했어도, 절대 알바로 이모부를 닮고 싶어하지는 않았다. 보르하는 델핀호의 선장, 그리스의 섬을 떠돌아다니던 손 마호르의 호르헤를 닮고 싶어 했다. ≪그 남자, 그 미치광이 난폭한 바람≫을.)

    ―그러니까 손 마호르에 갔었단 말이지…. 그러니까 기엠이 지어낸 얘기가 아니란 말이지.

    속으로는 마음이 약해졌지만 나는 고개를 끄덕였다.

    ―그 사람…. 그 사람을 만났어?

    너무 많은 거짓말에 기운이 빠져 있던 나는 대답하지 않았다. 어째서 보르하가 그 사람에게 반해버렸는지, 어째서 모두 그 사람을 거의 본 적도 없으면서 매료되었는지 나로서는 도무지 이해할 수 없었지만 어쨌거나 보르하가 가엾게 느껴졌다.

보르하는 늘 하듯 입술을 들어올려 송곳니를 드러내며 말했다.

-꺼져! 날 혼자 내버려 둬! 뻥쟁이⋯. 꼴도 보기 싫어.

바로 그 순간 치노의 목소리가 나무 사이에서 우리를 불렀다. (≪그 지겨운 라틴어 수업.≫) 나는 쐐기를 박듯 말했다.

-마누엘은 라틴어로 잠꼬대도 할걸. 마욜 경보다 더 라틴어를 많이 알아. 너랑 나는 그 애에 비하면 병아리야.

우리는 말없이 집으로 돌아왔다. 치노는 앞으로 두 손을 모은 채 초록색 안경 렌즈 너머로 두 눈을 감추고 조용히 우리를 기다리고 있었다.

*

저녁 무렵 후안 안토니오와 농장 관리인 아들들이 정원의 벚나무 사이로 휘파람을 불며 나타났다.

-보르하, 기엠네 애들이 싸움을 걸어왔어!

휴전 기간은 아니었다. 하늘이 불그스름하게 불어난 거대한 구름에 덮여 있었다. 보르하가 나를 쏘아보며 해먹에서 벌떡 뛰어내리더니 쉰 목소리로 물었다.

-넌 누구 편이야?

-네 편이야.

180
첫 기억

보르하는 미소를 지으며 어깨를 으쓱해 보였다. 이미 읽지도 않던 책을 바닥으로 던지고 말했다.

-너는 멀찌감치 있어.

치노가 신경질적으로 다가섰다. 보르하가 말했다.

-치노, 나랑 가자, 형제!

흥분한 보르하가 늘 그러듯 사악한 웃음을 지었다. 라우로는 얼굴이 붉어졌다.

후안 안토니오와 농장 관리인네 아이들이 철책 문 앞에서 기다리고 있었다. 후안 안토니오는 진땀을 흘렸다.

-놈들은 광장에 있어. 모닥불을 피웠어. 정육점 갈고리를 가지고 덤비려나 봐…. 본때를 보여주러 가자!

-네 친구는?

보르하가 내 귀에 바짝 붙어서 낮은 목소리로 물었다.

-어느 편이야? 걔들이야, 우리야?

치노가 우리를 바라보았다. 초록색 안경 렌즈에서 반사되는 빛 때문에 뺨에 얼룩이 졌다. 치노가 말했다.

-마티아 양, 아가씨는 제발 그냥 남아 있어요, 부탁입니다…. 남아요.

-갈 거야.

나는 정말로 원해서라기보다 어깃장을 놓느라 그렇게 대답했다.

-난 언제나 보르하랑 함께 갈 거야.

181

하얀 수탉

-갑시다! 우리 가정교사 선생, 친애하는 치노 군!

보르하가 이상한 웃음소리를 냈다. 치노는 벚꽃 나무 가지를 하나 꺾었다. 손이 떨렸다.

-그럴 수 없어요, 진짜로요. 보르하 도련님, 그럴 수 없어요…. 할머님께서….

-그 늙은이는 지옥에나 떨어지라고 해! 나랑 가자고, 친구! 우리랑 함께 있을 시간도 얼마 없잖아. 당신도 들었지? 성탄절이 지나면 당신을 발로 차서 내보낼걸?

너무 잔인한 말 같았다. 하지만 보르하는 몹시 흥분한 상태였다. 내가 털어놓은 비밀 때문에 큰 상처를 받았으니까. 자기가 무슨 말을 하고 있는지도 몰랐으리라. 치노는 대답하지 않았다. 하지만 이마의 혈관이 금방이라도 넘치려는 강물처럼 부풀어 올랐다. 나는 처음으로 치노의 증오심도 엄청나게 크고 위험할 수 있겠다고 생각했다.

-나랑 가요, 선생님.

내가 조롱하는 듯한 표정으로 그에게 말했다.

-나랑 가요.

라우로는 손가락 사이로 벚꽃 나무 가지를 부러뜨렸다. 뚝 부러지는 소리가 작게 들렸다. 보르하와 후안 안토니오 그리고 농장 관리인의 아들들은 미친 듯이 마을을 향해 달리기 시작했다. 치노와 나는 천천히 그 뒤를 따랐다. 치노가 말했다.

-언젠가 정말 큰 문제를 일으킬 겁니다. 언젠가는 할머님

께도, 또 보르하 군의 어머님께도 절대 숨길 수 없는 일이 일어나겠죠…. 마티아 양이 조금이라도 저 미치광이 도련님에게 영향력을 행사할 수만 있다면…! 정말이지, 미쳤어요!

치노의 목소리가 떨린 것은 아마도 분노 때문이리라. 하지만 그 분노는 온유한 자의 달콤한 배신으로 잘 절제된 것이었다.

2

≪살에 불이 붙어 불길이 내장을 핥고, 악마의 광채와 더불어 배가 위에서 아래로 둘로 갈라지는 그 광경은 참으로 볼 만한 것이었고…≫라고 보르하가 할아버지 방에서 찾아낸 책에 쓰여 있었다. 어떻게 유대인을 산 채로 불태웠는지 설명하는 것이다. 수세기 전 그 광경이 벌어졌던 바로 그 광장이다.

오후의 첫 별이 반짝이고 한낮의 더위가 숲에서 내려온 축축한 밤의 냉기에 자리를 양보할 무렵이었다. 그 시간, 폐허는 다시 불길한 곳이 되었다. 광장 한가운데 돌바닥이 검게 그을렸고 땅은 불탄 게 분명했다. 모든 걸 뒤덮은 이끼까지도 공동묘지 혹은 우물에서처럼 핏빛 곰팡이가 끼어 있었다.

그 아이들은 모닥불을 피워두었다. 중앙에 제일 큰 불, 절벽 쪽으로 또 하나, 그리고 숲으로 가는 입구에 또 하나. 산중턱으로 긴 그늘을 드리운 검고 무자비한 떡갈나무들이 내 고향의 너무나 익숙한 향내를 풍겼다.

녹슨 강철 갈고리들은 보통 비밀 장소에 묻어두었다. 갈고리는 세 개였는데 하나는 기엠 자신의 것(다른 아이들 것보다 더 크고 검은색으로 큰 소를 걸어두는 데 사용하던 것이 분명했다), 또 하나는 아브레스의 토니 것, 그리고 나머지 하나는 절름발이 것이었다. 그 아이가 어떻게 그걸 구했는지는 아무도 알 수 없었지만 여하간 그 아이는 그걸 세상 무엇과도 바꾸려 하지 않았다. 기엠 패거리가 정육점 갈고리를 땅에서 파헤쳐 꺼내는 날, 그날은 전쟁이 시작되는 날이었다. 하루 아침에 보르하와 후안 안토니오, 농장 관리인의 아들들과 나, 그리고 치노까지 모두에게 싸움을 걸어왔다. 유대인 광장에 모닥불을 피우고, 우리가 아랑곳하지 않으면 지푸라기 인형을 태웠다. 그건 자기네들이 보르하와 후안 안토니오를 물리치고 승리했다는 의미였다.

갈고리는 영웅심에 젖은 아이들이 세심하게 주의를 기울여 하나씩 정육점에서 훔쳐낸 것이다. 정육점 주인 하이메는 하나만 더 훔쳐가면 그 녀석을 찾아 죽여버리겠노라고 맹세했다. 보르하와 후안 안토니오는 언젠가 갈고리를 묻어둔 비밀 장소를 찾아낼 꿈을 꾸고 있었다. 나로서는 너무나 끔찍할 따름이었다. 정육점 문에 걸린 소머리에 대한 기억 때문이었을 것이다. 핏물이 흘러내리는 사이로 망연자실하고 증오심에 불타 옆을 뚫어져라 바라보는, 그 푸른색으로 부풀어오른 소녀

같은 눈, 그건 마치 기엠과 보르하 사이의 복수심처럼 보였다. 난 지금도 정육점 앞을 지날 때면 구역질과 두려움으로 등줄기에 개미가 기어가는 것처럼 느껴진다.

오후의 그늘 아래 모닥불이 활활 타오르고 있었다. 마을 소년 몇몇이 몰려들어 숲에서 가져온 마른 가지들을 불에 던져 넣었다. 보르하와 후안 안토니오 그리고 뒤를 이어 농장 관리인의 아들들을 보고는 냅다 도망치더니 멀찌감치 한 줄로 멈춰서서 싸움을 구경하기 시작했다. 모닥불 푸른 빛 속에서 모든 것은 짙은 어둠으로 빠져들었다.

그을음이 묻은 거무튀튀한 모습을 하고 기엠이 숲에서 나와 모습을 드러냈다. 스웨터 소매를 손가락을 가릴 때까지 잡아늘렸기 때문에 팔에서 불쑥 흉측하게 휘어진 갈고리가 튀어나온 것처럼 보였다(*후크 선장은 네버랜드 절벽에서 피터 팬과 싸웠다. 보르하와 나처럼 유배된 피터팬, 어른이 되기 싫었던 그 소년은 한밤중에 집으로 돌아왔지만 창문이 닫혀 있었다. 그날만큼 보르하가 작아 보인 적은 없었다. 고아들의 숲에서 나뭇잎을 주우며 봄 청소를 했다. 그 고아들은 놀이를 하기에는 갑자기 너무 커버렸다. 그리고 우리가 알고 싶지 않은 그 세상 속 삶으로 들어가기에는 아직 너무 어렸다.*)

　—유다, 유다, 유다!

치노는 팔짱을 낀채 조용히 광장 입구에 멈춰섰다. 나는 드문드문 성기게 난 콧수염 때문에 입가가 거뭇거뭇한 그의 떨고 있는 옆모습을 보았다. 갑자기 그가 얼마나 어려 보이던지!
그때서야 나는 치노가 그냥 사내아이, 소년에 불과하다는 사
실을 깨달았다. 그저 우리보다 몇 살 많은, 그런데 남자들과
여자들 사이의 지저분한 일로 가득한 세상에 내던져져, 우리
역시 미끄러져 들어가고 있던 그 세상이라는 우물에 어깨까지
담그고 있을 뿐이라는 것을.

　-유다, 유다!

　그 이름은 모닥불의 긴 머리칼을 밀어대는 바람과 더불어
우리 쪽으로 실려오고 있었다. 광장의 칠이 벗겨진 포석 위에
서, 한창 시절에는 현관이 우뚝 서 있던 자리에 반으로 갈라
진 기둥에서, 별 쓸모없어 보이는 자물쇠로 굳게 닫아건 허물
어져가는 초라한 집들에서 새빨간 광채가 휘저은 물의 표면처
럼 흔들렸다. 생쥐들, 족제비들과 박쥐, 도마뱀과 칠을 한 듯
반짝거리는 바퀴벌레들이 겁에 질려 부서진 계단과 철책들 사
이로 흩어졌다. 자물쇠 구멍은 안을 들여다볼 수만 있는, 실낱
같은 붉은 빛줄기가 뚫어 놓은 검은 눈과도 같았다. 그리고 그
빛줄기가 나를 그토록 뚫어져라 바라보던 비탈길의 그 용처럼
작고 냉혈한 용들을 깨우면, 용들은 불의 냄새에, 또 아이들의
고함소리에 놀라 도망치고 말 것이다.

　치노는 자신의 비밀에 갇힌 듯 몹시 떨고 있었다. 갑자기
나는 그 비밀이 하나도 궁금하지 않았다. 누에스트라 세뇨라
델 로스 앙헬레스 기숙학교에서 쫓겨난 후 삶이라는 깊은 웅

덩이를 향해 고삐 풀린 질주를 시작한 내가 이제는 ≪오, 아니야, 아니라구, 나를 멈춰 줘. 제발, 나를 멈춰달라구. 어디로 달리는지도 난 몰라. 더 이상 알고 싶지도 않다고.≫라고 외치고 싶어졌다. 곤충들과 생쥐들, 도마뱀과 축축한 지렁이들 또 분홍빛 구더기들이 가만히 지켜보던 그 질주를. (하지만 카이와 게르다는 지붕 위 정원에 남겨 둔 채로 나는 이미 벽을 뛰어넘었다.) 내 옆에 선 치노를 보면서 나는 처음으로 어른의 동정심을 느꼈다. 그에게 손을 내밀며 이렇게 말하고 싶어졌다. ≪쟤들 말 신경쓸 거 없어. 뭣 모르는 애들이잖아. 그냥 용서해 줘. 자기들이 무슨 짓을 하는지 모르는 거야.≫ 동시에 그런 어른 같은 감정에 부끄러워졌다. 그리고 두려움과 함께 나 자신에, 내 말과 나의 동정심에 안타까움을 느꼈다.

 ―누가 숲에 들어갈까? 누가 숲을 좀 거닐어 볼 텐가?

 기엠은 승리를 앞두고 있었다. 그 애들은 와인을 좀 마신 것 같았다. 기엠, 라몬, 아브레스의 토니 그리고 절름발이 모두가 입술이 검붉은색인 데다가 셔츠 자락을 바지 밖으로 빼 놓았다. 높이 쳐든 둥근 머리들이 땀에 젖어 한밤중인데도 번쩍거렸다. 광장 한가운데 조용히 혼자 서 있는 보르하(안녕, 피터팬, 다음번 봄청소에는 같이 하지 못할 것 같아. 너 혼자 낙엽을 모두 쓸어야 해)의 황금색으로 빛나는 두 눈에는 알바로 이모부의 그림자가 어른거렸다. (≪원하면 누구라도 총살할 수 있어. 장군이니까. 국왕을 위해 건배를 든다고.≫) 보르하는 식인종(신 포도를 맛보며, 쓸모없어진 가정교사들을 해고하면서 잔인할 만큼 무관심한 도냐 프락세데스)을 닮은 작은 송곳니 위로 푸르죽죽한 입술을 말아올리며 미소를 지었다. 그의 옆에는 하찮고 난폭하면서도 비겁한 경호원들, (악마에 씐) 후안 안토니오, 또 농장 관리인 아들들(지루해진 도냐 프락세데스의 손자에게 억지로 끌려나온, 도냐 프락세데스 탓에 신앙심이 돈독해진, 도냐 프락세데스의 손자들처럼 여름 방학에 공부를 하는 아이들)이 있었다. 광장 입구에서는 우리가 매 순간 도망치려고 하는 세상을 지키기라도 하듯 치노가 떨며 서 있었다.

보르하는 곧장 숲으로 뛰어들었다. 라우로가 놀라 보르하를 향해 뛰었다.

−보르하, 조심해! 보르하, 라이플총은 가져가지 마! 보르하, 넌 미쳤어. 너 자신을 죽일 거야…. 너한테 무슨 일이 생기면, 그러면 할머니가…!

≪도련님≫ ≪할머님≫ 같은 존칭은 전부 잊어버렸다.

나는 조용히 서서 기다렸다. 비겁한 겁쟁이 후안 안토니오는 조금씩 조금씩 나무들 사이로 들어갔다. 절름발이가 갈고리를 휘두르며 그의 뒤를 지켜보고 있었다.

−암것도 아냐.

보르하가 말했다.

−암것도 아니야.

모두들 가버렸다. 광장에는 모닥불이 마지막으로 타다닥 타오르는 소리만 남았다. 보르하가 손에 그슬린 지푸라기 인형을 가져왔다. 보르하와 비슷하게 보이게 하려고 별무늬 스웨터를 입힌 인형이었다. 어째서 그런지 몰라도 최후의 순간에 보르하의 손에 구출된, 형태도 없이 절반 정도 타버린 덩어리는 보르하를 닮아 있었다. 그래, 꽤 닮았다. 보르하는 인형을 오른손 높이에 치켜 들고 칼로 베어버렸다. 왼팔을 잔뜩 움츠리고 있었는데 소매로 피가 뚝뚝 떨어졌다. 오렌지빛이 물든 것 같은 아름다운 핏방울이었다. 보르하가 다시 말했다.

–아무것도 아니야. 내가 한 방 먹였어! 제대로 배우게 해줬지! 내가 라이플총 없으면 아무것도 못 할거라고 맨날 그랬지? 내가 오늘은 맨손으로 싸웠다구….

얼굴은 창백했지만 웃고 있었다. 눈이 그렇게 빛나는 것은 처음 보았다. 잘생겼다고 생각한 것도 처음이었다. 기엠이 팔뚝에 갈고리를 걸고 보르하에게로 다가갔다. 치노가 자기 손수건으로 보르하의 상처를 감쌌다. 심각한 정도는 아니었다. 하지만 치노의 관자놀이에서는 굵은 땀방울이 떨어졌다. 다시 우리는 빽빽한 침묵에 둘러싸였다. 몇 시간 전의 고함소리는 꿈처럼 멀어졌다.

–우리가 들어갔는데….

보르하는 자세히 설명하고 싶어했다.

–처음엔 저기 나무들 사이에서 내가 그랬거든. ≪나 라이

플 없이 간다.≫ 그러니까 쟤도 ≪좋아.≫라고 대답했어. 그런데 갈고리를 내버리지 않은 거야. 그래서 우리는 숨었고. 나뭇잎 사이로 쟤 머리카락이 반짝거리는 게 보이길래 따라갔지…. 그랬는데 갑자기 나한테 달려든 거야. 무게가 엄청났지만 쟤는 워낙 둔하잖아. 아버지가 내게 레슬링을 가르쳐 주셨거든. 치노, 너도 알지? 너는 잘 알지? 내가….

-알아.

치노가 대답했다. 그 대답은 아주 깊고 이상하리만큼 슬픈 울림을 가졌다.

-별로 오래 걸리지 않았어.

농장 관리인 작은 아들 카를로스가 말했다.

-형이 금방 이겼어!

-그치만 쟤네들도 졌어도 명예는 지켰어.

후안 안토니오가 말했다.

-그건 인정해야 해. 더 달려들지 않고 갔으니까….

-쟤들이 원한 건 나야.

보르하가 말했다. 그리고는 나를 바라보았다.

-그 유대인 녀석 때문이야. 그 자식이 마티아 친구라는 걸 알아서 그래.

나는 바닥을 내려다보았다. 치노가 고개를 번쩍 들어올렸다.

-맙소사, 마티아 양!

보르하는 일어섰다.

―쟤들은 마누엘이 우리 편이 될 거라고 생각하는 거야. 왜
냐하면 마티아가…. 좋아, 그건 다 끝난 일이야. 그렇지, 마티
아? 다 끝난 일이지?

나는 눈길을 피하면서 입을 다물었다.

우리는 집으로 돌아왔다. 치노는 계속 말했다.

―제 방으로 와요, 우리 엄마가 치료해줄 겁니다. 할머님이
눈치채지 못하시도록….

저녁 식사까지는 대략 한 시간이 남아 있었다. 우리는 비
탈길쪽 문을 통해 집으로 들어가 조용히 치노의 방으로 올라
갔다.

치노는 협탁 위 전등을 켰다. 거기엔 꽃들, 복제 그림들이
침대에 누워서도 볼 수 있도록 다락방 형태의 천장에 붙어 있
었다. 얼룩진 거울, 그의 책들과 도자기 항아리, 테라코타와
이비사의 시우렐들². 전등을 켜자 치노의 크고 샛노란 두 손이
커다란 나비처럼 빛났다. 치노가 말했다.

―기다려요…. 엄마에게 말하고 올 테니.

창문은 아직 열려 있었고 상쾌한 젖은 하늘 조각에 별이 하
나 보였다. 보르하가 내게 다가와 입을 맞췄다.

---

2   점토를 재료로 하여 손가락으로 빚어낸 마요르카의 전통적인 형상으로 악기나 장난감의 역
할을 하는 호루라기와 결합되어 있다.

-마티아, 마티아, 제발 부탁이야….

보르하는 꼭 울 것만 같았다. 허세를 버리고 주저앉아버린 보르하가 처음으로 아직 경계선 저 너머에 있는, 나보다 훨씬 어린아이로 보였다. (그날, 내가 마누엘과 함께 있던 그날 오후 바로 내가 그랬던 것처럼.) 보르하가 말했다.

-제발 그 말이 사실이 아니라고 말해 줘. 제발….

-그렇지만 사실이야, 보르하! 내 잘못이 아니야. 그 애는 진짜 호르헤 아들이야. 진짜 아들이라고….

보르하는 입술을 깨물었다. (남자아이라고 하기에는 너무 붉어 보이던 바로 그 입술.) 오른손으로 왼쪽 팔뚝을 꽉 쥐었다. 보르하에게는 분명 상처보다도 그 사실이 더 아팠으리라.

-그럴 리가 없어…. 그 자식! 너도 알잖아. 마티아, 호르헤는 우리 친척이야. 할머니에게 화가 나 있지. 그건 나도 알아. 하지만 다 시시한 일들이야. 그 사람은 우리 핏줄이라구….

-그런데 그게 너랑 무슨 상관이야?

나는 참지 못하고 말했다.

-네가 괴롭다면 그건 유감이야. 하지만 사실인 걸 어떡해. 게다가 온 세상이 다 알고 있는 사실이잖아. 그 사람이 말레네를 사랑했고 마누엘은 그 두 사람 사이에서 낳은 아들이고. 나중에 말레네를 자기 관리인이랑 결혼시킨 거야. 진실을 감추려고. 모두가 아는 사실이야. 그래서 거기, 할머니를 귀찮게 하는 바로 거기 그 땅을 선물한 거고…. 나도 어쩔 수 없어. 보

르하, 인생이 그런 거야.

하지만 그런 말을 하는 내가 너무 멍청하고 잘난 척하는 것처럼 들렸다. (이런 멍청한! 보르하가 가끔 하녀들에게 그런 말을 하는 걸 들은 적이 있었다. ≪인생이 그런 거야.≫)

하지만 보르하는 곧 특유의 오만함을 되찾았다. 고개를 들더니 거의 증오의 눈빛으로 나를 바라보았다. 그리고는 내 목소리를 흉내내며 말했다.

-멍청한 꼬맹이. ≪인생이 그런 거야!≫ 멍청한 꼬맹이 같으니라구.

문이 삐걱 열리더니 안토니아가 들어왔다. 평소보다 더 창백한 얼굴은 거의 녹색에 가까워 보였다. 전등 불빛 탓에 코와 눈의 음영이 더 강조되는 바람에 안 그래도 긴 얼굴이 가면을 쓴 것처럼 보였다. 안토니아는 솜과 요오드 그리고 물이 담긴 세숫대야를 하나 들고 다른 한쪽 팔뚝에는 술이 달린 수건을 걸고 왔다.

-보르하 도련님…! 성 부르노여, 도와주소서…!

잉꼬새는 안토니아의 머리 위에서 성난 둥근 눈으로 우리를 바라보았다. 안토니아의 관자놀이 쪽으로 비스듬히 내려온 새의 긴 검은색 꼬리는 마치 불안하게 심장이 뛰는 한 송이 꽃 같았다.

-그 팔 좀 봐요…. 하느님 맙소사, 맙소사….

보르하의 상처를 보고 내지르는 것치고는 너무 진지한 한

숨이 새어 나왔다. ≪어쩌면 가끔 자기 방에서 우는지도 몰라.≫ 나는 생각했다. 거기 문가에 여전히 치노가 녹색 안경을 낀 채 들어오지 않고 서 있었다.

-이렇게, 이렇게 하고, 꽉 누르고….

보르하는 찢어진 상처 부위를 솜으로 꽉 눌렀다. 나는 침대 가장자리에 앉아 다리를 흔들고 있었다. 보르하가 낮게 휘파람을 불었다. 긴장해서 호흡이 고르지 않았다.

안토니아는 치노 쪽으로 고개를 돌렸다. 쉰 목소리로 말할 때 목소리에 공기가 가득 차 있었다.

-들어오렴, 아들아….

보르하와 나는 치노를 바라보았다. ≪들어오렴, 아들아.≫ 안토니아가 그런 말을 쓰는 걸, 그런 이름으로 부르는 걸 한 번도 들어본 적이 없었다. 나는 생각했다. ≪그래, 아들인 건 우리 모두 알고 있었지, 그뿐이었어. 하지만 한 번도 그렇게 그걸 실감한 적은 없었어.≫ 갑자기 그 작은 방이 뭔가 날갯짓 같은 것으로 가득 찼다. 여자는 문가에 서 있는 그 소년(제 실제 나이보다 너무 커버린 그 가엾고 못생긴 소년)을 바라보았다. 치노는 어깨를 늘어뜨린 채 들어와 의자에 앉았다. 이마는 젖어 있었고 여자의 손—그건 안토니아의 손이 아니었다. 아니, 아니었다. 그 손은 마우리시아의 손, 혹은 어쩌면 내가 갖고 있었으나 잃어버린, 혹은 단지 원했을 뿐인 손과 닮았다—그 넓적한 손, 늘 딱딱하게 굳어 있던 그 손이 한순간 부드러워지면

첫 기억

서 소년의 머리를 뒤로 쓸어내렸다. 소년은 머리를 들고 안경을 벗고서는 엄마를 바라보았다. 그리고 처음으로 너무나 큰 고통과 회한이—내가 어찌 알겠는가, 어쩌면 단지 안타까움이 었을 수도 있다—그 눈에 어리는 것을 보았다. 한 사람의 시선이 다른 한 사람의 시선 속으로, 안토니아의 눈길이 소년의 눈길 속으로 빠져들었다. 나는 그 순간 어이없게도 마누엘이 한 말이 떠올랐다. ≪내 자리는 여기야.≫ (그러니까 남자들, 여자들의 세상이었다. 내 가슴속에 뭔가가 나를 단단히 옭아맸다. 바다 위를 떠다니는 호두 껍데기처럼 곧 가라앉을 것 같은 연약한 그 무엇이.) 이제 됐어! 보르하는 말하곤 했다. (못돼고 변덕스러운, 막무가내, 유치하고 바보 같은 다툼이나 벌이는, 머나먼 그리스 해변에서 자신의 *델핀호*에 불을 질렀던 바람 같은 남자를 과도하게 숭배하는 그런 사내아이들의 세상에서.)

　–이제 됐어! 고마워, 안토니아. 고마워, 라우로.

　거울의 각진 부분에 끼워두었던 그 사진은 이미 치워버리고 없었다. 어쩌면 책갈피에나, 가장자리가 해진 낡은 가방이나 가슴팍 호주머니에 간직하고 있을지도 몰랐다.

　작은 잉꼬새 곤돌리에로가 날갯짓 소리도 내지 않고 날아오르자 보르하는 웃음을 터뜨렸다.

*

여전히 차가운 베개 아래 오른손을 넣고, 고로고 없이 누워있
었다. 길쭉하게 네모진 블라인드 틈새로 밤이 들어왔다. 똑똑
소리가 들렸다. ≪제발, 보르하, 오늘은 제발.≫ 나는 속으로
생각했다. 늦은 밤 회랑에서 만나 몰래 담배를 피우거나 속닥
거리지 않은 지도 꽤 오래되었다. ≪보르하, 이제 그만, 이제
다 끝났어.≫ 하지만 소리는 끈질기게 계속되었다. 어깨에 스
웨터를 걸치고 방에 딸린 작은 거실로 나가 회랑으로 난 창문
을 뛰어넘었다.

반대편 끝에 웅크리고 있는 보르하를 알아볼 수 있었다. 담
배 때문에 충혈된 눈이 어둠 속에서 외눈박이 짐승처럼 빛났
다. 담배 연기의 작은 기둥이 아치를 향해 올라갔다. 나는 몸
을 숙이고 회랑을 가로질러 보르하가 있는 곳으로 갔다. 보르
하는 벽에 기댄 채 책상다리를 하고 바닥에 앉아 있었다. 보르
하가 낮은 목소리로 말했다.

-이리 가까이 와.

아치들 뒤로 별이 점점이 흩어진 연푸른색 하늘이 펼쳐
져 있었다. 내가 옆에 앉자 보르하가 내 어깨에 팔을 둘렀다.

-마티아, 너는 네가 많은 걸 알고 있다고 생각하지, 그렇
지?

내가 입을 다물고 있자 보르하는 말을 계속했다.

-넌 아무것도, 아무것도 몰라…!

나는 곁눈질로 그 애를 보았다. 달빛에 비친 두 눈의 광채를

보았다. 그 애는 내 뺨에 자기 뺨을 비볐다. 보르하가 말했다.

–내가 한 가지 고백할 게 있어.

우리가 회랑에서 이야기를 나눌 때면 언제나 쓰는 그 말투, 그 속삭이는 말투로 말했다. 나는 또다시 그 애에게로, 그 애의 세상으로 빨려 들어가는 것을 느꼈다.

–내가 네 눈을 뜨게 해줄게. 넌 순진한 아이야. 하지만 스스로 많은 것을 알고 있다고 믿고 있으니…. 자, 내가 한 가지 얘기해줄게. 그게 말이야, 치노는….

나는 다시 무서워졌다. 현기증처럼 또다시 두려움이 찾아왔다.

–말하지 마!

그 애에게서 떨어지려고 했지만, 보르하는 나를 꽉 붙들고 말을 이어갔다.

–치노는, 내가 명령하는 건 뭐든 해. 왜냐하면, 내가 원하기만 하면 할머니에게 치노 일을 다 말해버릴 거니까.

그 와중에도 나는 이렇게 물었다.

–무슨 일?

그리고 나는 딱 한 번 오렌지 농장에 갔던 일을 기억해냈다. 치노와 보르하 그리고 내가 함께 소풍을 갔다가 오후에 집으로 돌아왔던 적이 있었다. 어둠이 짙은 회랑에서 보르하는 끊임없이 이야기했지만 나는 그 애의 말을 거의 듣지 않고 있었다. 그날 일들이 갑자기 꿈처럼 다시 떠올랐기 때문이었다.

아주 다른, 있는 그대로의 생생한, 많은 것을 폭로하는 꿈. 공포감을 느낀 나는 손이 축축해지고 몸이 으슬으슬 떨려왔다. 그때는 3월이었다. 아직 전쟁이 터지기 전이었고 내가 누에스트라 세뇨라 델 로스 앙헬레스 기숙학교에서 쫓겨난 지 얼마 되지 않았을 때였다. 황금빛 안개가 두 눈을 가렸고 나는 졸음이 왔다.

(나는 기억한다. ≪새로운 별들이 나타날 때 즈음에 우리는 이미 여기 있지 않을 겁니다.≫ 치노가 말했었다. ≪보르하 도련님, 마티아 양, 두 분은 때로 이런 것들에 대해 생각해야 합니다.≫ 바다는 바위틈에 신비로운 무언가를 붙들어 매둔 듯 고요하기만 했다. 바다 위로 물이 한 방울 떨어지면 그 소리라도 들릴 것만 같았다. 치노는 바다를 바라보며 평온하게 있었다. 얼굴 양쪽으로 길게 늘어진 머리칼이 마치 성모마리아처럼 보여서 나는 좀 무서웠다. 눈을 깜박일 때 치노의 두 눈이 빛났다. 오른손에 안경을 들고 왼손으로는 콧등을 가볍게 문질렀는데 약하게 눌린 자국이 있었다. ≪안드로메다, 타우로.≫ 치노는 말을 이어갔다. 별의 이름을 말하고 또 말했다. 입에서 별의 이름으로 묵주기도가 나오는 것만 같았다. ≪이것들을 꼭 생각해야만 합니다.≫ 샛노랗게 빛나는 치노의 두 눈이 쏘아보는 듯, 물 위를 내리누르는 무거운 공기를 가로질러, 깊은 침묵 가운데 내 눈에 못박혔다. 나는 성모마리아 교회의 어둠과 순식간에 번쩍 광채를 띠는 커다란 돔 지붕을 떠

올렸다. 치노가 설명하는 것들을 나는 결코 이해하지 못했다. 하지만 그는 그 스테인드글라스의 인물들이 순교자들이며 자신의 형제 혹은 죽은 친척이라는 걸 알고 있었다, 그리고 그 사실이 그를 아프게 하거나 혹은 질책했다. 우리는 바닥에 앉아 있었다. 바다처럼 에메랄드빛 초록 풀밭 군데군데가 아몬드로 뒤덮여 있었다. 아몬드 나무에는 이미 꽃이 활짝 피어났고 검은 나무 밑동들은 잠들었다가 다시 무거운 수증기가 되어 빛을 흐리는 장밋빛 구름 사이에서 신비롭게 서 있었다. 올리브 나무는 반짝였다. 나무 몸통은 얼굴과 양팔, 입을 가지고 있었다. 이제 막 밭갈이를 하고 새로 작물을 심은 땅은 더 어두운 빛깔의 사각형 모양이었다. ≪맙소사, 하느님 맙소사.≫ 치노는 연신 이렇게 말했다. ≪어쩌면 이리도 토지가 비옥한지!≫ 그런 말을 할 때 치노는 거의 울 것 같았다. 그런 걸 보는게, 모두에게 그런 것처럼 한없이 기쁘고 즐거운 것 같지는 않았다. 오히려 그에게 어떤 비밀스러운 고통의 문을 여는 것처럼 보였다. 보르하가 그에게 뭔가 묻는 것 같았다. 이런 소리가 들렸다. ≪하느님의 놀라운 자비는 나를 아프게 합니다.≫ 마침내 우리는 오렌지 농장에 들어갔는데, 그곳에서는 모든 것이 잠들어 있는 것처럼 보였다. 손만 뻗으면 열매를 딸 수 있었다. 감시인도 하나 없었고(우리는 아직 묘목장에 다다르지 않았다), 있다고 해도 양수기 옆 어느 구석에서 잠들어 있었을 것이다. ≪몽둥이를 옆에 두고 두 눈을 감은 채 편안하게 상쾌한 물소리를 들으며 누워 있었겠지.≫ 어릴 적 본 책이나 그림을 통해 내가 알고 있는 감시인의 모습은 그런 이미지였다. 오렌지 농장은 그늘이 촘촘하게 펼쳐져 있었다. 앞뒤로 줄을 길게 서서 몸을 반쯤 숙이고 나무 사이를 지나야 했다. 해가 둥글게 높이 떠올랐어도 빛은 어두운 초록이 되었다. 왼편으로는 너무나 아름답고 섬세한 짙은 밤색, 파란색 또 회색빛 산들이 펼쳐졌다. 하지만 이쪽으로는 숲이 없었다. 보르하가 말했다. ≪그런데, 숲은, 언제가 되야 숲을 볼 수 있는 거지?≫ 치노는 대답하지 않았다. 오렌지 나무들 사이에서 뭔가의 뒤를 밟는 듯 했다. 그러다가 마침내 우리는 지쳐 바닥에 누워버렸다. 치노는 오렌지를 하나 따서 깨물어 구멍을 내더니 빨기 시작했다. 금세 입 가장자리로 과즙이 흘러내려 콧수염을 적셨다. 보기만 해도 역겨웠다. 치노는 오렌지를 또 하나 땄다. 그 향내가 코를 찔러 나는 눈을 감았다. 갑자기 두 눈을 떴을 때 나는 치노가 손을 뻗어 보르하의 다리 위에 얹는 것을 보았다. 반쯤 졸고 있는 채로, 마치 꿈결인 듯 그 손이 가만히 떨면서 천천히 미끄러져 내려가는 모습을 지켜보았다. 보르하는 가만히 있었다. 하지만 곧 ≪꺼져, 치노≫라는 고함이 들렸다. 오렌지 향은 추위 한가운데 뭔가 뜨거운 것을 뿜어냈다. 나는 나무 사이에 누워 몸을 떨었다. 오른편으로는 새파랗게 빛나는, 그러나 어두운 바다가 보였다. 우리가 누워 있던 곳에서는 땅이 마치 움직이는 나무껍질처럼 해변을 향해 부드럽게 일렁이는

첫 기억

듯했다. 보고 있으면 현기증이 날 지경이었다. 파도는 회색빛으로 말려 올랐다. 더 멀리에는 쓸쓸히 옷 벗은 나무들이 우뚝 솟아 있었다. ≪무화과나무들이야.≫ 나는 생각했다. 나는 우리 정원에 있는 무화과나무를 생각했다. 이 나무가지들은 햇살 아래 마치 금속처럼 빛나고 아주 깨끗했다. 나는 일어서서 오렌지 농장을 나가 걷기 시작했다. 외딴집들이 드문드문 나타났다. 흰색으로 칠한 사각형 블록에 작은 창문, 갈대로 엮은 현관. 그리고 또다시 무화과나무들과 올리브 나무들, 또 알가로보 나무들이 나타났다. 나는 어느 새하얗고 조용한 집 앞에 멈춰 섰다. 양수기로 물을 끌어 올리는 샘 앞에 눈먼 노새가 한 마리 있었다. 물은 두레박에서 밭으로 흘러들었다. 그 웅얼거리는 소리가 나를 달래주다가 동시에 불안하게 만들었다. 나는 오렌지 농장에서 꽤 멀리 떨어져 나와 있었다. 천천히, 조심스럽게 땅을 밟으며 걸었다. 개가 짖어대지 않게 하기 위해서였다. 나는 별을 생각했다. 내 별은 나쁜 별이었다. ≪그건 치노일이지. 별 이야기, 뭐 그런 거짓말로 우리를 속이려는 거야.≫ 나는 다시 성모마리아 교회의 스테인드글라스를 떠올리고는 찌르는 듯한 고통을 느꼈다. 두려움 때문인지, 아픔 때문인지 알 수 없었다. 나는 페르민틴을 떠올렸다. (마을에서 얼마 전 죽은 아이. 한 번도 그 애와 이야기를 나눈 적은 없었지만, 그 애가 죽었다는 소식에 나는 몹시 불안했다. 세상에서 아무도 죽지 않기를, 죽음에 관한 모든 말이 어른들이 아이들에게 하는 그 많은 꾸며낸 이야기 중 하나이기를 간절히 바랐다.) 바람이 옆으로 불었고 나는 땅 위의 내 그림자를 보았다. 맞은편으로는 그 집의, 태양 빛 아래 거의 파란색으로 보이는 흰색 물탱크가 있었다. 그리고 바다를 향한 짧은 평원 위, 땅 위에 내 그림자. 나는 혼자 나무도 없는 곳에, 너무나도 거대한 고독 한가운데 나무처럼 가만히 서 있었다. 뭔가가 이렇게 말하는 것 같았다. ≪넌 아무것도 몰라, 너는 아무것도 몰라….≫ 나는 오렌지 나무를 보고 싶은 간절한 마음으로 돌아보았다. 나무 아래 치노와 보르하가 나를 기다리고 있을 테지. 다른 누구도 없이 둘만. (이상했다. 막 그런 생각을 하던 참이었다. ≪마티아도 거기 있잖아, 저들이랑.≫) 바닥에 긴 그림자를 드리운 채 그 자리에 조용히 서 있는 그 몸이 내 것이 아닌 것 같았다. 저 뒤편, 보르하와 치노 사이에 있는 것만 같았다. 어두운 초록빛 잎사귀들 사이로 둥글고 무거운 과일이 반짝였다. 치노는 즐거움을 감추지 못하고 말했었다. ≪너무나 풍요롭습니다.≫ 페르민틴도 그걸 알고 있었다. 의사가 보러올 때마다 이렇게 물었단다. ≪오렌지는요? 아직 따지 않았나요?≫ 후안 안토니오의 아버지가 말해주었다. 하지만 왜? 왜 이렇게 페르민틴 생각을 하는 걸까? 뭣 때문에! 땅속에서 썩어가고 있을 텐데. 걸음을 옮길 때마다 죽은 자들, 또 죽은 자들. 그 섬에서는 아무리 계속 걸어도 죽은 자들이 갈 곳은 없었다. 그때 나는 내 그림자가 마치 돌덩이의 그림자인 양 더는 움직이지 않는 것이 두

202
첫 기억

려웠다. 나는 한쪽 팔을 들어 땅 위로 어두운 그림자가 생겨나는 것을 지켜보았다. 크게 한숨을 내쉬고 다시 걷기 시작해 바다 쪽으로 멀어져갔다. 한참을 걸은 후 오렌지 농장으로 돌아왔다. 어두운색 아몬드 나무 몸통들 사이로 장밋빛 구름은 여전히 옅어지지 않았다. 나는 아주 작은 불안에 휩싸였다. ≪올리브 나무, 아몬드 나무, 올리브 나무, 아몬드 나무….≫ 내 두 눈 속에는 모든 것이 눈부시게 타오르고 있었다.

*

–나도 알고 있어.

내가 서둘러 말했다. 얼굴이 달아오르는 것 같았다.

–이미 알고 있어. 아무 말 안 해도 돼…!

–그 멍청한 자식이 나한테 보낸 편지도 가지고 있어. 철제 상자에 잘 보관해뒀어. 그 자식도 알아….

보르하의 웃음소리가 낮게, 아프게 울렸다.

–내가 명령하는 건 뭐든 해…. 명령만 하면 돼.

나는 내 어깨를 누르던 그의 손을 잡아떼었다.

–마티아.

보르하가 말했다. 더욱 혼란에 빠진 목소리였다.

–내가 엄마에게서 빼낸 거 하나 네가 봤으면 좋겠어. 이것 좀 읽어봐, 멍청아! 읽어봐, 그럼 네가 사실의 절반도 모른다

는 걸 깨닫게 될 거야….

작은 주머니 손전등을 켜더니 편지 세 장을 내게 보여주었다. 돌연 그 색채, 모양, 냄새까지 너무나 익숙한 기분이었다. 그리고는 에밀리아 이모의 방, 분홍빛 감도는 숨 막힐 듯한 그 방에서 이모의 손에 들린 그 편지들을 본 일이 있다는 걸 기억해냈다. (리클라이너에 앉은 에밀리아 이모, 현기증 나는 향수, 치마폭에 펼쳐진 편지들. 느닷없이 이런 생각이 들었다. ≪알바로 이모부에게서 온 편지가 아니야….≫)

－읽어봐, 마티아, 그러면 알게 될 거야.

적의가 가득한 손전등 불빛이 편지의 첫 줄, 이름들을 비추었다. 나는 시선을 돌렸다. 보고 싶지 않았다. 우리는 정말이지 끔찍한 일을 저지르고 있었다. 하지만 보르하의 가늘고 단단한 도둑의 손은 내 고개를 억지로 그 누레진 종이쪽으로 돌려놓았고, 아무짝에도 쓸모없는 그 전등 빛이 너무나 슬프게도 반송되버린(바다가 시체들을 해변으로 되돌려보내듯) 그 편지의 더욱 슬픈 문장들을 비추었다. 보르하의 목소리가 들렸다.

－읽으라고. 멍청아, 좀 깨달으란 말이야. 우리가 지금 못된 짓을 한다는 건 알아. 하지만 네가 좀 알았으면 좋겠어….

이런 식으로 훔치는 건 잘못된 일이었다. 치노를 괴롭히는 것은 잘못된 일이었다. 보르하가 잃어버린 슬픈 사랑의 잔해물들을 파헤치고 다니는 것은 잘못된 일이었다. 더는 순수하

지도 않기 때문에 카이와 게르다를 내동댕이치고, 그렇다고
다 큰 남자, 여자가 되지도 못하는 건 정말 끔찍한 일이었다.
하지만 그 사악한 전등 불빛은 여전히 내게, 원치 않는데도,
에밀리아 이모의 비밀을 폭로하고 있었다. ≪내 사랑, 호르
헤≫, ≪사랑하는 호르헤….≫

(아, 더럽고, 꼴불견에다가, 애처롭기까지 한 어른들)

-누굴 좋아했는지 알아? 알겠어?

≪언제나 당신만의, 당신만의….≫ 에밀리아 이모의 글씨
가 떨리고 있었다. (오, 이 바보 같은, 너무 바보 같은 어른들.
에밀리아 이모는 말했었다. ≪나도 결혼하기 전날까지 인형
을 안고 잤어.≫)

가엾은 고로고.

*

내가 마누엘을 몇 번이나 만났는지 지금으로서는 기억나지
않는다. 처음 만났던 날로부터 그다음 만날 때까지 여러 날
이 흘렀었는지, 아니면 반대로 쉼 없이 연속적으로 만났는지
도 모르겠다. 하지만 그와 달리 땅과 나무의 색은 정확히 기억
할 수 있다. 내 기억 속에 남은 공기 냄새, 우리 머리 위로 교
차하던 빛, 시들어가던 꽃들과 우리 옆에서 초록빛 울림이 선
명하던 우물. 땅 위로 작은 동물들이 도망치고 바다 가장자리

로는 영원히 잊혀진 놀이 속 긴 칼들처럼 용설란들이 삐죽이 솟아 있었다.

우리는 한 번도 정확한 시간을 정해본 적이 없었다. 그냥 만났다. 마누엘은 절대 쉬는 일도 없고 누구와도 말을 나누지 않았지만 나랑 만날 때면 만사를 버려두고 왔다. 나도 보르하를 버려두었다. 수업도, 독서도, 할머니의 명령도 모두 잊어버렸다. 우리 둘은 나란히 걷거나, 이야기를 나누거나, 처음 만난 날 비탈길 나무 아래에서 그랬던 것처럼 바닥에 엎드려 있었다.

기억난다. 움직이는 물 속처럼 아주 이상한 곳, 두려움이 하루하루 나를 점령해가는 그런 곳으로 나는 들어갔다. 그 두려움은 내가 그때까지 겪었던 유년 시절의 공포가 아니었다. 때로 나는 한밤중에 깨어나 갑자기 침대 위에 벌떡 일어나 앉곤 했다. 그럴 때면 내가 아주 어렸을 때, 저녁 해가 질 무렵이면 불안감에 휩싸여 《낮과 밤, 또 낮과 밤, 언제나 똑같아. 더 이상의 것은 없는 걸까?》하고 생각했던, 잊고 있던 그 느낌이 되살아났다. 어쩌면 나는 언젠가 내가 잠에서 깨어났을 때, 오로지 낮과 밤, 그뿐만 아니라 뭔가 새롭고, 눈부시고, 비통한 그 무언가를 발견하게 되었으면 하는 막연한 바램에 휩싸였는지도 모른다. 생이 빠져나갈 어떤 구멍 같은 것을 원했던 걸까.

보르하가 자기 엄마의 비밀을 내게 털어놓았을 때, 이런 비슷한, 낮과 밤의 반복으로부터 빠져나가고 싶다는 그런 욕망

첫 기억

이 나를 사로잡았다. 내 양심을 지배하던 정의에 대한 불확실한 열망만큼이나 막연한 그 무엇이었다.

나는 보르하에게 따귀를 갈기며 말하고 싶었다. ≪아니, 넌 아냐. 꼬마 악당, 사악한 이기주의자, 넌 그럴 수가 없어….≫ 호르헤의 유일한 진짜 아들은 마누엘이었다.

도둑처럼, 에밀리아 이모가 방을 나갔을 때 나는 그 방으로 몰래 숨어들었다. 보르하가 돈을 훔치러 들어가는 걸 도와줄 때는 전혀 느끼지 못했던 양심의 가책을 안고 알바로 이모부의 초상화들을 찾았다. 그가 보르하의 아버지였다. 보르하의 아버지가 맞았다. 나는 가느다란 얼굴선과 가운데로 모인 눈, 보기만 해도 눈이 아프도록 불쑥 튀어나온 광대뼈를 자세히 살펴보았다. 둘은 확실히 닮았다. 내 사촌이 부드럽게 아첨하는 자세를 버린 순간, 그러니까 보르하가 후안 안토니오나 기엠 혹은 나와 단둘이 마주하는 순간 그의 얼굴은 지금 이 초상화 속의 표정과 똑같아진다. 보르하는 (안토니아와 로렌사가 말했던 것처럼) ≪너무 잘생긴, 남자라고 하기에는 너무 잘생긴≫ 남자애였다. 나는 아주 열심히 그의 이목구비와 두 눈, 그 미소를 살펴보았다. 나는 다시 중얼거렸다. 아니야, 알바로 이모부를 더더욱 많이 닮았어. 나 역시도 보르하에게 물어봤었다. ≪너는 어째서 그게 그렇게 중요해?≫ 그리고 나 자신에게도 똑같은 질문을 던졌다. 어째서 보르하가 호르헤의 아들이 아닌 게 그렇게 중요하지? 나는 엄청난 불안감에 휩싸였다.

하얀 수탉

이후로 나는 에밀리아 이모의 눈을 볼 수 없었다. 알바로 이모부를 기다리는 것으로 생각했던 모습은 그 순간부터 이모 방의 향수 냄새처럼 탁하고 진한 무언가로 보이기 시작했다.

꽃들이 거의 다 시들었다. 오로지 붉은 장미와 빽빽하게 핀 연한 자줏빛 붓꽃 정도만 남아 있었다. 그때처럼 그렇게 비탈길이 아름다워 보인 적은 없었다. 봄철에도 땅에서 그런 향이 풍기지는 않았다.

하지만 잔인한 일들이 일어나는 모양이었다. 아침식사 시간이면 할머니의 신문이 그 탐욕스러운 발톱 사이에서 바스락거렸고 지팡이는 반항의 표시처럼 한 번 또 한 번 미끄러졌다. 할머니의 회색 반지는 분노의 빛을 발산했다. ≪끔찍한 일이야, 끔찍해, 사람을 산 채로 묻다니….≫.할머니가 멍하니 커피를 마실 때면 커피잔 위로 둥그렇고 검은 두 눈이 병적으로 열렬히 신문 위의 글자들을 뒤쫓았다. 때로 보르하와 나도 신문을 들여다보았다. 폭격 맞은 도시들, 패배한 전투, 승리한 전투. 그리고 이 섬, 이 마을에서는 말없이 농밀하게 진행되는 복수. 타론히 형제는 검은 차에 타고 마을들을 순시했다. 나는 그들의 사촌 호세 타론히를 떠올릴 때면 목이 메는 것 같았다. 그날 오후 이후로 보르하도 나도 다시는 영사이먼호에 가지 않았다.

치노는 할머니가 다 읽고 테이블 위에 올려놓은 구겨진 신문을 조용히 읽곤 했다. 가끔 문이 닫히는 소리, 아니면 갑자기 바람이 불어오는 소리에 고개를 들기도 했다. 치노가 신문을 읽거나 종잇장을 넘기는 사이 곤돌리에로가 그를 찾아와 어깨 위에 앉았다가 머리 위에, 팔뚝 위에 또 때로는 손가락 사이에 앉곤 했다. 키스라도 퍼붓는 것처럼 그의 귀 가장자리를 가볍게 쪼아댈 때면 치노는 뭐라 형용할 수 없는 미소를 띤 채 읽거나 쓰는 척했다.

우리는 뒤죽박죽인 방에서 여전히 수업을 이어갔다. 서먹한 부서장들처럼 넓은 테이블 위에 각자가 한쪽 면씩을 차지하고 양편으로 광활한 황무지와 긴 빙하 지역이 넓게 펼쳐진 듯 서로에게서 멀리 떨어져 있었다. 추위가 시작되는 계절이었다. 보르하는 만년필 꼭지를 물어뜯었다. 나는 공책 가장자리에 고로고를 위한 도시들을 그렸다. 때로 에밀리아 이모가 피아노 치는 소리가 들렸다. 음표가 계단을 굴러 내려가듯, 물방울이 괴상하게 떨어지듯 그렇게 낮아져 갔다.

-치노, 너는 우리가 학교에 가고 나면 어떡할 거야?

보르하는 여러 번 이렇게 물었다. 라우로는 입을 다물고 미소만 지었다.

-배운 부분을 다시 한번 검토하세요, 보르하 도련님.

안토니아가 말했다.

-어제는 사 말레네에게 광장에서 돌팔매질할 뻔했대요.

-왜?

보르하와 내가 동시에 고개를 들었다. 나비 한 마리가 방향

하얀 수탉

을 잃고 키케로의 수사학책 위를 날아다녔다.

　―철면피라고요. 그런데 타론히 형제가 말렸대요.

　―어떻게 했는데요?

　치노가 물었다. 엄마와 아들이 서로를 바라보았다. 안토니아는 그 순간 책과 공책들을 모아 테이블 한쪽으로 밀어두었다. 간식 쟁반을 들고 와 찻잔을 내려놓는 중이었다. 찻잔 부딪히는 소리, 찻숟갈 달그락거리는 소리만 들렸다. 안토니아가 말했다.

　―머리카락을 밀어버렸대. 그게 다야. 유대인 광장, 왜 애들이 가끔 모닥불 피우는 거기로 데려가서 여자들이 말레네 머리를 잘라버렸대. 본때를 보여준 거야.

　테이블 위에서 내 손이 떨리는 걸 보고 나는 얼른 손을 감췄다. 내가 비겁하고 초라하게 느껴졌다. 이렇게 말하고 싶었다. ≪마누엘은 내 친구야, 두 손에 고로고를 들고도 그런 인형을 뭐에 쓰느냐고 묻지도 않았다고.≫

　계단이 삐걱거리는 소리가 들리자 안토니아는 서둘러 방을 나갔다. 할머니가 무겁게 계단을 내려오고 있었다. 안토니아를 따라 들어오다가 할머니는 문가에 서서 우리를 바라보았다. 우리가 일어서자마자 치노쪽에서 책 한 무더기가 바닥으로 쏟아졌고 그 와중에 예의 없는 노란 연필 한 자루가 할머니 발치로 굴러갔다(살이 신발 밖으로 삐져나오는 아주 작은 발이었다). 양귀비처럼 얼굴이 붉어진 치노가 연필을 주우러 갔다. 무릎에 힘을 주고 허리를 굽힌 채 앞으로 나아가면서 말이 중간에 끊겼다 이어지곤 했다. 할머니가 그 방에 들어온 건 처음이었다. 우리 수업을 중단시킨 것 역시 처음이었다. 할머니는 차가운 시선으로 치노를 바라보았다.

—내버려 둬.

할머니가 치노의 말을 끊었다.

—그 여자한테 무슨 일이 있었다고?

한쪽 편에 조용히 서 있던 안토니아는 눈을 깜박였다.

—마님, 그 여자가… 타론히 형제에게 거만하게 굴었던 모양이에요. 아마도 단념하는 기색이 전혀 없었는지…. 못된 계집이에요. 마님, 그래서 제대로 가르친 모양입니다.

—뭘 가르쳐?

—머리를 박박 밀어버렸대요. 마님도 아시잖아요. 그 예쁘던 금발 머리….

—빨강머리지.

할머니가 바로 잡았다.

—잘 알지. 하지만 금발은 아니야, 빨강머리야.

할머니는 테이블 위로 신문을 던졌다.

—여기선 머리를 밀고, 저기선 또 저런 짓들을 하는군.

우리는 소심하게 신문의 사진을 바라보았다. 어딘가에서 사람들이 처형을 당한 것 같았다. 사진이 흐릿해서 더욱 끔찍하고 잔인하게 보였다. 나는 기엠 패거리들이 우리를 물리쳤다는 걸 보여주기 위해 모닥불 위에서 칼질해대던 바로 그 지푸라기 인형이 떠올랐다. 보르하가 팔뚝 살이 찢겨 나가면서까지 되찾아 왔던, 별무늬 스웨터를 입혔던 형태 없는 인형.

할머니는 손에 그 바보 같은 지팡이를 들고서 무겁고 견고한 발걸음으로 방을 나갔다. 치노가 서둘러 신문을 집어 들어 펼쳤다. 굵은 글씨의 타이틀에는 본토의 어느 마을에서 교구 신부를 돼지들에게 던져주었다는 내용이 실려 있었다. 나는 잠시 아름다운 마욜 경이 이 마을에 그토록 많은 돼지 떼 사이에서 싸우는 모습을 상상했다. 송곳니가 기다란 잔혹한 짐승들. 할머니와 보르하, 그리고 어쩌면 나까지도 그 짐승들의 송곳니를 닮은 미소를 지니고 있었다. 안토니아가 말했다.

–아들아, 간식 먹으렴.

그렇게 말하는 걸 듣는 게 이번이 두 번째였다. ≪치노가 곧 쫓겨날 걸 알고 나서부터는 저렇게 불러.≫ 나는 생각했다.

나는 보르하의 눈길을 느끼고 그쪽으로 시선을 돌렸다. 입술을 깨물 듯 인상을 찌푸리는 바람에 반짝이는 검은 곱슬머리가 이마로 흘러내렸다. 보르하가 내게 뭐라고 말할지 짐작할 수 있었다.

–마티아, 가자.

치노가 입을 열었다가 다시 닫았다. 자리에 앉아 고개를 숙이고는 신문을 접었다. 안토니아는 영혼이 없는 듯 멍한 얼굴로 찻잔에 커피를 따랐다.

-어디?

나오자마자 내가 물었다. 날은 추웠고 나는 재킷을 여미며 두 손을 맞잡았다. 보르하가 어떤 대답을 할지 무서웠다.

-마누엘 만나러.

-안 돼, 보르하, 안 돼!

소매를 잡으려고 했지만, 보르하는 내 손에서 벗어났다. 앞으로 달려가던 보르하는 가느다란 황금빛 다리로 비탈길 담벼락을 훌쩍 뛰어넘었다. 그날 오후 태양은 잘 익은 과일처럼 둥글게 꽉 차 있었다. 나무들 사이 붉은빛, 연보랏빛이 감도는 황금 계절로 접어드는 때였다. 태양은 서둘러 취하지 않으려면 홀짝홀짝 마셔야 하는 오래된 와인처럼 따스한 빛깔이었다. 이제 막 시월이 시작되는 참이었다.

보르하는 그날, 나에게 기다리라고 말하려고 마누엘이 뒤돌아보던 바로 그날의 나처럼 그 집 문가에 멈춰 섰다. 나는 목덜미 가운데가 움푹 들어간 보르하의 뒤통수를 가만히 쳐다보면서 마누엘을 부르지 않기를 간절히 바랐다.

열린 문 사이로 올리브 나무와 사람들이 죽은 개를 던져넣었다는 우물이 보였다. 나는 혼잣말로 중얼거렸다. 하늘이 그때랑 똑같아. 변하는 건 땅에만 있어. 지금은 잘 익은, 때늦은 햇살이 반짝이는 빛에 둘러싸여 있고. 아마도 오후 다섯 시가량이었던 것 같다.

보르하는 올리브 나무 방향을 바라보았지만 마누엘은 거

기 없었다.

-그 녀석은 이 시간에 어딜 나돌아다니는 거지?

보르하가 내게 물었다. 울화통이 터지는 목소리였다. 나는
보르하가 동요하고 있다는 걸 눈치챘다.

-몰라.

보르하는 조바심을 내며 어깨를 으쓱하더니 다시 한번 말
했다.

-마티아, 녀석이 어딨는 거야? 어디 있느냐고? 나한테 말
하지 않으면, 너 후회하게 될 거야….

-맹세해, 모른다니까….

-그럼, 너희 둘은 어디서 만났었어?

우리가 어떤 정해진 방식 없이 만났다고 말하는 게, 그냥
한 사람이 다른 한 사람에게로 가서 만났다고 설명하는 게 무
슨 소용이 있었겠는가. 뭔가 이유를 대는 것 자체가 소용없는
일이었다. 보르하가 매정하게, 잘난 척 (≪못된, 못돼먹은 보
르하.≫) 어깨를 흔들며 처음 그 문을 가로지르는 걸 보면서,
나는 마누엘이 ≪거기 멈춰, 여기는 내 세상이야. 멈춰, 여기
는 내 왕국으로 들어가는 나만의 문이니까.≫라고 말할 것만
같았던 바로 그날을 기억하고 겁에 질렸다. 그 문은 거대한 장
애물, 사랑이 될지도 모를 내 그 무언가를 뛰어넘는 어두운 성
지였다. 나는 가슴을 졸이며 보르하를 따라 들어가 첫 번째 올
리브 나무에 기대섰다. 짙은 푸르름은 여름을 이기지 못했다.

나무들 사이에서, 땅의 신비로운 눈처럼 이끼와 녹으로 뒤덮인 우물이 보였다.

집에는 아치형 작은 현관이 있었다. 작은 가로등은 돌팔매를 맞은 듯 깨져 있었다. 너무도 조용한 가운데 황금빛 꿀벌 두 마리가 서로를 쫓아다녔다. 태양의 장밋빛 베일이 꿈속에서처럼 모든 것을 휘감았다. 그리고 꽃 혹은 포도즙의 달콤하고 짙은 향기. 할머니의 짙은 회색빛 비둘기 한 마리가 물웅덩이 옆 첫 계단참을 쪼아댔다.

–마누엘!

보르하가 불렀다.

바닥에서 그림자들이 움직였다. 커다란 진흙 화분들 사이에 쨍하게 빨간 제라늄이 두드러졌다. 반짝이는 황금빛 고운 비가 내리기라도 한 듯 모든 것이 반짝였다. 오른쪽 창문 유리는 파란색, 녹색으로 반짝반짝 빛났다. 발코니는 열려 있었는데 모두가 잠들었거나 마법에 걸린 것처럼 거대한 침묵이 숨 쉬고 있었다. 밭은 이제 막 새로 갈아엎은 것처럼 보였다.

–마누엘!

보르하가 좀 더 결연한 목소리로 불렀다.

비둘기가 날아오르더니 우리 머리 위를 지나 담벼락 위에 내려앉았다. 내가 기대고 선 올리브 나무에서부터 바닥으로 드리운 그림자에는 뭔가 마법 같은 데가 있었다. 비둘기 날개가 땅 위에서 움직였다. ≪이 세상 모든 건 정말로 신비로워.≫

나는 생각했다.

바로 그 순간 마누엘이 나왔다. 심각한 표정에 진흙투성이 맨발이었다. 그 애는 담벼락에 기대서서 천천히, 우리를 쳐다보지도 않고 샌들을 신기 시작했다. 강박적으로 내리뜬 그 애의 긴 속눈썹 그림자가 도드라졌다. 그 애는 보르하보다 훨씬 키가 컸다. 보르하를 깔아뭉개기라도 할 것 같았다. 보르하가 거칠게 말했다.

-마누엘, 한 가지 물어볼 것이 있어서 왔어. 넌 누구 편이야? 기엠이야, 나야?

마누엘이 보르하를 바라보았다. 나는 순간 그 애가 분노로 파르르 떠는 것을 보았다. 처음이었다. 그 애의 슬픔만큼이나 깊고 아픈 분노였다. 그 애가 말했다.

-무슨 말인지 모르겠어.

보르하는 마누엘에게로 다가섰다. 보르하가 떨고 있다는 걸, 떨지 않으려 억누르고 있다는 걸 난 알았다.

-나랑 가자. 손 마호르에 가자!

그날 오후 처음 마누엘이 내게로 몸을 돌렸다. 보르하가 그걸 막아섰다.

-가자, 가자고. 무슨 일 당하고 싶지 않으면…. 네 엄마보다 더 심한 꼴….

그 말은 하지 않았더라면 얼마나 좋았을까 수십 번 생각했다. 그건 마치 따귀를 갈기는 것과 같았다. 하지만 난 비겁하게도 겁에 질려 있었다. 마누엘의 검은 피부가 이마부터 목까지 시뻘개졌다.

-할 일이 있어.

마누엘이 대답했다. 보르하는 나를 쳐다보았다.

-네가 말해, 마티아, 가자고 해.

내가 입을 열기도 전에—내 이마와 양쪽 귀와 목이 큰 불길에 휩싸인 것 같았다—마누엘이 오른손을 들었다. 손이 반짝거렸다. 그 애가 말했다.

-아무 말도 하지 마. 마티아, 너는 그럴 필요 없어….

내가 그 애의 눈길을 피하자 그 애가 스스로 발길을 옮겼다.

*

먼저 우리는 후안 안토니오를 찾으러 갔다. 우리 휘파람 소리를 들은 후안 안토니오는 발코니에 모습을 드러냈다. 뭔가 씹고 있었다. 분명 간식을 먹고 있었으리라. 서둘러 내려온 후안 안토니오가 마누엘 옆으로 갔다. 아이들은 나란히 서서 걸었고 나는 그 뒤를 따랐다. 실제로는 그 애를 죄수처럼 끌고 가는 것만 같았다. 마누엘은 몸의 양옆으로 두 팔을 늘어뜨린 채 천천히 걸었다.

우리가 막 마을을 벗어났을 때 절름발이가 우리를 보았다. 후안 안토니오가 재빨리 말했다.

–이제 다른 애들에게 알리러 갈 거야.

레온과 카를로스는 공부를 하고 있었지만, 우리 소리를 듣자마자 즉시 달려 나왔다.

손 마호르로 가는 길은 마을 위편으로 조금씩 올라가다가 절벽 위 커다란 산모퉁이에 다다른다. 그 길을 따라 마치 벽 위를 비추듯 햇살이 한가득 쏟아지고 있었다.

손 마호르에 도착했을 때 우리는 겁에 질려 멈춰 섰다. 어쩌면 우리는 그날 그렇게—마누엘과 내가 종종 그랬던 것처럼—담벼락에 달라붙어 서로를 바라보면서 바람 소리만 듣고 있었을 수도 있었다. 하지만 그날은 사나모가 철책 뒤로 걸어 나왔고 즉시 마누엘을 발견했다. 마누엘을 보고는 입을 크게 벌리고 하늘을 향해 두 팔을 들어 올렸다. 하지만 그의 입에서는 한마디도 나오지 않았다. 노인은 웃음을 띤 채 손에 들린 열쇠를 쩔렁거리며 철책으로 다가왔다.

–마누엘, 마누엘, 우리 새끼.

사나모가 삐거덕 자물쇠를 돌리면서 이빨 빠진 입으로 외쳤다. 긴 회색 머리카락이 바람에 나부꼈다.

마누엘은 나를 그토록 화나게 했었던 죄수 같은 분위기로 고개를 약간 숙인 채 철책 앞에 꼼짝않고 서 있었다. 우리 모두 사이에서 마누엘의 키는 불쑥 솟아 있었다. 애들 사이에 제일 큰 키였던 나보다도 훨씬 컸다. 마누엘은 바로 거기, 이제 도망치듯 물러나는 오후의 햇살을 받으며 이상하게 반짝이고 있었다. 태양의 모든 황금빛이 그의 어두운 피부에, 새빨간 머리칼에 붙들려 있었다. 사나모는 넋을 잃고 마누엘을 바라보았다. 양손으로 철책의 횡목을 꽉 쥐고 서 있던 보르하는 할머니에게 뭔가 청할 때처럼 상냥하게 보이려고 애쓰며 미소를 지었다.

　-안녕하세요, 사나모.

　보르하가 짐짓 밝은 척하며 말했다.

　-돈 호르헤를 잠시 만날 수 있을까요?

　사나모는 능청스레 보르하를 바라보며 사악한 웃음을 지어보였다. 그리고는 겁에 질린 아이들 몇 명이 아니라 커다란 수레가 들어오기라도 하듯 철책을 활짝 열어젖혔다. 사나모가 말했다.

　-들어와요, 들어와. 주인님도 이렇게 잘생긴 청년들을 기쁘게 맞으실 것이네.

　땅에 박혀 있는 것만 같은 마누엘을 보르하가 난폭하게 안으로 밀어 넣었다.

　손 마호르의 정원이 드디어 우리에게 문을 열었다. 담벼락 높이 탓에 집 안은 그늘져 있었다. 거기엔 항상 바람이 불어 야자수가 흔들렸다. 집으로 이어지는 둥근 현관 계단은 도마뱀 빛깔의 초록이끼로 뒤덮였고 집은 하얀 아치가 달린 긴 회랑과 파랗게 칠한 창문이 있는 아름다운 모습이었지만 아주 오래된 데다가 손을 보지 않고 방치되어 있었다. 담벼락 위로

덩굴이 **빽빽**이 기어 올라가 음습하고 어두운 분위기를 자아냈다. 왼편으로는 목련 나무들이 위로 뻗어 있었는데 꽃은 이미 오래전에 시들었다. 하지만 공기 중에는 이상한 향내가 풍겼다. 다른 꽃향기랄까. 다른 그림자, 혹은 다른 메아리랄까. 하여간 이해할 수 없는, 감히 짐작할 수 없는 그 어떤 분위기였다. 바닥의 잎사귀들에는 이제 막 물을 뿌린 듯했다.

3

모든 것이 황홀한 황금빛 와인에 잠겨있는 듯했던 그날의 장밋빛 햇살을 언제나 기억하리라. 이미 목련도 없고, 꽃도 모두 시들었을지라도—말라붙은 핏자국처럼 검붉은 장미들만 빼고—사방의 공기가 강렬한 향기를 내뿜었다. 안쪽 정원으로 들어갔던 사나모가 잠시 후 우스꽝스럽고도 불길한 일이 일어나고 있기라도 한 듯 웃음을 지으며 돌아왔다.

　-들어와요, 아가들, 들어와.

　그는 머리부터 발끝까지 기괴하고도 야만스러운 기쁨에 떨고 있었다. 하지만 우리 다리와 목소리는 뭔가에 꽉 붙들린 것 같았다. 어느 누구도 한발짝 앞으로 나서거나 말 한마디 하지 않았다. 보르하의 허세도 간곳없고 후안 안토니오와 카를로스, 레온도 소심하게 말이 없었다. 사나모가 말한 대로였다. 우리는 딱 고행하러 온 사람들 같았다. 손 마호르의 호르헤가 자신들을 맞이해 줄 것으로 생각하고 겁없이 모험에 나선 우스꽝스럽고 신경질적인 어린아이들이었다.

  ―어서 가세. 미남들, 어서. 뭘 기다려? 주인님이 간식 같이 하자고 하시네.

  사나모가 입을 비틀며 웃었다(요정들의 언덕 일곱 번째 공주가 고드름과 솔방울로 만든 관을 쓴 도우레의 늙은 고블린을 인형으로 착각했을 때의 바로 그 고블린처럼).[3]

  오로지 마누엘만이 평상심을 되찾았다. 내 손을 잡고 석류빛 장미를 귀에 꽂은 늙은이의 열쇠 쩔렁이는 소리를 따라갔다. 우리 뒤로 보르하, 후안 안토니오, 카를로스와 레온의 발 아래 정원 모래가 뿌드득거리는 소리가 들렸다.

  손 마호르의 호르헤는 검붉은 장미로 뒤덮인 정원 한가운데 앉아 있었다. 와인에 잠긴 듯한 그 정원, 그리고 구불구불한 산등성에 딱 달라붙은 듯한, 세상과 정원을 분리하는 높은 담벼락. 벚나무들과 목련나무, 시장 부인과 우리 할머니가 그토록 부러워하는 유명한 포도덩굴 시렁이 있었다. 옅은 푸른색부터 보라색까지 익어가는 포도송이가 걸린 격자틀 아래로, 긴 탁자가 하나 놓여 있었다. 태양이 유리병 하나에서 투명한 장밋빛 광채를 이끌어 냈다. 그 광채는 마치 등불 같았다. 탁자 뒤에 앉은 손 마호르의 호르헤는 이상한 성자처럼, 마치 몸

---

3   스코틀랜드의 소설가 조지 맥도널드가 1872년 쓴 판타지 소설 『공주와 고블린』 속 이야기.

이 허리에서 잘린 것처럼 보였다. 하루의 마지막 햇살이 터져 나왔다. 마누엘은 내 손을 가볍게 잡아당겼고 우리는 그에게로 다가섰다. 호르헤가 우리에게 무슨 말을 했는지는 기억나지 않는다. 단지 그의 미소, 그의 목소리가 그의 전설만큼이나 멀게 느껴졌다는 것만은 또렷이 기억하고 있다. 마누엘처럼 푸른빛 감도는 홍채의 그늘진 눈빛으로 그는 피로에 젖은 채 우리를 바라보았다.

그는 오른손을 들어 우리에게 앉으라고 손짓을 보냈다. 회색빛, 거의 백발에 가까운 머리칼은 풍성했다. 마누엘의 목덜미만큼이나 새카만 피부에 황금빛 단추가 달린 낡은 선원용 재킷을 입고 있던 그는 크고 거친 손을 천천히 움직였다. 한마디로 그는 자신의 자리를 잃어버린 슬픈 사람이었다. 그는 우리 한 사람 한 사람에게 말을 걸었다. 제일 먼저 보르하에게, 그다음 나에게, 우리를 정말 아이 취급하며 말했다. 보르하는 얼굴이 벌게져 딱딱하게 굳어 있었다. 가능한 한 크게 보이려고 발뒤꿈치를 최대한 들고 서 있어 더욱 그랬다. 호르헤는 우리에게 할머니 안부를 물었다. (나는 생각했다. ≪아무도 우리 아버지에 대해서는 묻지 않아.≫) 호르헤는 탁자 뒤에 앉아 주교나 성난 왕자라도 되는 듯 우리를 가까이 오게 했다. 마누엘과 내 손은 이제 서로 놓칠 수 없는 것처럼 보였다. 서로의 얽힌 손가락을 누가 그렇게 꼭 눌렀는지는 모르겠다. 아마도 둘이 동시에, 갑자기 들켜버린 우리의 외로움 때문에 뭔가를 꼭

첫 기억

붙들고 늘어지려는 것 같았다.

　호르헤는 내 어깨에 자기 손을 얹고 꽉 잡은 우리 둘의 손가락을 한동안 바라보았다. 호르헤의 눈이 그토록 마누엘과 닮아 보인 적은 없었다. 나는 그 손의 무게를 느꼈고 그 촉감이 알 수 없는 기분을 일깨웠다. 조용히 나를 잡고 있는 그 감촉에서 영영 풀려날 수 없을 것만 같았다. 호르헤의 손에서는 이상한 삼나무 향이 풍겼다(아버지가 시골집 어딘가에 잊고 간 쿠바 여송연 상자, 어려서 내가 즐거이 코에 갖다대곤 하던 그 상자가 떠올랐다). 그 향내는 공기 전체에 퍼져 있는 듯했다. 포도송이들, 태양빛과 와인, 모두가 똑같은 향을 풍겼다. 아니, 어쩌면 그의 손이 아니었는지도 모른다. 어쩌면 손 마호르의 숨겨진 정원을 적시는 그 꿈 때문인지도. 호르헤가 말했다.

　–그리고 너, 너는 마리아 테레사 딸이지?

　내가 억지로 미소를 짓고 있다는 걸 나도 알 수 있었다.

　–하나도 안 닮았군, 안 닮았어.

　그 말이 나를 아프게 했는지도 모르겠다. 아니 어쩌면 정반대로 그 말을 듣고 몹시 기뻤을 수도 있다.

　–오늘 오후는 여러분과 아주 즐겁게 지내겠군…. 사나모!

　호르헤는 포도주와 잔을 더 가져오라고 시켰다. 사나모는 거기에다 아몬드와 치즈, 그리고 섬의 맛없는 빵과는 전혀 다른 소금 뿌린 검은 빵을 내왔다.

　–이 빵은 사나모가 반죽한 거야. 자기가 가봤던 어떤 나라

식으로 한 거지.

호르헤가 말했다. 그의 웃음소리에 늙은 사나모의 교활한 웃음소리가 합창처럼 더해졌다. 둘이 왜 웃는지 우리는 알 수 없었고, 그래서 둘이 서로 눈을 마주칠 때마다 우리는 좌불안석이 되었다.

누군가 금속을 두드리기라도 한 듯 날개짓 하나가 정원을 흔들었다. 담벼락 위로 할머니의 회색, 흰색, 검은색 비둘기가 날아들어왔다. 검은 그림자가 바닥을 가로지를 때 호르헤가 손으로 비둘기를 가리키며 말했다.

-보렴, 도냐 프락세데스의 비둘기야.

사나모가 탁자 위에 와인을 내려놓았다. 호르헤가 말했다.

-비둘기들이 내 집으로 오고 내 흰 수탉은, 사나모 말에 따르면 너희 집 정원의 무화과나무를 좋아한다지…. 그렇지 않니, 보르하?

보르하는 미소를 지으며 고개를 끄덕였다. 호르헤가 처음 마누엘에게로 고개를 돌렸다. 모두의 눈이 마누엘에게로 쏠렸다. 호르헤가 말했다.

-여기, 내 오른편에 앉으렴. 그리고 너, 아가, 넌 이쪽에 앉고.

그는 부드럽게 우리 손을 갈라놓았다. 마누엘에게 건네는 말 한마디, 그 음색에서까지 마누엘을 특별하게 대우한다는 걸 알 수 있었다. 나는 오로지 그 순간만을 기다려온 보르하를 바라보았다. (≪넌 완전히 졌어.≫ 나는 생각했다.) 보르하가 뭔가 말하려고 하는 듯 보였다. 얼굴이 붉어졌다. 보르하의 반짝이는 두 눈을 보면서 보르하가 그토록 바라는 것, 호르헤 두 눈의 야만적인 광채가 바로 보르하의 저 두 눈과 똑같다는 게 사실일까 생각했다. 나는 보르하가 마누엘에게로 돌진해서 그를 밀어내고 자신의 우상 옆자리를 차지하는 건 아닐까 두려웠다. 호르헤는 자신이 보르하에게 어떤 해악을 끼쳤는지 전혀 모르는 듯 말했다.

–그런데 라우로는? 그 애는 어디 두고 온 거지?

우리 웃음소리에 긴장감이 사라졌다. 치노에 관해 말하는 걸 듣는 것만으로도 우리 모든 소심함이 사라져버리기라도 하듯 말이다. 오로지 보르하만이 초조하게 굴욕감에 휩싸여 입술을 떨었다. 마누엘은 자신의 내면을 들여다보는 듯 말이 없었다. 호르헤가 자신을 확연히 구별해 대우하는 것에도 무심한 듯했다. 호르헤가 머리를 쓰다듬지 않은 유일한 아이였는데도 말이다.

와인은 호르헤가 직접 따라주었는데 마누엘에게 제일 먼저 주었다. 모두가 한꺼번에 말을 하기 시작했다. 늘 진지하고 과묵한 후안 안토니오까지도 웃으며 질문을 퍼부었다.

호르헤는 두 번이나 더 사나모에게 와인을 가져오게 했다. 그의 팔이 내 어깨를 감싸고 있는 데다가 석류빛깔 램프가 타오르는 듯 와인 병이 내뿜는 빛에 압도되어 나는 감히 움직일 수 없었고, 무엇보다도 내 어깨를 내리누르는 그 이상하고 낯선 힘에 놀라 내 눈앞에서 나 스스로도 전혀 알 수 없는 아이가 되고 말았다.

어쩌면 우리는 그가 엄청난 것을 이야기해 주기를 기대했는지도 모른다. 하지만 사실 이야기를 하는 쪽은 우리였다. 우리는 서로 말꼬리를 뺏기 바빴다. 그는 우리에게 그리스 섬 이야기도, 멜핀호 이야기도 하지 않았다. 그저 우리가 두 편으로 갈라져 싸우는 이야기, 에스 마리네의 카페로 놀러 가는 이야기를 떠들어댔을 뿐이다.

-아, 그래, 그래.

어떤 머나먼 일을 떠올리듯 호르헤가 말했다.

-에스 마리네, 기억난다. 한 번 나를 보러 오라고 전해주게.

사나모는 뭔가 웅얼거리며 몸을 뒤틀었다.

모르는 사이 시간이 많이 흘렀다. 햇살이 담벼락 너머로 미끄러져 내려가고, 그 사람은 여전히 탁자 끝에, 한쪽에는 마누엘을, 또 다른 쪽에는 나를 앉혀두었다. 마누엘과 나는 탁자를 사이에 두고 서로 마주보고 있었다. 오로지 마누엘만 말이 없었다. 천천히, 그 검은 빵을 억지로 씹으며 상채기투성이 검은 손으로 포도알을 하나씩 떼어냈다. 그 손가락 사이로 포도알이 빛났다. 마누엘을 바라보던 나는 무의식적으로 호르헤에게로 시선을 돌렸고 그때 내 안에 뭔가, 너무나 새로운 어떤 것이 나를 아프게 했다. 호르헤는 상상했던 것과 달랐다. 신도 아니고 바람도 아니고 에스 마리네가, 치노가, 그리고 보르하가 말하던 것처럼 미치광이 야생의 폭풍우 같은 사람도 아니었다. 손 마호르의 호르헤는 지치고 슬픈, 그리고 슬픔과 외로움 때문에 모두를 매혹시키는 그런 사람이었다. 그를 바라보고, 말하는 것을 듣고, 또 백발에 가까운 그의 머리칼을 보고 있노라면 내가 그 피로와 슬픔을 세상 그 무엇보다, 그 누구보다 사랑한다는 느낌이 들었다. 어쩌면 내가 바라는 모든 걸 가지고 있었기 때문이리라. 세상에서 도망치고 싶은 마음, 카이와 게르다, 피터팬과 인어공주에게 내가 느낀 연민을 모두 구원받은 것 같았다. 왜냐하면 호르헤의 피로에는 뭐라 불러야 할지 모를 어딘가로 내가 돌아온 느낌이랄까, 그런 것이 있었다. 그 어딘가에서 손 마호르의 호르헤는 낡아빠진 선원 재킷을 입고 담벼락이 둘러싼 정원 안으로, 검붉은 장미 속으로, 추억 너머로 피신해 있었다. 나는 그의 추억에 가닿아 그 추억을 마시고 또 그의 슬픔을 삼켜 (≪감사해요, 당신의 슬픔에 감사해요.≫) 마술처럼 나를 차지해버린, 향수에 젖은 커다란 장밋빛 와인잔 속으로 영원히 가라앉고 싶었다. 그가 그랬던 것처럼 나도 그 슬픔 속으로 도망치고 싶었다. 델핀호의 흩어져버린 재와 함께 꽃을 가꾸면서 말이다. 나는 혼자 중얼거렸다. 이건 어쩌면 어른들이 사랑이라고 부르는 것일지도 몰라. 알 수 없는 일이었다. 나는 그 누구도 사랑해본 일이 없으니까. 나는 그의 팔이 내 어깨에서 미끄러져 내릴까 봐 감히 몸을 움직이지 못했다. 나를 삶과 이어주는 건 오로지 그 팔뿐인 것처럼, 그 팔을 잃을까 두려웠다. 나는 이미 완성된 그의 삶, 어쩌면 희망을 잃어버린 그의 모습에 눈이 부셨다. 그 사람은 오로지 전설의 해적선 블랙 레이디의 방문만을 기다리고 있는 게 아닐까. 어쩌면 내가 그에게 작은 죽음을 선사할 수도 있지 않을까. (가엾고 공허하기만 한 열네 살 보잘것 없는 인간이 아니라는 걸, 어떻게 하면 내가 더 이상 카이와 게르다 같지 않다는 걸 그에게 알려줄 수 있을까?) 절망에 빠져 나는 그의 백발을 바라보았다. 그의 심장이 델핀호가 그랬던 것처럼 잿더미가 되어 낡은 푸른색 재킷 아래 묻혀 있다고 생각했다. 내가 그의 슬픔, 그의 피로에 닿을 수 있다면, 작은 도둑처럼 그것들을 훔쳐낼 수 있다면! 나는 너무나도 생생한 아픔을 느꼈다. 동시에 절망적이고도 지독한 사랑이 나를 가득 채웠다. 그 이후로 내가 단 한번도 느껴보지 못한 그런 사랑이었다. 《제가 많이 좋아한다고 전해주세요.》라던 마누엘의 말이 내 머릿속에서 마치 꿀벌처럼 윙윙대며 나를 아프게 했다. 또 나를 황홀하게도 했다.

비가 내리기 시작했다. 처음엔 느끼지도 못할 가느다란 비였다. 모두가 떠들며 즐거워 보였지만, 보르하도, 마누엘도, 나도 그렇지 않았다. (에스 마리네가 우리에게 말했었다. 《늙었다는 것 말고 다른 병은 없어. 그런데 그게 아주 심각해.》) 그는 아직 노인은 아니었다. 내가 아직 여자가 되지 못한 것과 마찬가지였다. 그는 아직 삶을 버리지 않았다. 내가 아직 삶으로 들어가지 못한 것과 마찬가지였다. 와인 잔을 한 번 또한 번 입술로 가져가며 나는 계속 그 말을 되뇌었다. 모두 와인을 마셨고, 호르헤는 우리 이야기를 들으며 웃기만 했다. 가끔 몇 마디 거들었을 뿐이다. 우리 잔에 포도주를 따르며 우리, 특히 마누엘과 나를 바라보기만 했다. 우리가 멍청이들처럼 웃고 떠들고, 바보 같은 질문, 더 바보 같은 설명을 덧붙이는 동안, 그는 너무나 멀리, 너무나 외로이 남아 있었다. 나는 생각했다. ≪장미와 비둘기에 둘러싸여 있을 때보다 지금 여기 우리 사이에서 훨씬 더 외로운 거야.≫ 그는 아무 것도 믿지 않았고 나는 이제 뭔가 믿기 시작해야만 했다. 나는 생각했다. ≪어린 시절 생각했던 것과 똑같아. 죽음은 사실이 아니야. 아이들을 속이려고 하는 말이지.≫ (그리고 나는 옷장 속에 몸이 절반 정도 들어간 채 어둠 속에 지도책을 펼치고는 황홀해하면서 섬의 이름들을 읽던 기억을 떠올렸다. 림노스, 키오스, 안드로스, 세리포스… 카로, 미코노스, 폴레간드로스… 낙소스, 아나피, 프사라[4]… 아, 그래, 바람 같기도 하고 꿈 같기도 했던 그 이름들. 나 역시 꿈을 꾸면서 내 손가락은 코르푸에서 미칠레네까지 푸른빛 광택이 나는 곡선 위를 훑고 지나갔었다. 그리고 노랫소리 같던 말들. 그 사람은 델핀호를 타

4 모두 그리스 에게해에 있는 작은 섬들이다.

고 다녔어 / 거기서 살았지 / 땅은 거의 밟지도 않았어 / 그렇게 소아시아까지 갔어…)

사나모가 기타를 들고 나타나자 호르헤가 말했다.

-현관 앞으로 가지, 사나모.

사나모와 마누엘이 마치 예전에 여러 번 해보았던 것처럼 아주 익숙하게 그의 겨드랑이 밑으로 팔을 넣어 현관 쪽으로 데리고 가는 모습을 우리는 깜짝 놀라 지켜보았다. 그의 등과 간신히 말을 듣는 그의 다리를 바라보고 있을 때, 후안 안토니오가 내 귓가에 속삭였다.

-거의 반신불수야…. 봤지? 아빠가 그러셨어. 저렇게 조금씩 나빠지다가 나중에는 완전히 움직이지 못하게 될 거래. 그러다가 머리까지 퍼지게 되면…. 파팟! 끝장인 거지.

후안 안토니오는 천천히 음미하듯 그 말을 했다. 그 애의 입술과 이빨은 와인과 검은 포도주스로 검게 물들어 있었다. 마누엘과 사나모는 그가 현관 아래 벤치에 앉는 걸 도와주었다. 갑자기 후두둑 빗방울이 떨어져 우리도 현관으로 달려가 비를 피했다. 스러져가는 햇살 사이로 날아오르는 비둘기들이 기묘한 모습으로 우리 머리 위를 지날 때, 그 위로 성모마리아 교회 종소리가 울려 퍼졌다. 우리는 호르헤를 둘러쌌고 나는 그 발아래 앉았다. 모두 와인에 취했었던지, 후안 안토니오와 레온, 보르하가 동시에 말을 시작했다. 호르헤와 사나모가 서로 눈길을 주고받더니 갑자기 호르헤가 말했다.

-애들한테 술 먹이면서 신나하는 사람을 묶어버리려는 거야.

사나모가 쉰 목소리로 웃음을 터뜨리며 요란하게 기타줄을 튕기기 시작했다. 모두가 붉디붉은 거친 기쁨에 가득차 있었고, 고함처럼 하늘에서 내려오는 요란한 빗줄기가 넘쳐났다. 사나모의 기타 멜로디는 검붉은 장미만큼이나 생생했다. 사나모가 말했다.

-젊은이들, 나랑 함께들 하세….

보르하는 목이 잠겼고 후안 안토니오와 모두가—마누엘만 빼고—그 노래를 따라 부르려고 했지만 계속 틀렸기 때문에 여러 번 다시 시작해야했다.

-안달루시아 노래인가요?

레온이 물었다.

-아니.

-그럼, 이탈리아?

-아니, 아니야….

사나모는 자기가 어디에서 태어났는지 말하고 싶지 않은 것처럼 그 음악이 어느 나라 것인지도 말하려 하지 않았다.

호르헤 옆에 무릎을 꿇고 앉아 있던 내가 고개를 들었다. 하지만 그의 눈길은 나를 얼마나 아프게 하던지! 그가 나의 땋아올린 머리를 흐트러뜨려 머리칼이 목덜미로 흘러내렸다. 아주 잠시 나는 그의 손가락이 내 두피를 스치는 것을 느꼈다.

하얀 수탉

그는 내 머리를 다시 땋아올리려고 했지만 잘되지 않았다. 머리가 다시 흘러내릴 때 나는 머리칼 사이로 반짝이는 빛을 보았다. 이런 말이 들렸다.

—이상하군! 검은색이 아니야, 오히려 붉은 걸….

그는 손가락 사이로 머리칼을 한줌 집어 올리더니 햇살에 비춰보았다. 그 모든 일이 내 기억의 어떤 어두운 부분에서 이미 일어났었던 것만 같았다. 황금빛, 석류빛 장미, 또 그 정원의 모든 것처럼 그의 손가락 사이 내 머리칼 역시 마치 기적같이 황갈색으로 변해갔다.

그는 내 손목 위에 자기 손을 얹고 꼭 쥐었다. 그리고는 건조하게 말했다.

—이 두 손은 하나였었어.

그러면서 그의 다른 손이 마누엘의 팔목을 꽉 잡았고, 우리는 겁에 질려 저항했지만 그는 마누엘의 손을 내 손 쪽으로 잡아당겼다. 반쯤 감은 마누엘의 두 눈에서 속눈썹이 반짝였다. 아마도 빗물이었으리라. 마누엘은 상처받은 듯 진지한 얼굴이었다. 호르헤가 말했다.

—이렇게.

그리고는 우리 손을 하나로 모았다. 고개를 들었을 때 불길이 일렁이는 듯한 보르하의 눈과 마주쳤다. 보르하는 자신을 억제하지 못하고 주먹을 꼭 쥔 채 우리에게로 다가와 마누엘의 손과 내 손을 갈라놓으려고 했다. 호르헤가 보르하를 거칠게 밀쳤다. 웃고 있었지만 그 눈빛에는 뭔가 모진 데가 있었다.

보르하는 어깨를 약간 움츠린 채 가만히 있었다. 뒤로 몇 발자국 물러서는 바람에 현관 지붕을 벗어나게 되자 이마와 뺨에 빗물이 떨어졌지만 알아채지 못하는 것 같았다. 보르하가 호르헤를 바라보는 그 눈빛의 의미를 호르헤는 결코 이해하지 못하는 것 같았다(나는 알았어. 가엾은 내 친구, 난 너를 이해했고, 네가 측은했단다). 보르하는 미소 지으려 했지만 입술이 떨렸다. 일생에 한 번도 겪어본 적 없는 굴욕을 당한 보르하는 다시 현관 안으로 들어왔다. 후안 안토니오와 농장 관리인의 아들들은 마누엘과 나를 부러운 듯 바라보았다. 나는 속으로 생각했다. ≪어떻게 모두가 한결같이 그를 사랑하게 될 수가 있는 거지?≫ 나는 사나모의 기타소리가 미워졌다. 그 소리가 우리에게 독약이라도 되는 것처럼. 마누엘과 내가 손을 놓으려고 할 때마다 호르헤가 자신의 손을 우리 손 위에 얹었다.

보르하는 무릎 위에 팔꿈치를 얹고 양손에 얼굴을 파묻은 채 앉아 있었다. 우는 건지 웃는 건지, 아니면 단지 너무 마셔서 머리가 아픈 건지 알 수 없었다.

사나모의 기타 소리가 들려오고 빗소리가 잦아들었다. 흔들리는 물방울 속에서 모든 것이 희미하게 빛났다. 초록색 포도송이, 황금빛 푸르름, 목련나무 잎사귀들과 벗나무, 시월의 장미들.

그때 호르헤가 말했다.

−알고 있나, 제군들? 죽을 때 여러분이 기억하는 건 위대한 업적도, 여러분에게 일어난 중요한 사건도 아니라네. 위대한 모험도, 여러분이 앞으로 맞게 될 그 어떤 행복한 순간도 아니야. 죽을 때 생각나는 건 바로 이런 것들, 이런 날 오후, 와인 한 잔, 젖은 장미, 이런 것들이라네.

(우리가 손 마호르에 있는 동안 기엠 패거리들은 유대인 광장에 모닥불을 피우고 낡은 헝겊조각으로 만든 인형 세 개를 태웠다. 보르하와 마누엘, 그리고 나를 닮은 인형이었다. 치노가 그 이야기를 해주었다.)

모닥불

1

할머니가 그 사실을 알았다.

　-왜 손 마호르에 간 게냐?

　할머니는 흔들의자에 앉아 혈압약을 입속으로 털어넣었다. 목소리는 언제나처럼 평온하고 단조로왔지만 몹시 화가 난 것 같았다. 회색 눈이 우리를 쏘아보고 있었다. 우리에게 등을 돌리고 발코니 옆에 앉은 에밀리아 이모의 얼굴은 볼 수 없었다. 축축한 밤, 짙은 향기가 감돌았다. 보르하와 나는 현기증을 느꼈다. 꿈속에서처럼 할머니 머리가 떨어져나와 이상한 몸짓을 하며 풍선처럼 천장으로 올라가는 것을 본 듯 나는 떨고 있었다. 촉수가 있는 두 마리 물고기 같은 할머니의 두 눈이 노골적으로 우리를 쏘아보았다.

　어두운 입속으로 갈색 병에 든 알약이 계속 들어갔다. 하나 삼키고 물 한 모금, 두 번째 삼키고 또 물 한 모금.

안토니아는 앞치마 위로 두 손을 공손히 모으고 저녁 식사를 내올 준비를 하고 있었고 진파랑색 곤돌리에로가 안토니아의 머리를 향해 날아올랐다. 할머니가 말했다.

-대답해, 보르하.

보르하는 미소를 지으려고 했지만 다리 위로 몸이 너무 떨렸다.

-할머니….

보르하가 입을 떼었다가 다시 바보스러운 웃음을 지으며 입을 다물었다.

-이리 오거라.

보르하가 할머니에게로 다가가자 할머니는 내가 담배 피웠는지 보려고 검사할 때처럼 그의 얼굴에 코를 들이밀었다.

-너희들에게 와인을 준 게로구나…. 그럴 줄 알았다. 애들에게 와인을 주다니, 그 양반다운 일이야! 너희를 데리고 놀면서 실컷 비웃었을 거다.

나는 치노의 손이 떨리는 걸 보았다.

-너, 라우로, 너도 거기 있었니?

치노가 입을 열려고 하는 순간 보르하가 선수를 쳤다.

-네, 할머니, 우리랑 같이 갔어요. 갈 수밖에 없었어요.

거짓 웃음이 그 애의 얼굴에 퍼졌다. 할머니는 낯선 해변으로 뒷걸음치는 두 마리 큰 바닷게 같은 눈으로 치노를 바라보았다.

－마님, 도련님과 아가씨가….

할머니가 오른손을 들었다. 대화는 끝났다는 의미였다.

우리는 식당으로 내려왔고 침묵 속에서 저녁을 먹었다. 나는 고문이라도 당하는 듯 거의 음식을 삼키지 못했다. 보르하는 어땠는지 모르겠지만 나는 몸이 아프고 어찌할 바를 몰랐다. 머리가 깨질 듯 아팠고 졸음이 쏟아졌다. 이상한 것들이 자꾸 보였다. 할머니의 굽슬굽슬한 백발의 앞머리가 이마 위로 들려올라 거품이 되어버리거나 할머니 손이 떨어져나와 안토니아의 파란색 잉꼬처럼 식탁보 위를 뛰어다녔다. 또 나는 에밀리아 이모를 쳐다볼 수 없었다. 뭔가가 이모를 향해 눈을 들지 못하게 했다.

저녁 식사를 마치자마자 할머니는 우리가 키스하도록 손과 뺨을 내밀었다. 에밀리아 이모에게 굿 나이트 키스를 하려고 갔을 때 이모는 그 장밋빛 두 눈으로 나를 뚫어지게 바라보았다. 이모가 아주 낮은 소리로 말했다.

－마티아, 마티아….

나는 몹시 졸렸고 이상하리만큼 모든 것에 화가 났다.

－마티아.

에밀리아 이모가 계속 말했다. 어쩌면 다른 말을 더했는지도 모르겠다. 하지만 나는 하나도 알아듣지 못했다. 주위의 모든 것이 빙빙 돌았다. 나는 의자 팔걸이를 꽉 붙잡았다. 이모가 몸을 일으켰다.

이모가 뭔가 이야기를 시작한 것 같았다. 내가 아프다거나 뭐 그런 비슷한, 늘 하던 이야기였을 것이다. 안토니아가 나를 침대로 데려다주려고 하는 걸 에밀리아 이모가 말렸다. 이모는 팔로 내 허리를 감싸고 계단 올라가는 것을 도와주었다.

그다음부터는 기억이 혼란스럽다. 이모가 내 옷을 벗겨주고, 침대에 들어가는 걸 도와주었다. 상큼한 시트 속으로 들어갔을 때 안도감이 들었던 것을 기억한다. 머리가 빙빙 돌고 또 돌아 방의 벽에 부딪히는 것 같았고 그 사이 이모가 나를 바라보고 있었다는 것도 기억한다. 이모가 부드러운 목소리로 말했다.

–그만 자렴.

나는 몇 번이고 몸을 일으키려고 했지만 이모가 말렸던 것 같다. 그때 문이 삐걱 열리고 할머니 발소리가 들렸다. ≪어마어마한 짐승.≫ 보르하의 표현을 떠올리며 생각했다. 나는 눈을 절반쯤 감은 채 문이 열리며 노란 사각형 빛이 들어오는 걸 바라보았다. 할머니의 그림자와 대나무 지팡이 실루엣이 바닥에서 흔들렸다. 눈꺼풀이 한없이 무거웠다. 에밀리아 이모가 벌떡 일어서더니 뭔가 속삭였다.

–엄마, 얘는 아파요…. 제가 말씀드렸었잖아요. 얘는 뭔가 있어요. 다른 애들 같지가 않아요.

할머니는 이모를 한쪽으로 밀치고 내게로 다가왔다. 나는 눈을 꼭 감았다. 할머니가 평소의 그 엄한 말투로 말했다.

모닥불

-바보 소리 말아라, 에밀리아. 얘는 다른 애들이랑 한 치도 다를 바 없어. 지금 술에 취해서 그러는 거야, 그뿐이야.

에밀리아 이모는 다소나마 나를 변명해주려고 했다. 갑자기 이모가 울기 시작하는 것 같았다. 어린아이 같이 낮게 흐느끼는 소리였다. 그 소리를 듣고 있자니 가슴이 아팠다. 할머니가 말했다.

-믿을 수가 없구나. 에밀리아, 믿을 수가 없어…. 아직도 못 잊었단 말이니? 그자는 천박해…. 제멋대로인 데다가 이 세상을 등진 사람이야, 모르겠니? 이제는 아프고 외로울 뿐이야. 제발, 이제 그 이야기는 집어치워! 그건 계집애들이나 하는 일이야. 이제 관둬. 넌 어른이야. 남편은 전선에 있고 열다섯 먹은 아들이 있어. 에밀리아, 에밀리아...!

할머니는 이모의 이름을 몇 번이고 불렀지만 그 목소리에 자비심이라고는 없었다. 할머니가 방을 나갔고 대나무 지팡이 소리가 멀어졌다.

에밀리아 이모가 가고 어둠 속에 나 혼자 남게 되자, 잠이 달아나버렸다. 몹시 목이 말랐다. 두통은 여전했고 식은땀이 흘렀다. 둔한 몸짓으로 일어나 창문을 열러 갔다. 밤공기가 안으로 들어왔다. 나는 비탈길 저 끝 바다에서 오는 산들바람을 깊숙이 들이마셨다. 그 공기가 내 정신을 어지럽혀 나는 바닥에 쓰러질 지경이었다. 간신히 침대로 돌아왔을 때 이상한 소리에 다시 몸을 일으킬 수밖에 없었다. 천천히 문이 열렸고 나는 보르하의 실루엣을 알아보았다. 보르하는 등 뒤로 문을 닫자마자 회오리바람처럼 내게로 달려들었다. 내 침대 가장자리에 앉더니 테이블 전등을 켰다. 붉은색 크리스털 둥근 불빛이 화난 눈처럼 불을 밝혔다. 나는 두 손으로 얼굴을 감쌌지만 보르하는 화를 내며 내 손을 떼어냈다.

－변태!

보르하가 말했다(그 애가 말하는 걸 봐서는 내게 와서 달려들기 전에 이미 아주 여러 번 그 말을 생각하고 또 생각했던 듯했다).

－열네 살짜리 계집애가 쉰 살 먹은 남자를 좋아하다니!

보르하는 떨리는 손가락으로 담뱃불을 붙였다. 파자마 호주머니 사이로 담뱃갑이 삐죽이 보였다. 몇 번인가 담배 연기를 뿜어냈다. 나를 겁주려고 할 때 하곤 하는 행동이었다. 그 애의 콧구멍에서 두 개의 긴 송곳니처럼 연기 기둥이 흘러나왔다.

－최악은 너야.

내가 대답했다.

－넌 나보다 더 변태야. 넌 남자잖아, 그런데도….

보르하가 바닥에 담배를 버리고 양탄자를 발로 비벼 담배를 껐다(≪내일 아침이면 분명 다들 내가 그랬다고 생각할 테지….≫) 둘의 팔이 얽혀 바닥으로 떨어졌고 발버둥을 치는 사이 나는 침대 다리에 머리를 부딪쳤다. 이마를 두 손으로 감싸고 신음소리를 내지 않으려고 입술을 꼭 깨물고는 바닥에 주저앉았다. 주위의 모든 게 빙빙 도는 것 같았다. 흘러내린 머리칼이 (허리까지 내려왔던 걸로 기억한다) 손가락 사이에 감겼다. 나는 정신이 없었지만, 울 수도, 그 애를 비웃을 수도 없었다. 보르하가 말했다.

─침대로 올라가, 멍청아. 올라가, 어서.

나는 시키는 대로 했다. 머리가 아팠고 토할 것 같았다. 나를 그만 자게 내버려뒀으면 좋겠다고 생각했다. 하지만 그 꼬마 망나니는 멈추지 않았다.

─오늘 낮 일을 절대 잊지 못하게 해주겠어.

보르하가 말했다.

보르하는 다시 담배에 불을 붙였다. 나는 보르하가 피하기도 전에 손을 휙 뻗어 그에게서 담뱃갑을 빼앗아 내 베개 아래로 넣었다. 보르하는 불같이 화를 내며 내 위로 손을 들어올렸지만 다시 주먹을 꼭 쥐고 입술을 꽉 깨물며 침대 시트 위로 무겁게 손을 떨어뜨렸다. 그리고는 아주 슬픈 눈으로 나를 바라보았다. 그 눈길에 나는 마음이 누그러지고 말았다. 나는 아주 어린아이에게 하는 것처럼 그 애의 머리칼을 쓰다듬었다. 보르하는 어깨를 약간 움츠리고 가만히 눈을 감았다. 그 애도 손가락으로 내 머리칼을 잡아 돌리며 부드럽게 말했다. 회랑에서 늘 하던 일이었다. 보르하가 낮은 목소리로 말했다.

─마티아, 마티아….

그러더니 갑자기 내게서 떨어져 문을 향해 갔다. 보르하는 요정 같아 보였다. 조용히 나무문이 삐걱이는 소리가 들리고, 보르하는 사라졌다. 나는 침대 옆 협탁으로 손을 뻗어 불을 껐다. 어둠이 모든 것을 집어삼켰다. 더 이상은 아무것도 기억나지 않는다.

잠에서 깨어났을 때 나는 침대를 가로질러 엎드려 있었다. 여전히 머리가 몹시 아팠다. 아침이면 매번 그렇듯 침대 커버와 시트 일부가 바닥에 떨어져 있었다. 어깨 위에 작은 곤돌리에로의 발이 느껴졌다. 새는 내 귀를 부드럽게 쪼아댔다. 평소대로 안토니아가 방을 치우는 중이었다.

목덜미에서 태양의 열기가 느껴졌다. ≪오늘도 끔찍하게 반짝이는 하루가 될 거야. 도저히 눈을 뜨고 다닐 수 없는 지경이겠지. 문이 쾅 닫힐 때마다 미쳐버릴 테고.≫ 즉시 유령들이 찾아왔고 나는 베개 밑으로 숨으려고 했다. ≪호르헤. 끔찍해. 다시는 손 마호르에 가지 않을 테야.≫ 유령들은 와인의 숙취와 더불어 떼로 몰려왔고 침대 캐노피에 앉아 문어 같은 손가락을 베개 밑으로 집어넣어 내 추억에 간지럼을 태웠다. 전날 오후의 모든 일들, 꽃에 대한 기억들까지 나를 중상모략하는 것처럼 아프게 했다. ≪오, 호르헤. 오, 가엾은 에밀리아 이모.≫ 일생 한 번도 좋아해본 일이 없는 그 여자 때문에 나는 거의 히스테리에 가까운 아픔을 느꼈다.

−마티아 아가씨, 아홉 시가 되었어요.

안토니아의 말소리가 들렸다.

우단 슬리퍼를 신은 안토니아의 발은 두더지처럼 양탄자 위를 거의 닿지 않고 지나는 것 같았다(엄지공주와 결혼하고 싶어했던 그 두더지처럼). 나는 오른쪽 눈을 떴다.

―이 구역질 나는 곤돌리에로한테 꺼지라고 해.

내가 쉰 목소리로 말했다.

안토니아가 속삭이듯 뭔가 구구거리는 휘파람 소리를 내자 귀 안팎이 아파오는 것 같았다. 내가 신음을 내자, 곤돌리에로는 떠돌아다니는 꽃처럼 안토니아의 어깨로 도망쳤다.

―목욕물 준비되었어요, 마티아 아가씨….

나는 소리치고, 신음을 내지르며 저항했다. 안토니아는 입을 다물고 있었다. 나는 버르장머리없는 멍텅구리 계집애들이 하는 것처럼 몸을 굴려 양탄자 위로 떨어졌다. 그리고 눈을 떴다.

알루미늄처럼 반짝이는 회색빛, 끔찍하도록 밝은 날이었다. 태양은 부풀어오른 화상 자국처럼 하늘의 투명한 피부를 뚫고 나왔다. 모든 게 반짝였다. 하지만 금속성의 기분 나쁜 광채였다. 내가 투덜거렸다.

―비가 올 거야. 그렇지, 안토니아? 비가 오겠지?

안토니아는 욕조에 뜨거운 물을 부었다. 모든 게 수증기로 가득 찼다. 내 목소리는 그 속에서 질식해버렸다.

아침을 먹으러 내려갔을 때 할머니는 헝클어진 머리에 얼굴은 창백하고 다크서클이 길게 내려온 내 얼굴을 보았다.

-이제 열다섯 살이 되어가는데, 정말 믿을 수 없는 일이로구나, 마티아, 어찌 그런 몰골로 나타난다니!

한편에는 푸른 끈으로 묶인 신문 꾸러미가 기다리고 있었다. 비스듬히 글자들을 읽었다. ≪장군의 군대는….≫ 보르하는 초콜릿을 다 마셨고 치노는 서재 방 공책들 뒤에서 우리를 기다리고 있었다(≪끔찍해! 지금 이런 때 라틴어 어미 변화에 동사변화라니!≫).

-우린 언제 학교에 가나요?

보르하가 물었다.

-너무 가고 싶어요. 이 마을, 이젠 점점 지루해요!

-네가 학교에 가고 싶다니 축하할 일이구나. 너희 둘 다 성탄절 이후에 가게 될 거다. 이리 와라, 마티아.

나는 할머니 화를 북돋지 않는 한도에서 가능한 한 천천히 움직였다.

-가까이 오라니까!

할머니는 그 억센 손으로 내 머리를 잡았다. 오른뺨에 할머니의 다이아몬드 반지가 박히는 걸 느꼈다. 할머니가 상쾌한 기분이 느껴지도록 뿌린 화장수는 실제로는 약 냄새가 났다.

할머니가 내 눈을 들여다볼 때 개미 두 마리가 내 눈동자, 내 아픈 홍채 위를 기어가는 것 같았다.

-도대체 뭐가 문제니?

할머니가 물어뜯듯 물었다. 나는 더는 참지 못하고 목소리를 높였다.

-보르하는요? 쟤는 뭐가 문제인데요? 왜 맨날 나만 문제죠?

-나는 네게 뭐가 문제냐고 묻고 있는 거야.

할머니는 차갑게 응수했다. 할머니가 내 팔을 쥐고 흔들었다.

-나는 응석 받아줄 생각 없다. 내 시간을 그런 일에 허비하지 않아.

≪당신 시간이지.≫ 나는 생각했다. 나는 할머니가 내 눈 속에서 내 생각을 읽어주길 바라며 할머니를 바라보았다. ≪할머니의 그 쓸모없고 사악한 시간은 도저히 낭비라는 게 있을 수 없다고요.≫

-마티아, 어제 같은 일이 다시는 일어나서는 안 된다. 그리고 너, 보르하, 잘 들어라. 한번은 용서해주마. 아마 너희들이 잘 몰랐을 테니…. 하지만 앞으로 손 마호르에 가는 건 절대 허락할 수 없어. 그리고 그 망할 사나모와 한마디도 말을 섞어선 안 돼!

-알겠어요, 할머니.

보르하가 고개를 숙여 할머니의 손에 입을 맞추자, 할머니는 손가락 끝으로 보르하의 뺨을 어루만졌다.

방을 나온 우리는 열어둔 문 뒤에 서서 두 사람이 하는 이야기를 들었다. (그 집에 발을 들여놓은 첫날 보르하가 알려준 술수였다.)

할머니가 말했다.

-에밀리아, 알겠니? 저 애들에게는 어느 정도 관대하게 해야 해. 좋은 시절을 모르고 크잖니, 이 전쟁이며 폐허며…. 내가 마티아 나이에는 이미 너덧 명에게서 청혼을 받았다! 그런데 저 애들은 모든 게 파괴된 시절을 살고 있으니…. 주변이 다 이상해졌어! 얼른 학교에 보내야 해. 그래야 해.

-엄마.

에밀리아 이모의 목소리는 멀리 들렸다.

-마티아는 다른 애들이랑은 달라요…. 잊지 말아요, 엄마. 마리아 테레사도 저렇게 시작했어요. 안토니아 말로는 밤에 소리를 지른다고 하더라고요….

-저 아이들이 술을 마시는 게야. 술을 마시는 게 확실해. 누군가 저 애들에게 술과 담배를 대주고 있어. 그게 다야. 어려운 나이지. 게다가 이런 시절이고. 안토니아, 내 약을 가져다줘.

보르하와 나는 서로의 눈을 바라보았다. 보르하는 아주 진지했고 처음으로 그 애가 이제 아이가 아니라고 생각했다. (그렇다고 어른도 아니었다. 하지만 이제 더는 아이가 아니었다.)

2

어떻게 겨울이 시작되었는지 모르겠다. 어쩌면 아직 완전한 겨울은 아니었을 수도 있다. 하지만 추위가 왔던 걸로 기억한 다. 바다로부터 비탈길 위로 녹색을 띤 축축한 추위가 기어 올 라왔다. 나무들 검은 몸통이 불행하고 울적한 사람들처럼 절 벽으로부터 펼쳐지는 황금빛 안개를 배경으로 집 뒤에 굳건히 자리잡고 서서 말없이 시위라도 하는 듯했다. 빛은 올리브 나 뭇잎 위에서 녹색, 은색으로 변했다. 비둘기들은 아몬드 나무 위로 도망쳐 손 마호르나 마누엘의 밭으로 향했다. 때로 창문 아래 비둘기 울음소리에 잠이 깨곤 했다. 거실에는 이미 난로 불을 피웠고, 밤이면 안토니아가 불덩이를 가득 담은 작은 구 리 화로로 침대 시트를 덥혀주었다. 나비도 벌도 새들도 거의 다 사라졌다. 오로지 작은 깃발들이 줄지어 펼쳐진 것처럼 바 다 가장자리로 새하얀 띠를 만드는 갈매기들만이 예외였다. 보르하와 나는 샌들 대신 바닥에 고무창을 덧댄 두꺼운 신발 을 신었고 안토니아는 옷을 보관하는 궤짝에서 나프탈렌 향 이 남아 있는 모직 옷들을 꺼냈다. 스웨터들을 입혀보다가 할 머니는 우리가 그해 여름 너무 많이 커버렸다는 걸 알게 되었 다. 팔뚝이 너무 꼭 맞고 옷 소매는 팔목에도 닿을 듯 말 듯했다. 그래서 하루 에밀리아 이모가 우리를 시내로 데리고 나가 머리끝부터 발끝까지 전신 무장을 시켜 주었다. 회색 플란넬 긴바지를 입으니 보르하는 어른 같아 보였다. 무릎 위로 걷어 올리거나 짤막한, 엉덩이가 낡아빠진 파란 바지 아래로, 털도 거의 없는 구릿빛 벌거벗은 다리가 보이지 않으니 너무 이상 했다. 나는 그토록 증오하던 흰색 주름치마와 소매 없는 블라 우스 대신 결코 덜 증오하게 될 것 같지 않은 스코틀랜드 양 모로 만든 긴 주름치마와 목까지 올라와 따가운 긴소매 스웨 터를 입게 되었다. 나는 스타킹을 신지 않겠다고 버텼고, 에밀 리아 이모는 끔찍스러운 초록색, 회색, 노란색 다이아몬드 무 늬가 들어간 영국식 긴 뜨개 양말을 사주면서 ≪스포티해 보 여서 너무 이쁘다.≫라고 말했다. 땋아올린 머리칼을 싹둑 잘 라서 어깨에 닿을락 말락 하는 길이의 생머리를 검은색 벨벳 머리띠 뒤로 넘겼다. 그렇게 하니 약간 가짜 앨리스처럼 보였 다. 할머니는 우리 모습을 살펴보면서 또 한 번 세월이 너무 빨리 흐른다고 한탄했고, 또 할머니에 의하면 비교할 수도 없 는 세일러복을 그리워했다. 하지만 내가 보기에 할머니는 결 코 시간의 흐름 따위를 아쉬워한 적은 없었다. 에밀리아 이모 가 앨범에 간직하고 있는, 아기 보르하가 최후의 러시아 왕세 자를 흉내내서 찍은 사진 속에서 입고 있는 그 세일러복 따위 는 더더욱 그랬다.

때때로 마누엘은 밭을 돌보았다. 안토니아를 통해 그 애가 마을에서 일자리를 구하려고 했지만 모두 거절당했다는 이야기를 들었다. 어떤 때는 어린 동생들과 함께 다닐 때도 있었다. 열한 살짜리 남자아이와 아홉 살 여자아이는 말레네처럼 빨간 머리에 마르고 슬픈 얼굴이었는데 학교에 다니지 않았다. 어느 날엔가는 자기 집 현관 계단참에 앉은 마누엘이 양옆에 하나씩 동생들을 앉혀 놓고 내 것과 비슷한 낡은 지도책을 보여 주는 걸 본 적이 있었다. 지도를 설명하던 그 애의 목소리를 기억한다. 나는 그 애의 밭 담벼락 위에서 지켜보면서 그 애가 《코카서스》, 《아토스산》, 《소아시아》 같은 이름들을 발음하는 걸 들었다. 나의 루트(《옷장 안에서 지도책 위로 내가 다니던 바로 그 루트》)를 따라가는 걸 보고 마음이 뭉클했다. 아침녘, 차가운 태양 아래 그 애의 목소리를 똑똑히 기억한다. 셋은 거기 올리브 나무 아래 현관에 앉아 있었다. 갑자기 사내아이였는지 계집아이였는지 하여간 누군가 속삭이는 목소리로 말했다. 《저 뒤에 마티아가 있어.》 그러자 마누엘이 고개를 돌려 나를 바라보았다.

우리는 함께 조개를 잡으러 바위 위를 돌아다니며 이야기를 나눈 일도 한두 번 있었고, 또 아무 말 없이 나무 아래 함께 누워 있었던 적도 있었다. 《일을 구할 수가 없어.》 마누엘이 생각에 잠긴 목소리로 괴로워하며 말하곤 했다. 너무나 이기적이었던 나는 그 말을 알아듣지 못했다. 《아무도 내게 일을 주려고 하지 않아. 다들 수도사들이 있는 곳으로 돌아가라고만 해. 하지만 난 엄마랑 동생들을 버려두고 갈 수가 없어.≫.

여름보다는 자유로운 시간이 더 많았지만 그는 우울하고 걱정이 많아 보였다. 계단에 앉아 멍하니, 언제나 호주머니에 넣고 다니는 파란 돌멩이를 가지고 놀곤 했다. 안토니아가 말했었다. ≪저 말레네 큰아들, 저 애는 수도원으로 돌아가도 되는데. 저기 저렇게 종일 속을 끓이고 있으니…. 저러다가 건달이 되고 말 거야. 끝이 안 좋을 거라고.≫

어느 날 보르하가 내게 말했다.

-너는 이제 우리 편이 아니야.

나는 어깨를 으쓱해 보였다. 보르하가 덧붙였다.

-너는 이제 네 친구들이 있으니까, 그렇지?

-맞아.

-그리고, 호르헤도 네 친구야?

-친한 친구지.

내가 대답했다

-제일 친한 친구.

보르하는 내게서 단숨에 머리띠를 벗겨내더니 집게손가락 사이에서 빙빙 돌리며 연초록빛 눈으로 나를 바라보았다. 수학 수업 중이었고 치노가 말했다.

-그런 얘기는 나중에 해요. 지금은 공부하시고.

거짓말이었다. 호르헤는 여전히 내게 아주 멀리 있는 두려운 존재였고 매력을 느끼기는 했지만 손 마호르에 간다는 것은 생각만 해도 부끄러웠다.

어느 장날 팔에 바구니를 끼고 가는 사나모를 만난 일이 있었다. 성모마리아 교회 모퉁이에서 장사꾼들의 떠들썩한 소리가 들려왔다. 사나모는 웃으며 자기가 산 동그란 작은 거울을 내게 보여주었다. 교회 벽에 빛을 반사하기도 하고 내 눈에 정면으로 비추기도 했다

-저 위에는 다시 안 오는 거야, 아가들? 주인님이랑 또 간식 먹으러 와야지?

-그럴게요.

나는 망설이고 있다는 걸 들키지 않으려고 고개를 들었다.

-언제라도 와.

사나모는 웃으며 가버렸고 자존심에 상처를 입은 나는 마누엘을 찾으러 달려갔다. 그 애를 찾는 데 한참 걸렸다. 그 집 밭 문 앞에 앉아 한 시간 넘게 그 애를 기다렸다.

-마누엘, 손 마호르에 다시 가볼까?

마누엘은 고개를 숙였다. 그 애의 초라한 행동이 가엾기도 하고 화가 나기도 했다.

-바닥 내려다보지 마, 이 위선자! 그렇게 하는 거 수도사들이 가르쳐준 거지, 그렇지? 손 마호르에 다시 가자고! 그 노인네가 우리에게 시비를 걸고 있다고!

-나는 못 가. 너도 알잖아. 나에게 가자고 하지 마.

나는 입을 다물었다. 정말로 무서웠기 때문이었다. 우리는

그 애의 집 현관 계단참에 아주 가까이 붙어 앉아 있었다. 우리는 늘 손을 잡고 있었는데 그런 상태로 아무 말 없이 오래 함께 있곤 했다. 그 애는 너무 만지작거려서 광택이 나는 파란 돌멩이를 둘의 손바닥 사이에 넣곤 했다. 그건 마치 비밀을 함께 나누는 것과도 같았다. 그 애 말고는 다른 누구도 그것을 이해할 수 없었으리라. 우리는 꼼짝않고 서로의 두 손을 꽉 잡고 있어서 그 작은 돌멩이를 꽉 쥔 손바닥이 살짝 아프기도 했다. 그 애는 나무 꼭대기 너머 앞을 바라보면서 나머지 한 손으로는 나뭇가지를 집어 들고 땅에 선을 그리곤 했다. 이렇게 우리는 오랜 시간을 함께 보낼 수 있었디. 맞잡은 두 손에는 온기가 가득했고 가끔 그 파란 돌을 뺨에 갖다 대면 따뜻함을 느낄 수 있었다.

그렇게 두 손을 잡고 말없이 있던 어느 날 담벼락 너머로 회색 돌멩이 하나가 넘어와 우리 옆에 떨어졌다. 숨죽인 웃음소리가 들리더니 기엠과 절름발이가 문 앞을 지나갔다. 바위 쪽으로 달려가는 녀석들이 보였다. 세바스티안은 절뚝거리면서 머리 위에 깃발이라도 되는 양 긴 막대기 하나를 들고 갔다.

다음 날, 5시 수업이 끝나자 보르하가 머리로 스웨터를 뒤집어쓰면서 말했다.

-너는 나랑 오지 마.

-오지 말라고?

나는 웃었다.

-오지 마. 너 이제 우리 편 아니라고 내가 말했지. 서운해
할 건 없고…. 며칠간 휴전을 할 수도 있으니까!

-아, 좋아. 그럼 난 이제 기엠 편이 되는 거야?

-글쎄, 아니…. 기엠은 우리 편이 될 거 같아. 절름발이도
그렇고…. 그럴 수도 있는 거잖아.

-원하는 대로 해. 너희랑 갈 생각도 없었어. 너희들 너무
지겨웠거든.

-그런 거 같았어. 너 같은 여자애는 우리가 지겨울 거야.
네가 즐기는 건 수준이 다르잖아.

그런 얘기를 하는 보르하의 입이 일그러졌다. 보르하는 스
웨터를 입느라 흐트러진 머리를 매만졌다. 보르하가 무슨 말
을 하는지 이해할 수 없었지만 뭔가 불안했다.

-손 마호르는 너무 아름다워.

나는 순전히 보르하의 질투심을 자극하려고 그렇게 말했
다. 보르하는 얼굴이 빨개지더니 어깨를 움츠리고 나가버렸
다. 하지만 나는 내 마지막 말이 그 애에게 큰 상처가 되었으
리란 걸 알았다. 왜 그런지, 누구에게서인지 모르지만 나는 왠
지 사기를 당한 느낌이었다. 마누엘이 어디에 있을지 생각해
보지도 않았고 만나고 싶지도 않았다. 나는 보르하를 멀리서
뒤따라가면서 아닌 척 길에서 흥얼거렸다. 보르하는 껑충껑충
비탈길을 내려가다가 절벽에서 모습을 감추었다. ≪아니, 그
건 안 돼.≫ 나는 생각했다. 기엠 패거리를 영사이먼호에 데려

가는 건 참을 수 없었다. 우리의 비밀이 숨겨진 곳, 안데르센의 책, 삼나무 상자 속 할아버지의 쿠바 여송연이랑, 라이플총이랑, 보르하와 나만의 모든 것이 숨겨진 곳, 후안 안토니오에게도 보여주지 않았던 것들이었다. 그럴 수는 없었다. 후안 안토니오와 농장 관리인의 아들들은 벌써 학교로 돌아갔다. 나는 혼자, 완전히 혼자였다. 그리고 마누엘은…. 나는 마치 그동안 잠들어 있었던 양 꿈에서 깨어나며 생각했다. ≪아, 하지만 마누엘은 우리 같지가 않아. 그 애는 그런 일에 끼어들지 않아!≫ 어쩌면 너무 착한지도 몰랐다. (그 애의 부끄러워하는 듯한 미소, 그날 아침 추위 속에서 하던 말 ≪코카서스≫, ≪우크라이나≫, ≪이오니아해≫…. 그리고 내가 ≪왜 인어공주는 불멸의 영혼을 그토록 얻고 싶었을까?≫라고 물었을 때, 그 애는 대답하지 않았다, 그냥 내 머리칼을 부드럽게 쓰다듬었을 뿐이다.) 그 애는 우리 같지 않았다. 어른들 같지 않았다. 그 애는 따로 있었다. 그럴 수는 없었다. 그리고 호르헤…. 그 사람을 생각하면 너무나 가슴이 아팠다! 그 사람 이름을 발음할 때면 나는 손으로 가슴을 누르곤 했다. 스웨터 속에는 황금 메달이 있었다. ≪목에 이걸 걸어줄 거야. 그리고 말해야지. 이거 받아요, 이건 내 거예요.≫ (하지만 호르헤를 향한 것인지, 마누엘인지, 아니 어쩌면 바로 보르하를 향한 것인지 나도 알지 못했다.) ≪그리고 그 자식들이 못된 손으로 우리 보물들을 뒤적일 거야. 안데르센의 『길동무』를 기엠이 읽는다고? 그럴 리가! 분명 *이게 뭐에 쓰는 건데?* 이렇게 물어볼걸? 아니면 *이게 무슨 말이야?* 라고 하던지.≫ 그러면 보르하는 어깨를 으쓱해 보이 겠지. 어쩌면 라이플총을 시험해볼지도 몰라, 그리고…. 질투였을까, 이기심이었을까. 너무나 생생한 아픔에 심장이 벌렁거렸다. ≪그 애들은 안돼, 절대 안 돼.≫

나는 우물 옆에 앉았다. 장밋빛과 잿빛이 뒤섞인 머릿수건을 묶은 말레네가 걸어오는 모습이 보였다. 쑥 올라온 새하얗고 긴 목이 반짝거렸고 파란 눈에는 바다처럼 초록빛 광채가 감돌았다. 저 아래로 엷은 안개가 일어나 천천히 비탈길을 오르며 퍼져갔다.

말레네는 야자수로 만든 바구니를 들고 있었다. 마을에서 돌아오는 모양이었다. 나는 눈길을 피했지만, 이상한 부끄러움을 느꼈다. ≪머릿수건 아래에는 부드러운 황갈색 머리가 이제 막 자라고 있겠지.≫ 기엠 패거리와 마을 사람들은 그걸 비웃고 멀리서 휘파람을 불며 욕설을 퍼붓기까지 했다. 말레네는 밭으로 들어갔다. 그리고는, 전에는 한 번도 그런 일이 없었는데, 문을 닫았다. 문 경첩에서 삐걱거리는 소리가 났다. 나는 발뒤꿈치를 들고 몸을 반쯤 담벼락 위로 내밀었다. 말레네가 계단참을 올라 집으로 들어갔다. 나는 그때까지 한 번도 그 여자보다 더 아름답고 자신만만한 여자를 본 일이 없었다.

이상하리만치 명료하게 기억이 난다. 그로부터 이틀 후 나는 대장간에서 돌아오는 마누엘을 다시 만났다. 마지막 희망을 걸고 기엠의 아버지에게 일자리를 구하러 다녀오는 길이었다. (그전에는 마부와 구두 수선공 또 빵쟁이에 갔었다.) 수공업자들 동네 거리에서 나를 향해 걸어올 때 태양이—창백하면서도 반짝이는 태양이—그 애의 머리에 황금빛 면류관을 씌워 준 것 같았다. 왼손은 바지 주머니에 넣고 오른손으로 옷깃을 올렸다. 내가 그 애에게 말했다.

–나랑 가자.

–다시 거기 가자고 하지 말아…!

–거기가 아니야, 영사이먼호에 가자고.

뜨문뜨문 그 오래된 배에 관해 그 애에게 이야기하곤 했었다. 도무지 질문이란 걸 하지 않았기 때문에 나는 점점 더 많은 걸 털어놓았었다.

–지… 금?

그 애의 시간은 내 시간과 같지 않았고 그래서 어쩌면 그 순간 나를 따라올 수 없었을지도 모른다. 하지만 나는 이기적이었고 모든 일에 분별이 없었다. 그리고 무엇보다도, 그 애가 결국은 내가 가자고 하면 갈 거라는 걸 알고 있었다. 그곳이 손마호르라고 해도 말이다….

분명 다른 할 일이 있었을 것이다. 아니면 적어도 그를 고민하게 하는 무언가, 그 자리에 없는 사람처럼 만드는 무슨 일이 있었음이 틀림없다. 엄마와 동생들이 그 애를 기다리고 있었을지도 모른다…. 그 당시 나는 정말로 다른 사람에게로 가는 그 애의 애정을 송두리째 뺏고 싶었다. 세상 전체로부터 그 애를 따로 떼어내 갖고 싶었다. 그 애가 가족에 그토록 애착을 갖고 있다는 걸 알고는 어두운, 어쩌면 사악하기도 한 슬픔이 엄습했다. 내가 아닌 다른 누군가와 결속되어 있는 그 애를 보 느니 차라리 나를 포함한 세상 전체로부터 그 애가 격리되어 있기를 바랐다. 그런데도 그 애는 아무 말 없이 나를 따라왔 다. 나는 그 가엾은 아이보다 말을 더 적게 하는 사람을 본 일 이 없었던 것 같다. 우리 만남의 대부분은 거의 항상 내 편에 서의 독백이거나 아니면 길고 따뜻한, 그리고 설명할 수 없는 침묵으로 끝났다. 그리고 그 침묵이 그 어떤 말보다도 우리를 더 가깝게 해주었다.

우리는 차가운 바람을 맞으며 산타 카탈리나까지 노를 저 어갔다. 배에서 내릴 때 우리 발밑에서 황금빛 조개껍질들이 바스락거렸다. 이미 12월이 시작되었고 하늘은 창백했다.

내가 뺨을 문지르며 그 애에게 말했던 것을 기억한다.

-눈이 왔으면 좋겠어. 눈 오는 걸 본 적 있니?

-아니, 한 번도 못 봤어.

물이 바위를 거세게 때렸다. 영사이먼호는 거무죽죽한 빛 깔에 거의 조난당한 것처럼 보였다. 우리 얼굴은 추위 때문에 붉어졌고 눈에는 눈물이 고였다. 바람이 내 머리칼을 흔들어 검은 깃발처럼 나부꼈다. 영사이먼호로 뛰어오른 나는 발로 갑판을 콩콩 두드렸다. 그 애가 소리 내 웃었다. 나는 그런 웃음소리는 한 번도 들어본 일이 없다고 생각했다. 해치를 열고 그 안을 뒤졌다. 거기 우리 물건들이 있었다. 아직 보르하의 낡은 우비에 싸인 채로.

하지만 마누엘은 그 물건들에 별 관심을 보이지 않았다. 어느 것이라도 이야기를 하거나 보여주면 심드렁하게, 그래, 그래, 하고 대답할 뿐이었다.

우리는 한동안 다리를 배 밖으로 걸친 채 *영사이먼호* 가장자리에 앉아 있었다. 날은 추웠고 온기를 느끼려고 서로의 손을 비벼댔다. 내가 그 애에게 물었다.

―내가 네게 이런 것들 보여주는 거, 너 좋아?

―응.

그 애는 그저 그렇게 대답할 뿐이었다.

―좀 다르게 대답해 봐!

그 애는 진지한 눈빛으로 조용히 나를 바라보기만 했다. 나는 생각했다. ≪한 번도 그 사람에 관해 이야기하지 않아. 자기 일을 내게 말해주지 않아.≫ 하지만 나는 아무것도 묻고 싶지 않았다. 혹시라도 세상과 우리를 갈라놓고 있던 그 베일의 한 모퉁이, 아니 아주 작은 귀퉁이라도 찢어버릴 만한 말을 그 애가 할까 봐 무서웠는지도 모른다. 내 비겁함은 그야말로 내 이기심과 맞먹을 정도였다.

그때 우리는 보르하의 목소리를 들었다. 두 손을 입에 모아 나팔을 만들어 우리 이름을 부르고 있었다. 긴바지를 입고 바위 위에 서 있는 보르하가 갑자기 몹시 커보였다.

-보르하!

내 얼굴이 창백해졌던 것 같다. 나는 그때 막 우리의 비밀을 배반했고, 보르하가 나보다 앞서 기엠 패거리에게 나를 배반했는지에 대해 별로 확신하지 못하고 있었다. 나는 배에서 뛰어내렸다. 마누엘은 꼼짝하지 않았다.

보르하는 바위를 내려오기 시작했다. 그쪽으로 내려오는 건 아주 위험하다고 늘 이야기하곤 하는 곳이었다. 호세 타론히도 도망치려다가 그곳으로 떨어졌었다. 그리고 바로 그 순간 나는 깨달았다. ≪이렇게 둔할 수가, 너무 매정했어. 여기서 호세 타론히가 죽었잖아, 그런데 나는 마누엘에게 이리로 오자고 했고.≫ 배에는 아직도 총알 구멍이 보였다. 그런데 그 애를 그 위에 앉으라고 했다. 하지만 마누엘은 언제나 그랬던 것처럼 침착하고 조용하게 있었다. ≪그래, 맞아, 이 애는 짜증날 만큼 착해.≫ 나는 불안해하며 생각했다.

보르하가 우리 있는 곳으로 왔다. 몹시 화가 났으리라고 생각했지만, 보르하는 아무 말도 하지 않았다. 오히려 미소를 지었다. (매일 아침 할머니에게 짓는 미소와 똑같았다.) 그 미소를 보면서 이제 나를 완전히 반대편 사람으로 생각한다는 걸 깨달았다. 마치 나를 쿡 찌르는 듯한 외로움을 느꼈다. 보르하가 말했다.

-친구들을 데려온 거야…? 보기 좋은데.

첫 기억

그리고는 자리를 잡고 앉더니 담배를 내밀었다. 마누엘은 본래 담배를 피우지 않았고, 나는 위선적이게도 거절했다. 보르하가 바보 같은 소리를 떠들어대기 시작했다. 그리고는 한동안 입을 다물고 있더니 갑자기 말했다.

-날씨가 춥다.

그러더니 바다 가장자리로 걸어가 한동안 바다를 바라보았다. 정말로 추운 날이었다. 물은 어두운 회색빛이었다. 파도에는 뭔가 잠재된 위협 같은 게 있었다. 보르하는 몸을 굽혀 두 손 가득 금빛 조개껍질을 주워들고 우리에게로 돌아와 조심스럽게 조개껍질들을 영사이먼호 갑판 위에 올려두었다. 잠시 보르하는 그 조개껍질들을 크기 순서로 늘어놓으며 놀았다. 별 것 아닌 바보 같은 짓이 간혹 우리의 흥미를 일으키는 것처럼, 그때도 우리는 흥미롭게 그 애가 하는 짓을 바라보고 있었다.

생각지도 못한 순간에 보르하가 고개를 들더니 두 눈에 깜짝 놀랄 만큼 결연한 의지를 보이며 말했다.

-마누엘, 이봐, 마누엘, 내 부탁 하나 들어줄 테야?

나는 입을 열었다가 다시 닫았다. 보르하의 부탁과 내 친구 사이를 막아서고 싶었지만 무슨 말을 해야 할지 몰랐기 때문이다. 마누엘은 배에, 바로 그 총알이 박힌 곳에 기대어 있었다. 보르하가 점점 더 마누엘 가까이 다가서더니 마누엘 팔 위에 손을 얹었다. 보르하가 말했다.

–마누엘, 그거 알아? 사람들이 네게 했던 그 나쁜 말들, 그거 다 바보 같은 소리야…. 난, 실제로는, 네 친구야. 그거 알아? 네가 후안 안토니오보다 나아. 난 항상 널 더 좋아했어…. 그런데 넌 그걸 모르는 거 같았어, 그리고…. 내가 보여주지 않았었나?

마누엘은 마치 모르는 사람을 바라보는 듯한 눈빛으로 보르하를 정면으로 쳐다보았다.

보르하가 서둘러 두서없이 이야기를 계속했다.

–부탁 하나 하자. 나한테 아주 중요한 일이야. 마티아에게도 그렇고…. 중요한 일이 아니었다면 널 찾지도 않았을 거야. 마티아, 너 알아? 할머니가 *영사이면호* 일을 알아버렸어. 누군가 고자질을 한 거 같아. 아마 치노인 거 같은데, 곧 해고될 거 같으니까…! 하긴, 내가 어떻게 알겠어, 상관도 없는 일이고. 누가 됐든 대가를 치르게 해야지. 마티아, 그런데 여기 이게 우리한테 얼마나 중요한지 알지? 할머니가 여기 있는 것들만은 찾아내지 못하게 해야 해…!

마누엘의 두 눈에는 언젠가 내가 보았던 거의 분노에 가까운 슬픔이, 혹은 우리를 넘어선, 어쩌면 자기 자신까지도 넘어선 어떤 경멸의 눈빛이 빛나고 있었다. 바로 그 순간 그 애는 이상하리만큼 손 마호르의 호르헤와 닮아 있었다. 그리고 젊디젊은 그 애의 얼굴에 호르헤와 똑같은 피로가, 사는 걸 지긋지긋해 하는 모습이 그대로 담겨 있었다. 그 애에게 바짝 다

가서 있는 보르하는 정말로 보잘것없이 작아 보였다. 나는 또 한 번 생각했다 ≪하려고만 한다면 따귀 한 대로 바닥에 나동 그라지게 할 수 있을 거야.≫ 마누엘이 갑자기 말을 꺼냈다.

–왜 이래? 원하는 게 뭐야?

보르하는 할머니가 생각나게 하는 그런 이상한 손짓을 해 보였다.

–흠…. 자세한 걸 설명하라고 하지는 말아줘. 마티아도…. 그렇지, 마티아? 할머니가 아시는 날엔…. 이걸 다 찾아내시 면, 분명 여길 다 뒤지라고 하실 테니까…. 내 배를 타고, 내가 건네주는 걸 포르트로 가져가서 에스 마리네에게 전해줬으면 해. 에스 마리네 알지?

–알아.

마누엘이 무뚝뚝하게 말했다.

–그걸 전해주고 이렇게 말해. ≪이걸 보관해줘요.≫ 위험 이 지나가면 그때 찾으러 갈 거야. 거기선 모두 안전할 테고 나 랑 마티아도 할머니 불호령에서 벗어날 수 있어.

나는 너무 놀라서 보르하가 하는 말을 전부 다 알아듣지는 못했다. 보르하는 영사이면호에 올라타 우비로 감싸둔 것을 풀고 할머니와 에밀리아 이모에게서 훔쳐낸 돈이 담긴 상자를 꺼냈다. 생각에 잠긴 채 상자를 잘 닦아 윤을 내더니 그 상자 를 마누엘에게 내밀었다.

–이걸 에스 마리네에게 가져다 줘…. 그리고 내 얘기는 하

지 말아. 그 사람 입이 가볍잖아. 그냥 이렇게만 말해. ≪이것 좀 보관해줘요. 곧 내가 찾으러 올게요.≫

마누엘은 아무런 몸짓도 하지 않고 그 상자를 가만히 바라보았다.

-싫다고 하지는 말아 줘…. 제발 부탁이야, 마누엘! 우리 둘에게 중요한 일이야! 믿을 사람이 너밖에 없어. 다른 애들은 도대체 믿을 놈이 없다고…. 그리고, 바로 여기서…. 네가 나한테 배를 빌려달라고 했을 때, 내가 빌려줬던 거, 너도 잊지는 않았지?

그 말을 들은 마누엘에게서 약간 흔들리는 기색이 보였다. 보르하는 천천히 물러섰다. 마누엘이 보르하에게서 상자를 받아들더니 아무 말 하지 않고 *레온티나*를 향해 걸어갔다. 보르하가 바지에 모래를 털어내며 그 애를 뒤따라 갔다. 한참을 달려온 사람처럼 몹시 들떠 있었다.

-보관해 달라고, 알겠어? 그냥 보관해 달라고만….

-됐어.

마누엘이 보르하의 말을 잘랐다. 보르하는 시키는 대로 했다. 호세 타론히가 죽던 그날처럼 마누엘이 조용히 사라지는 걸 우리 둘은 지켜보았다. 그리고 그날처럼 나는 보르하를 곁눈질로 바라보았고, 보르하의 입술은 창백해졌다.

그때 그랬던 것처럼 우리는 절벽 바윗길을 따라 집으로 돌아왔다.

3

더는 마누엘을 보지 못했다. 그 이후로 시간은 빠르게 흘렀고 놀랄 만큼 금세 성탄절이 되었다. 알바로 이모부와 전쟁에 대해 더 구체적인 소식이 들려왔다. 할머니는 마을의 가난한 사람들을 위한 꾸러미들을 준비했다. 전쟁 중에 맞는 첫 번째 성탄이었고 할머니는 눈에 띄게 수수해야 한다는 걸 강조했다. 하지만 주방에서 로렌사와 안토니아는 숨이 막힐 만큼 열심히 일했다. 마치 꿈속 뿌연 안개처럼 당시 할머니가 내오게 하던 끝없는 음식의 행렬도 기억한다. 우리는 시간의 절반을 교회에서 그리고 나머지 절반을 식탁에서 보냈다. 주방의 수증기로 머리를 가득 채우고 교회에 갔다가 다시 교회에서는 성모 찬가와 빛, 향불로 가득 채운 다음 테이블로 돌아오는 식이었다. (그 전에 시골에서 마우리시아와 함께 보냈던 성탄과 비교하면 좀 이상했다. 우리는 호랑가시나무 가지를 주워와 예수가 탄생하신 마구간을 세우고 마우리시아가 시장에서 사 온, 칙칙한 색깔을 칠한 진흙 인형으로 모형을 만들었었다.)

성탄절에 마욜 경은 아주 장엄한 모습으로 나타났다. 마욜 경이 왕자의 풍모를 지녔다던 할머니 말씀은 옳았다. 성탄 전야 저녁 식사를 위해 마욜 경과 교구 신부, 의사 선생님—홀아비였다—과 (아버지와 방학을 보내려고 학교에서 막 돌아온)

후안 안토니오가 우리 집에 모였다. 또 농장 관리인과 그의 아내, 레온과 카를로스, 그리고 성탄 자정 미사를 집전하려고 온 외국인 사제도 왔다.

성모마리아 교회는 빛나고 있었다. 두 명의 복사를 대동한 키가 크고 아름다운 용모의 마욜 경은 연분홍빛, 황금과 진주가 달린 옷을 입고 있었다. 성가대 소년소녀들이 합창을 했다. 모든 게 너무나 반짝여서 눈이 아팠다. 보르하와 나는 서로 어깨를 맞대고 있었다. 내가 보기에 보르하는 너무 마셔서 눈이 감기는 것 같았다. 마욜 경은 마치 천사처럼 엄숙하게, 아주 천천히 두 손을 들어 올렸고 은발의 머리는 반짝였다.

성탄절 당일은 오히려 약간 슬펐다. 안토니아가 내게 말했다.

—어제 엄마를 위해 기도하셨나요?

—그건 내 일이야.

내가 대답했다. 하지만 나는 양심이 찔렸다. 엄마 생각은 하지도 않았기 때문이다. 저녁 식사 동안 아주 잠시 아버지 생각은 했다. ≪참 이상하지? 언제나 아버지와는 그렇게 멀리 있었는데도 아버지 담배 냄새, 헛기침 소리, 아버지가 하던 말들은 기억하다니.≫ 어디 있을까? 뭘 하고 다니는 걸까?

성탄절 오후에는 흉측한 모자를 쓴 손 루흐의 늙은이들과 마욜 경, 교구 신부와 또 다른 사제가 왔다. 의사 선생님과 안토니오 그리고 농장 관리인 집 사람들도 빠지지 않았다. ≪항

상 똑같아, 늘 같은 사람들이야.≫ 보르하와 후안 안토니오는
학교 이야기를 나누었다. 성탄절 휴가가 끝나면 보르하는 그
와 같은 학교에 다니게 될 것이다. 둘은 함께 있게 될 것이다.
적어도 내가 아는 바로는….

　-내가 다닐 학교 이름은 뭐죠?

　내가 별 관심 없이 할머니에게 물었다.

　-아주 좋은 기숙학교란다.

　할머니는 간단히 이렇게 대답하고 말아서 내 화를 북돋웠다.

　성 스테파노의 날[1] 나는 혹시 마누엘이 나타날까 해서 잠
시 비탈길을 내려갔다. 마누엘이 보이지 않아 나는 그 애네 밭
담벼락 옆에 앉아 돌멩이를 던지며 놀고 있었는데, 안토니아
가 나를 부르러 왔다.

　할머니가 보르하와 나를 불러 말했다.

　-너희가 학교로 가는 날, 라우로는 입대하기로 했다.

　-부적합 판정을 받았던 거 아닌가요?

　보르하가 놀라 물었다.

　-시력이 좋지 않다고…. 그래서 신학교에서도 쫓겨난 거
고….

　-지금은 그런 게 중요한 게 아니야. 가서 축하해주고 오

1　성탄절 다음 날 12월 26일(라틴교회) 혹은 27일(비잔틴교회)에 기독교 최초의 순교자 성 스
　테파노를 기념하는 날

너라.

우리는 마지못해 할머니 말을 따랐다. 라우로는 바느질 방에 자기 엄마와 함께 있었다. 우리는 약간 겁에 질려 문가에서 멈춰섰다. 안토니아는 낮은 의자에 앉아 산더미처럼 쌓아 놓은 보르하와 내 옷에 붉은 표시를 하고 있었고, 치노는 초록색 안경 렌즈 너머로 자기 엄마를 바라보고 있었다. 곤돌리에로가 ≪라우로, 라우로, 라우로…. 내 예쁜 잉꼬….≫라고 두런거리며 머리 위로, 어깨 위로 이리저리 부산스럽게 날아다녔다. 엄마도 아들도 아무 말이 없었다. 라우로는 두 팔로 무릎을 감싼 채 앉아 있었다. 라우로는 그 누구보다도 영웅과는 거리가 멀었다. 보르하가 먼저 입을 열었다.

-라우로, 할머니가 그러시던데, 입대한다고.

치노는 천천히 몸을 일으켰다. 검지 손가락으로 안경을 콧등 위로 밀어올렸다. 안토니아는 머리를 수그린 채 꼼짝 않고 있었다. 안토니아의 두 손에는 내가 누에스트라 세뇨라 델 로스 앙헬레스 기숙학교에서 입던 흉측한 잠옷이 들려 있었다. 쪽가위 끝으로 어깨에 수놓아진 숫자와 글자들을 뜯어내는 중이었다. 보르하가 말했다.

-어쩌면 우리 아빠를 볼지도….

치노는 여전히 말이 없었다. 나는 치노를 바라볼 수 없었다. 새하얀 옷 위에서 잔혹하게 반짝이는 안토니아의 쪽가위 끝만 바라보았다.

—그래, 라우로, 할머니가 축하해 줄 일이라고 하셨어.

쪽가위 위로, 이제는 지워진 숫자들 자국 위로 물방울처럼 축축하고 반짝이는 무언가가 툭 떨어졌다. 나는 몸을 돌려 내 방 쪽으로 달려갔다. 뭔가 숨기고 싶다는 듯. 어째서 그 순간 이제는 다 잊어버린 줄 알았던 내 고로고를 찾으러 갔는지 모르겠다. 어쨌거나 고로고는 찾을 수 없었다.

동방박사의 날[2] 아침, 할머니는 우리에게 선물을 주셨다. 책과 만년필 두어 자루, 스웨터, 뭐 그런 것들이었다. 장난감을 받고 좋아할 나이는 이제 다 지났고, 할머니와 이모는 선물이 큰 골칫거리가 되었다고 했다. (마우리시아는 내 신발을 굴뚝 구멍 사이에 숨겨 두었었다. 그걸로는 부족해서 어디선가 풀어낸 털실로 엄청나게 큰 양말을 짰고 ≪요셉의 겉옷만큼 알록달록한≫ 양말이 되었다. 그리고 아버지가 보내오는 모든 선물은 그곳에서 동방박사의 선물로 변신했다. 동방박사의 날 며칠 전, 구름이 길게 드리웠을 때 내가 마우리시아에게 물었다. ≪마우리시아, 저게 동방박사가 동방에서부터 오는 길이야?≫ 어느 해인가 나만큼 커다란 피에로 인형을 받고 그 인형을 꼭 껴안은 적이 있다. 그런데 뭣하러 그런 걸 기억하고 있는 걸까?)

---

2 스페인에서 매년 1월 6일은 동방박사의 날이다. 동방박사 3인이 아기 예수를 만나러 베들레헴을 찾은 것을 기념하는 공휴일이다. 아이들은 성탄절이 아니라 동방박사의 날에 선물을 받는다.

우리는 할머니에게서 선물을 받아들고 할머니 볼에 입을 맞췄다. 에밀리아 이모는 포장을 뜯지 않고 가지고 있던 프랑스 향수 한 병을 내게 주었다. ≪너도 이제 여자야.≫ 이모가 말했다. 그리고 내 볼에 입을 맞췄다. (이때는 모두 서로 여러 번 입을 맞춘다.)

집에서 선물을 받지 못한 사람은 하나도 없었다. 마욜 경, 교구 신부, 후안 안토니오…. 카를로스와 레온에게 동방박사들은 둘이 같이 쓰라고 자전거를 하나 가져다 주었다. (둘은 뭐든 나눠 썼다.)

보르하와 나는 책을 잔뜩 짊어지고 서재로 갔다. 우리는 발코니 옆 팔걸이 의자에 서로를 마주보고 자리를 잡았다. 유리창 너머로 들어오는 햇살이 따뜻했다. 때늦은 파리 한 마리가 둔한 몸짓으로 이리저리 날아다녔다.

보르하는 팔걸이 의자에 몸을 풀썩 눕혔다. 가죽을 씌운 그 의자는 아주 크고 점점이 검은 얼룩에 긁힌 자국도 여럿 있었다. 보르하는 팔걸이 한쪽에 다리 하나를 올리고 흔들었다.

내가 받은 책들은 별것 없었다. 에밀리아 이모가 고른 것들이었다.

산타 카탈리나에서 만난 이후로 보르하는 할머니에게 하듯 나를 대했다. 우리는 더는 싸우지 않았다.

보르하가 펼쳐든 책 너머로 나를 보고 있다는 걸 알고 있었다. 보르하의 연초록빛 눈동자는 유리 구멍 같아 보였다.

첫 기억

(≪할머니가 날 보는 것 같아.≫) 나는 인상을 써보였다. 보르하가 책 뒤에서 웃으며 말했다.

　-너 그거 알아?

　-내가 뭘 알아야 하는데?

　보르하는 책을 바닥으로 던져버리고 두 팔을 쭉 뻗으며 하품을 하는 척했다.

　-너는 내 손안에 있다는 거.

　경멸의 표시로 입술을 삐죽이려고 했지만 가슴이 심하게 쿵쾅거리기 시작했다.

　-바보짓은 하지 마. 넌 내 손안에 있어. 라우로랑 후안 안토니오랑 마찬가지야. 결국 모두가 다 그렇다고 봐야지! 내가 누군지 알잖아. 난 뭐든 알고 있고. 알아야 할 건 다 안다구!

　나는 무관심한 척 하면서 다시 책을 집어들었다. 보르하가 덧붙였다.

　-하긴, 너는 겁낼 거 없지. 착한 아이니까.

　-나는 내가 내키는 대로 할 거야, 멍청이 원숭아.

　-아니, 너는 너 내키는 대로 할 수 없어. 왜냐하면….

　그러더니 눈에 담을 수 있는 최대한의 악의를 담아 나를 바라보며 알 수 없는 표정으로 입을 다물었다.

　-내 말 한마디면…. 너한테 무슨 일이 생길지 알아?

　-무슨 말을 하려는 거야? 멍청이 같으니라구. 내가 너에 대해 아는 게 더 많을걸?

-하! 그건 남자애들 일이야. 남자애들은 다 그래. 넌 더 심
각하지. 널 소년원에 쳐넣을 걸? 변태니까. ≪썩은 사과는 주
변에 멀쩡한 사과를 썩게 한다.≫ 알지? 우리가 모른다고 생
각하지? 후안 안토니오랑 기엠까지…. 우리가 너희 둘을 다
봤다고.

-너희 둘이라니, 누구를 봤다는 거야?

-너랑 네 친구. 너희 둘을 따라다니는 거 아주 재미있었어.
기엠이랑 라몬이랑…. 그리고 후안 안토니오랑 나랑…. 말해
서 뭐하겠어. 너는 이미 다 잘 알고 있는 일일 텐데. 열네 살
짜리 여자애가 애인이 둘이라니! 너를 소년원에 집어처넣을
거야….

-나는 한 번도….

보르하는 조심스럽게 만년필 뚜껑을 돌려 열어 아주 소중
한 것을 다루듯 펜촉을 써보았다. 나는 너무나 놀랐다. 아니 놀
랐다기보다 겁에 질렸다.

-이제 순진한 척해도 소용없어! 네가 네 입으로 맨날 그랬
잖아. 네 옆에서는 나도 어린애나 마찬가지라고. 네가 나보다
아는 게 훨씬 많다고…. 그게 사실이라면! 넌 아주...!

보르하가 다시 비열한 웃음을 지어보였다.

-그래, 그래, 너희 둘이 밭에서 그리고 비탈길에서 아주
딱 달라붙어서…. 그리고 또 손 마호르까지! 그 늙은이랑도
그렇지?

첫 기억

−우린 손 마호르에 다시 간 적 없어. 거짓말이었다구!

−안 갔다고? 엥?⋯. 네가 그랬잖아! 그리고 사나모도⋯.

−사나모는 허풍쟁이 늙은이라고⋯.

−좋아, 입씨름하고 싶지 않아. 난 증인이 아주 많거든. 너 소년원이 어떤 곳인 줄 알아? 내가 얘기해줄게. 넌 맨날 나무랑 꽃이랑 이런 게 좋다고 말하고 다녔지⋯. 그런데 말이야. 다시는 나무도 꽃도 볼 수 없어. 보고 싶어도 거의 못 봐⋯. 게다가 넌 전력이 좋지 않아. 네 아버지는⋯.

나는 벌떡 일어나서 보르하의 팔을 흔들었다. 그렇게 겁에 질려 있지만 않았다면 따귀를 때리고 주먹질을 하고 발로 찼을지도 모른다. 단숨에 여전히 나를 세상에서 분리해 두었던 어떤 베일이랄까, 그 엷은 안개가 벗겨져 나갔다. 단번에, 내가 그토록 알고 싶어하지 않았던 모든 것이 만천하에 드러난 것이다.

−허풍쟁이, 나쁜 자식⋯. 우리 아버지 얘기하지 마!

보르하는 부드럽게 내 팔을 떼어냈다.

−흥분하지 마, 네게 해로워. 네 아버지는 역겨운 빨갱이고 어쩌면 지금도 우리 편에게 총을 쏘고 있는지도 몰라. 호세 타론히에게 무슨 일이 벌어졌는지 알지?

나는 주저앉았다. 몹시 추웠고 무릎이 떨렸다. (아, 열네 살 우리는 얼마나 잔인하고, 얼마나 냉정하고 또 얼마나 순진하기만 했던 건지!)

-넌 내 손안에 있어. 난 소년원에 대해서 읽은 게 많아. 징벌방도 있다더라고. 아마 너 같은 애는….

보르하는 계속 지껄였고 나는 눈을 감았다. 파리는 여전히 앵앵거렸다. 한겨울 파리는 분명 친구들을 잃어버렸을 것이다. 눈꺼풀 밖에 태양은 다시 붉은색이 되었다. 손바닥 촉감으로 의자의 울퉁불퉁한 가죽이 느껴졌다. 보르하는 소년원에 대해 내가 상상조차 해본 적 없는 정말 많은 걸 알고 있었다!

나는 버벅거리며 말했다.

-사실이 아니야. 우리가 거기 있었기는 했지만, 그래, 바닥에 누워서…. 그렇지만 우리는 손만 잡았어. 절대….

우리가 맞잡은 손안에 그 파란색 작은 돌멩이에 대해 어떻게 이야기할 수 있을까? 보르하가 하는 그 말을 나는 전혀 알아듣지도 못했다는 걸 어떻게 말할 수 있을까?

-너는 착한 애니까, 너한테는 아무 일 없을 거야. 치노를 봐. 절대 나를 고자질하지 못했지, 내가 하라는 대로 다 했어…. 그래서 할머니가 오렌지 농장에서의 일을 절대 알지 못한 거야.

-네 말은 사실이 아니야, 보르하….

-난 증인들이 있어.

기엠과 절름발이가 담벼락 너머로 우리에게 돌을 던지고는 나뭇가지를 높이 쳐들고 비탈길 아래로 달려가던 일이 희미하게 생각났다.

−너 설마….

보르하가 이겼다. 그리고 나는 졌다. 멍청하게 허풍이나 떨고, 한없이 무지한 바보, 난 졌다.

에밀리아 이모가 들어왔다.

−여기서 꼼짝않고 뭐하니? 정원에 나가보지 그래? 햇살이 꼭 봄날 같아. 어서! 대체 너희들은 알 수가 없구나. 바람이 불면 밖으로 나가고, 이런 날씨에는 안에 틀어박혀 있고. 자, 어서, 오늘로 방학도 끝이야.

끝. 그래, 끝이었다.

*

점심을 먹고난 후 보르하가 나를 부르는 몸짓을 했다. 나는 비겁한 내 자신을 한껏 경멸하면서 뒤따라 갔다.

−마티아, 나 고해성사하러 갈거야. 나랑 성모마리아 교회에 가자.

−나는 고해성사할 거 없어.

−확실해? 좋아, 뭐 그건 네 양심의 문제니까. 하지만 나랑 함께 가 줘.

나는 따라갔다. 그 순간부터 나는 어디든 보르하를 따라다니게 될 것이다. 이제야 치노를 이해하기 시작했고 양심의 가책 비슷한 것이 나를 가득 채웠다. ≪치노 같은 사람도 저 영악

한 녀석을 무서워하며 살았는데, 나 같은 멍청이, 떠벌이, 깡통이 어떻게 안 그럴 수 있겠어?≫

우리는 외투를 입고 집을 나갔다. 사이가 좋았을 때 그랬던 것처럼 보르하는 내 손을 잡았다. 정원을 가로질러 걷는데 벌거벗은 무화과나무 가지가 하늘을 향해 은빛으로 빛나고 있었다. 그 겨울 햇살에는 뭔가 있었다. 그 뭔가가 계속 ≪끝이야≫, ≪끝이야≫라고 반복해서 말하고 있었다. 내 안데르센 책 삽화의 한 장면처럼 그 길의 끝에는 성모마리아 교회의 초록빛 황금 돔 지붕이 반짝거렸다.

우리는 교회에 들어갔다. 보르하는 성수에 손가락을 적시더니 손을 내밀어 내 손가락에 발랐다. 어둠 속에서 용에 창을 기대놓고 서 있는 성 지오르지오의 모습이 두드러져 보였다. 그의 투구 주변으로 황금 테두리가 번쩍거렸다. 스테인드글라스 가장자리는 루비처럼 새빨간 작은 마름모로 둘러싸였는데, 잔 속에 들어 있는 와인을 연상시켰다. 불빛이 가볍게 흔들리는 듯했다. 뭔가가 내 심장에 내려앉아 마치 검은색 곤돌리에로처럼 작은 발톱으로 나를 꼭 누르는 것 같았다. 제단의 철책 옆에는 한 남자가 두 손에 얼굴을 파묻은 채 무릎을 꿇고 앉아 있었다. 치노였다.

−우는 거야?

내가 보르하에게 물었다. 보르하는 팔짱을 끼고 내 옆에 무릎을 꿇더니 속삭였다.

첫 기억

-치노는 아무것도 안 믿는다구, 이 여자야!

하지만 치노는 자기가 그토록 좋아하는 스테인드글라스 아래에서 슬픔에 잠겨 있었다. 나는 검은 재킷 속에 구겨 넣은 치노의 좁은 어깨를 바라보았다. 나는 생각했다. ≪어쩌면 전쟁터에서 죽을지도 몰라. 지금처럼 저렇게, 총알이 등을 뚫고 지날지도 모르지.≫

(실제로 그랬다. 한 달 후 치노는 전사했다. 치노의 엄마는 그 사실을 모른 채 그날 아침 일찍 일어났고 곤돌리에로에게 먹이를 주었는데 새는 도무지 먹으려 들지 않았다. 할머니 아침상을 차려드리며 안토니아가 말했다. ≪마님, 라우로가 올 건가 봐요. 확실해요. 그 애가 올 거라는 생각이 들어요.≫ 하지만 바로 그 시간에 치노는 전사했고, 안토니아는 계속 아침상을 차렸으며 ≪잉꼬, 예뻐, 잉꼬, 예뻐≫라고 계속 종알대는, 파랗게 반짝거리는 곤돌리에로에게 먹이를 주었다. 수년 후 모든 게 달라졌을 때, 로렌사가 내게 말해주었다.)

보르하는 성호를 긋고 고개를 숙였다. 나는 눈을 가늘게 뜨고 사방을 둘러보았다. 속눈썹 사이로 스테인드글라스가 눈짓을 하며 빛을 내뿜었다.

보르하는 교회 비품실로 들어갔고, 잠시 후 다시 나왔다. 두 손을 앞으로 모으고 고개를 숙이고 있었다. 이상한 그 모습에 내 불안감은 커졌다. 잠시 후 마욜 경이 목 위로 겉옷을 걸치며 나와 고해실로 들어갔고 보르하가 뒤따랐다. 자줏빛 커

모닥불

튼 속으로 머리를 집어넣자 마욜 경의 팔이 그의 어깨를 사랑스럽다는 듯 감쌌다. 둘은 아주 오랫동안 그렇게 있었다. 나는 장의자의 딱딱한 널빤지 때문에 무릎이 아팠다. 아기 예수는 황금색으로 수놓은 레이스가 달린 초록색 벨벳 겉옷을 입고 있었다. 오른손 손가락 하나가 잘려 나갔고 칠보를 칠한 큰 눈이 뚫어질 듯 무언가 바라보고 있었다. 갈색 거친 양모 윗도리에 황금빛 긴 발을 지닌 스테인드글라스 속 작은 성자는 태양빛을 모두 빨아들였다. 반대로 성 지오르지오는 창백해 보였다. 밖에는 바람이 불기 시작했고 갑자기 구름이 모든 걸 가렸다. 무언가 기둥 사이 공간을 무겁게 날아 지나갔다. ≪저건 박쥐야.≫ 나는 생각했다. 벽에서 튀어나와 검은색 걸레처럼 힘없이 구석으로 떨어졌다. 곰팡이 냄새가 났다. 기둥 사이 거대한 골격이 바다에 가라앉은 배처럼, 황금빛 어두운 이끼에 뒤덮여 황홀하고도 억압적인 무언가를 발산했다. 나는 피로감을 느꼈다. ≪보르하가 저기에서 영영 나오지 말았으면.≫ 나는 생각했다. 살고 싶은 마음이 하나도 없었다. 인생은 너무 길고 덧없게만 느껴졌다. 모든 것이 너무나 환멸스러워 공기와 태양빛, 꽃들까지도 모두 낯설게 느껴졌다.

보르하가 돌아왔다.

—너는 고해성사 안 해?

—나는 지은 죄가 없어.

보르하는 나를 이상하게 바라보았다.

－이리 와.

나는 자리에서 일어났다. 보르하는 성물소 앞에 무릎을 꿇었고 마욜 경이 우리에게 기다리라는 손짓을 했다. 우리는 교회 돌계단에 앉아 그를 기다렸다.

－마욜 경이 왜 우리랑 함께 가려고 그러는 거지?

－내가 부탁했어.

바람이 거세지고 아침에 그토록 아름다운 모습으로 떠올랐던 태양을 구름이 가려버렸다. 마침내 마욜 경이 나왔다. 우리는 함께 집으로 돌아왔다.

*

－할머니, 드릴 말씀이 있어요.

푸석하고 창백한 할머니가 흔들의자에 앉아 있다가 깜짝 놀라 보르하와 마욜 경을 바라보았다. 할머니는 피곤하다는 몸짓으로 앞에 놓인 긴 의자를 가리켰다.

나는 그 자리에서 달려나가 공포심이 나를 짓누르지 않는 어딘가로 도망치고 싶었다. 하지만 보르하가 내 손을 꼭 잡았다.

－너도 같이 있어, 마티아.

그 애의 입술이 떨렸다.

－싫어….

거절하는 내 목소리는 약했다.

-보르하가 원하면 그렇게 해라!

마욜 경의 차가운 목소리가 들렸다.

나는 마욜 경이 앉은 긴 의자 뒤에 서 있었다. 보르하는 할머니에게로 걸어가 무릎을 꿇었다. 나는 할머니의 얼굴, 검은색 아이라인을 그린 부엉이같이 동그란 눈, 그리고 뭔가 씹고 있는 입만 보았다. 할머니 손의 반지는 부패한 우리들 사이에서 홀로 살아남게 될 사악한 눈동자처럼 반짝였다. 마욜 경이 말했다.

-도냐 프락세데스, 보르하가 고백할 게 있답니다.

할머니는 잠시 조용히 있었다. 이빨 사이로 알약이 조각나는 소리가 들렸다. 할머니가 차갑게 말했다.

-일어나라, 아가야.

하지만 보르하는 일어나지 않았다. 깊게 숙인 고개의 반짝이는 머리칼 위로 할머니의 상반신이 불쑥 올라왔다. 오른편에는 이미 여러 차례 희극에 익숙한, 쓸모없어진 극장용 쌍안경이 나타났다.

보르하가 말했다.

-할머니, 용서를 빌러 왔어요. 고해성사는 이미 했어요. 하지만 할머니께도 용서를 받고 싶어요. 할머니께 죄를 고백하지 않고는 살 수가 없을 것 같아요…. 저는, 할머니….

그리고는 울기 시작했다. 그 애의 눈물은 낯설었다. 얼굴을 두 손에 묻고 소리없이 울었다. 그 애를 사로잡은 것이 슬픔인지 아니면 단순히 두통인지 알 수 없었던 손 마호르 정원에서의 그 오후처럼 말이다. 씹던 걸 멈춘 할머니가 말했다.

-말해 봐, 말해!

보르하는 얼굴을 드러내 보였다. 나는 그 얼굴을 보지 않았다. 하지만 눈물 따윈 없다는 걸 알고 있었다. 보르하가 단숨에 말했다.

-제가 할머니를 속였어요⋯. 할머니 돈을 계속 훔쳤어요. 많이, 아주 많이요. 그리고⋯.

할머니가 눈썹을 치켜떴다. 할머니 가슴이 파도처럼 부풀어오르는 것 같았다. 할머니가 차분하게 말했다.

-아, 너였단 말이냐?

할머니가 절대 몰랐다고 맹세할 수도 있었지만, 여하간 알고 있었던 모양이었다.

-네, 저였어요⋯. 다시 돌려드리려고 했어요. 하지만 이젠 그럴 수가 없어요. 돈이 제게 없어요.

-누구에게 그 돈을 줬느냐?

손수건으로 쌍안경을 닦으며 할머니가 말했다. 보르하는 고개를 숙였다.

그 순간, 내가 깨달은 모든 것이 내게 깊은 상처를 주었다. (어른들의 어두운 삶, 그리고 분명코 나도 그 삶에 속해 있다는 사실을 깨달은 것이다. 나는 정말로 물리적 고통을 느꼈다.)

-어쩔 수가 없었어요, 할머니…. 용서해 주세요. 처음에는 제 잘못이었어요. 내기를 했는데…. 그런데 그다음에는…. 용서해주세요, 할머니, 너무 괴로웠어요! 댓가가 너무 컸어요! 그 녀석 손아귀에 잡혀서, 돈을 더 가져오지 않으면 할머니에게 다 이야기하겠다고 협박했어요…. 나는 더는 하고 싶지 않았지만, 그 녀석이 계속하지 않으면 다 폭로해 버리겠다고…. 너무 끔찍했어요. 살고 싶지 않았어요. 그 녀석은…. 악마예요. 악마나 다름없어요…. 말을 듣지 않으면 절 때리고…. 저보다 훨씬 힘이 세니까요!

스웨터 소매를 걷어올리고 가증스러운 여자처럼 흐느끼면서, 정육점 갈고리 때문에 생긴 상처를 보여주었다. 할머니는 차가운 표정으로 손을 들어올려 보르하의 말을 매정하게 끊었다.

-누구냐?

나는 더 이상 참을 수가 없어 몸을 돌려 도망치고 말았다. 문을 열고 계단을 달려 내려갔다. 복도 끝에 있는 시계가 똑딱 소리를 냈다. 나는 생각했다. ≪그 애를 찾아내지 못했으면…. 사람들이 그 애를 찾아내지 못해야 해. 도망치라고 해, 사라져 버리라고….≫

나는 비탈길로 나갔다. 여전히 바람이 신음하는 속에서 나는 담벼락에 기대섰다. 아몬드 나무 사이로 희뿌연 녹색 안개가 올라오고 있었다. 용설란 역시 고함치듯 저 아래에서 고개를 쳐들었다.

몇 미터 저 너머에 마누엘의 밭이 있었다. 하지만 나는 감히 가까이 가지 못했다. 내 안의 어딘가가 너무나 아파 움직일 수가 없었다. 바람은 땅에게, 아직 살아남은 풀잎들에게 화를 냈다. 종이 두 장이 서로 뒤쫓으며 날아다녔다. 거기서는 마누엘 밭의 올리브 나무가 창백한 녹색 얼룩처럼 보였다. 새하얀 진주의 광채가 투명한 연기처럼 바다에서 떠올랐다.

너무나도 비겁하게 나는 바닥에 박힌 것처럼 꼼짝하지 않았다. ≪너도 알잖아. 햇살이랑 꽃이랑, 네가 그렇게 좋아하는 이 모든 걸 다시는 볼 수 없어…. 그리고 네 아버지는….≫ (아, 눈이 내리던 수정 방울. 그런데 나는 정말 그렇게 꽃과 햇살과 나무들을 좋아했었나? 그리고 교회에서 울고 있던 치노….) 나는 떨고 있었다. 하지만 내 안에서 느끼는 추위가 훨씬 더 차가웠다.

에스 톤이 나왔다. 할머니가 그 애를 찾으러 보낸 것이다. 그 애를 찾으러 보냈다는 걸 나는 알고 있었다. 그런데도 ≪가지 마. 톤, 못 찾았다고 해, 그리고 그 애에게 도망가라고 해 줘.≫라는 말조차 하지 못했다 (나를 뒤흔드는 단 하나의 목소리 ≪겁쟁이, 배신자, 비겁해.≫만이 내 귀에 울렸을 뿐이다.)

에스 톤은 그 애를 올리브 나무들 사이에서 데리고 나왔다. 그런 것 같았다. 은빛 초록의 올리브 나무들 사이에서, 안개를 헤치고 나오는 것처럼, 나무 몸통들 사이를 지나 내 쪽으로 그 애를 데리고 나왔다. 그렇다, 내 쪽으로 데려왔다. 그 가엾은 아이는 나 아닌 누구 쪽으로도 가지 않았다. 에스 톤이 그 애의 팔을 붙잡아 데리고 갔다.

지나치면서 그 애는 나를 바라보았다. 나는 내 배신을 들이 마시면서, 도망칠 엄두도 내지 못한 채 개처럼 따라갈 수밖에 없었다. 할머니의 거실을 향한 그 발걸음을 그대로 따라갔다. (계단참의 삐걱거리는 소리, 시계의 똑딱 소리, 거기 그 모퉁이, 그날 시에스타 때 내가 그 애에게 했던 말 ≪그 사람들이 그렇게 한 건 너무 나빴어.≫ 우리가 그 애의 우물에 그때 던져넣었던 것은 죽은 개보다 더 심한 것이었다. 죽은 개보다 천 배는 더 나빴다.) 나는 거실의 절반쯤 닫힌 문 뒤에서 멈춰섰다. 호기심 때문에 뒤따라온 에스 톤과 안토니아가 나와 함께 커튼 뒤에 서서 듣고 있었다. 단지 이런 말이 들렸을 뿐이다.

-아니요, 아닙니다….

그보다 더 나쁜 건 그 애의 침묵.

반대로 보르하는 울고 흐느꼈다.

-그리스 섬에 갈 거라고, 자기 아버...!

마욜 경의 목소리가 끼어들어 보르하의 말을 막았다.

할머니는 에스 톤을 포르트로 보냈고 에스 톤은 돈이 든 상자를 가지고 돌아왔다. 백태가 낀 그의 한쪽 눈이 형광색 소라 껍질처럼 반짝였다.

내가 어떻게 부두까지 갔는지 모르겠다. 바다 안개로 옷이 흠뻑 젖어 있었다. 배에서 뛰어내리던 에스 톤이 나를 바라보았다.

–잘하셨습니다, 아주 잘하셨어요. 이제 그 녀석은 소년원에 갈 겁니다. 사필귀정이죠.

(빛도 태양도 나무도 내겐 상관없었다. 그런데 어떻게 그애를 빛도 나무도 햇살도 없는 곳에 버려둔다는 건가?)

마욜 경과 그 애의 아버지 호세의 사촌, 동생 타론히가 그애를 데리고 나갔다. ≪교도소에 보내기에는 너무 어려.≫ 로렌사가 말했다. 어디로 데려갈지 모두 이미 알고 있었다는 말이다. ≪어디로?≫ 내가 물었다. 그때의 그 침묵, 그 무지만큼 나를 두렵게 했던 건 이후로도 이전에도 없었다. (소년원이라는 그 말, 에스 톤은 이상하리만치 그 말을 아주 잘 발음했다!)

그 날이 어떻게 지나갔는지 모르겠다. 저녁 식사도, 보르하가 무슨 말을 했는지, 또 내가 무슨 말을 했는지도 기억나지 않는다. 치노와 언제 어떻게 작별인사를 나누었는지조차 기억할 수 없다.

단지 동이 틀 녘 잠에서 깨어났던 건 안다. 섬에 처음 온 그날처럼 해가 뜰 때의 회백색 진주빛 햇살이 내 창문의 녹색 블라인드 사이로 칼날처럼 파고들었다. 나는 눈을 뜨고 있었다. 처음으로 아무런 꿈도 꾸지 않은 밤이었다. 방 안에는 도망치는 비둘기의 날갯짓같은 것이 있었다. 그제야 나는 전날 오후 해가 저물어갈 무렵 손 마호르로 가서 자물쇠가 굳게 잠긴, 초록색을 칠한 철책 옆에서 바람을 맞으며 서 있었던 걸 기억해냈다. 필사적으로 호르헤의 이름을 불렀지만, 열쇠꾸러미를 쩔렁거리며 내 앞에 나타난 건 사나모였다. ≪들어와요, 들어와, 아가씨.≫ 바람이 그의 잿빛 머리칼을 흩뜨리며 굳게 닫힌 발코니를 향했다. 사나모가 말했다. ≪저 위에 계셔요.≫ 나는 그 사람을 향해 소리쳤다. ≪마누엘이 벌을 받을 거예요. 그 애는 죄가 없어요.≫ 하지만 발코니는 여전히 닫혀 있었고 아무도 대답하지 않았다. 말하는 이도 없고 아무런 소리도 들리지 않았다. 그리고 사나모는 웃고 있었다. 그 집에는 아무도 없는 것 같았다. 아무것도 존재한 일이 없었던 듯, 모든 게 우리의 상상 속 일이었던 것만 같았다. 낙담한 채 집으로 돌아와 에밀리아 이모를 찾았다. ≪보르하 말은 사실이 아니예요⋯. 마누엘은 죄가 없어요.≫ 이모에게 말했다. 하지만 에밀리아 이모는 언제나처럼 창문만 내다보았다. 힘없는 미소, 벨벳처럼 새하얗고 턱이 넓은 이모가 뒤를 돌아보며 말했다. ≪그래, 그래, 그렇게 괴로워할 거 없어. 천만다행으로 이제 너희들은 학교로 돌아갈 거야. 모든게 정상이 될 거라는 말이야.≫, ≪하지만 우리가 마누엘에게 나쁜 짓을 했잖아요. 비열한 짓이라구요⋯.≫ 이모가 대답했다. ≪그렇게 생각하지 마. 언젠가는 너도 알게 될 거야. 그 모든 게 다 어린애들 장난이라는 거, 애들이니까⋯.≫ 그리고는 갑자기 끔찍하고 가증스러운 현실처럼 새벽이 찾아왔다. 마치 형벌을 받는 듯, 나는 눈을 뜨고 있

첫 기억

다. (네버랜드는 존재하지 않았고, 인어공주는 불멸의 영혼을 얻지 못했다. 남자들과 여자들은 사랑하지 않고, 쓸데없는 다리를 갖게 되었을 뿐 거품이 되어버렸으니까.) 동화는 모두 끔찍했다. 게다가 나는 고로고를 잃어버렸다. 어디 있는지, 어느 양말 혹은 수건 보퉁이 아래 있는지 알 수가 없었다. 이미 짐은 다 싸서 줄로 묶어 놓았는데 거기 고로고는 없었다. 치노는 이미 일어나 있었으리라. 멍청한 곤돌리에로가 귀를 쪼아대고 있었으려나? 불꽃이 타오르는 것처럼 새빨간 그 꽃이 저 위, 저 방에 있으려나? 구겨진 양말에 사제복을 입은 소년의 사진은 지금 어디 있을까? 도망치는 생쥐들과 숨어 있는 갈색 거미들이 틈새를 뒤지고 다니는 집에서 붉은 전구알들이 죽은 자의 눈처럼 반짝였다. 할머니, 할머니의 황금 식기들, 할머니의 알약들…. 혹시 다시는 눈을 감지 못하는 걸까? ≪이런 걸 양심이라고들 해.≫

　그때처럼 나는 침대에서 펄쩍 뛰어내렸다. 너무나 사실적이고도 너무나 어두운 잿빛의 그 참혹한 불면의 밤을 보낸 뒤, 나는 맨발로 나가 발코니를 열고 회랑으로 뛰어넘어 갔다. 거기 보르하가 외투를 뒤집어쓰고 창백한 얼굴로 나를 바라보았다. 보르하는 마지막 남은 무라티 한 개비를 피우고 있었다.

　아직 광부들이 잠들어 있을 산, 그 뒤편 동 트는 하늘에 피어오르는 안개 속에서 회랑의 아치가 뚜렷이 윤곽을 드러냈다. 보르하는 담배를 바닥에 던졌고 우리는 누가 밀기라도 한 듯 서로 힘껏 끌어안았다. 보르하가 울기 시작했다. 어떻게 그렇게 울 수 있을까? 하지만 나는 그럴 수 없었다. (그건 형벌이었다. 그 애는 늘 마누엘을 미워했으니까. 하지만 정작 나는, 나는 마누엘을 사랑하지 않았던가?) 나는 딱딱하게 얼어붙은 채 보르하를 내 가슴에 꼭 안고 있었다. 그 애의 눈물방울이 내 목 아래로 흘러 파자마 속으로 들어가는 걸 느꼈다. 나는 정원을 바라보았고 벚나무 뒤편으로 햇살을 받아 하얗게 빛나는 무화과나무를 보았다. 거기, 두 눈이 분노로 이글거려 마치 단추 두 개에 불이 붙은 것 같은 손 마호르의 수탉이 있었다. 고개를 꼿꼿이 세운, 한줌의 석회처럼 찬란하게 빛나는 수탉은 찢어질 듯 힘차게 울었다. 동이 트고 있었다. 아마도 나는 알 수 없는, 이제는 잃어버린 신비한 그 무엇 때문에 울부짖는 것이리라.

순수의 상실과 배반:
피할 수 없는 통과 의례

아나 마리아 마투테(Ana María Matute)는 1925년 스페인 바르셀로나에서 태어났다. 병약했던 까닭에 가족과 떨어져 지내며 스페인 내전 기간(1936~1939) 사춘기를 보낸 작가는 그 시절 작가들 대부분과 마찬가지로 전쟁 이후의 시대적 분위기에서 벗어날 수 없었다. 스물두 살 되던 해인 1948년 어린이의 시각으로 전후 스페인 사회 분위기를 그린 소설 『아벨 가족: Los Abel』을 발표하면서 이름을 알리기 시작한 마투테는 1950년대에 여러 문학상을 받으며 승승장구했고, 내전으로 인해 어른의 세계로 내몰린 아이들의 이야기를 다룬 『첫 기억』을 1960년 발표하면서 문단에서 그야말로 탄탄한 입지를 확보하게 된다. 이후로 1996년 스페인 왕립한림원(Real Academia Española) 회원으로 추대되었으며, 1997년 『잊혀진 왕 구두: El olvidado rey Gudu』로 큰 상업적 성공을 거두었고, 2010년에는 스페인어권에서 가장 권위 있는 문학상인 〈세르반테스상〉을 수상하는 등 2014년 88세의 나이로 바르셀로나에서 숨을 거둘 때까지 명실상부한 스페인 소설 문학계의 거장으로 칭송받았다.

여기 독자들께 소개한 『첫 기억』은 작가가 책머리에 일러 둔 대로 삼부작 소설 『상인들』(Los mercaderes)의 제1부에 해당한다(2부는 살바토레 콰시모도의 시구에서 제목을 따온 『병사들은 밤에 운다: Los soldados lloran de noche(1964년)』, 3부는 『함정: La trampa(1969년)』이다). 1959년 당시 스페인 최고 권위의 문학상이었던 〈나달상〉을 받은 이 소설은 주인공의 어린 시절과 사춘기를 소재로 하는 성장소설이자 내전 동안의 스페인 사회상을 날카롭게 관찰한 사회소설로, 어린 시절 아련한 추억을 불러일으키는 섬세하고 유려한 문체와 더불어 대립과 폭력으로 점철된 사회상을 풍부한 상징으로 그려낸 수작이라는 평가를 받으며 스페인 사회소설의 이정표가 되었다.

상실과 배반 – 성장소설로 읽기

이 작품은 누가 뭐래도 성장소설이다. 어린 시절의 무지와 순수에서 벗어나 현실을 직면하게 된 주인공이 강요 때문에 혹은 자발적으로 하나의 길을 선택하는 여정을 그리는 성장소설의 기본 패턴을 충실하게 따르고 있기 때문이다. 이야기는 주인공이자 1인칭 화자인 마티아가 어린 시절에서 청소년기로 넘어가던 시기의 경험을 회상하는 형식으로 전개된다. 주인공 마티아는 일찍 어머니를 잃었고 아버지는 마티아를 자신의 늙은 유모 손에 맡겨둔 채 어디론가 떠나버렸다. 자애로운 유모의 보살핌 속에서 아버지의 부재를 거의 느끼지 못했던 마티아가 유모의 병 때문에 외할머니가 사는 섬으로 오면서 이야기는 시작된다. 따뜻한 돌봄 아래 유년기를 보내던 숲속 집을 떠나올 때 그동안 가지고 놀던 종이인형극 놀이 세트, 안데르센의 동화책들을 두고 왔다는 것은 이미 그때 '동심의 상실'이 시작되었다는 것을 암시한다.

> 나는 몹시 불안해졌다. 작은 헝겊 인형, 검둥이 굴뚝 청소부 고로고를 스웨터 속에 숨겨와 지금 베개 아래 넣어둔 것이 그나마 다행이었다. 바로 그때 뭔가 잊고 온 것이 있다는 걸 깨달았다. 널찍하기만 했지 뒤죽박죽이었던 그 산속 집에 종이인형극 놀이 세트를 두고 온 것이다. (…) 그리고 또 내 앨범들과 『눈의 여왕』, 『인어공주』, 『백조왕자』 같은 내 책들. (…) 이제 그것들은 내게 없다. 초록색 메뚜기들처럼, 시월의 사과처럼, 검은 굴뚝의 바람처럼 다 잃어버리고 말았다. 다 잃어버렸다.

첫 기억

작품 전반에 걸쳐 주인공 마티아의 어린 시절 순수한 동심을 상징하는 것은 위의 인용문에도 등장하는 작은 헝겊 인형 '고로고'이다. 고로고는 주인공 마티아가 감정의 굴곡을 겪으며 성장해 나가는 순간순간 함께 등장한다. 이 인형은 때로 동심의 부적으로 기능하기도 하고 또 혼란스러운 어른의 세계를 피해 자기 안으로 숨어들어 쉴 수 있는 피난처가 되기도 한다.

> 그 모든 이들, 엄하고 무관심한 말들, 보르하 자신과 기엠 그리고 후안 안토니오, 나와 함께 있지 않은 내 아버지, 그 모든 것에 맞서서 나는 나만의 섬을 가지고 있었다. 내 옷장 한구석, 수건과 양말 그리고 내 지도책 아래, 내 검둥이 작은 인형이 사는 곳. 녹색 평원, 바다, 그리고 옷핀 머리 같은 도시들이 그려진 파란 종이와 하얀 수건들 사이에 내 작은 고로고가 다른 사람들의 잔인한 호기심을 피해 숨어 살고 있었다.

등장인물들 대부분은 마치 '섬'처럼 각자 고립되어 살아간다. 특히 사춘기를 지나는 주인공들이 겪는 고립감을 작가는 물리적 공간의 차원과 정서적 차원으로 나누어 표현한다. 섬이라는 폐쇄적 공간(섬의 이름은 구체적으로 언급되지 않는다. 다만 발레아레스 제도의 마요르카섬일 것으로 추정할 뿐이다)에서, 그 섬의 끝자락, 황토색 높은 담벼락으로 둘러싸인 거대하

순수의 상실과 배반: 피할 수 없는 통과 의례

고 이상한 할머니 집의 더더욱 폐쇄적인 분위기는 주인공들이 느끼는 고립감의 물리적 상징이 된다. 거기에 더해진 전쟁 소식에 고립감은 가중된다.

본인의 의지와는 상관없이 본토에서 멀리 떨어진 한 작은 섬에 머물게 된 마티아, 방학을 보내려고 할머니 댁에 왔다가 전쟁으로 발이 묶인 마티아의 사촌 보르하, 그리고 본토 수도원에서 섬으로 돌아온 소작인의 아들 마누엘. 사춘기에 들어선 세 아이가 느끼는 정서적 고립감은 일차적으로 전쟁 때문에 겪게 된 '아버지의 부재'에서 온다. 명시적으로 밝히지는 않았지만 좌익 사상을 가진 마티아의 아버지는 전선 어디쯤에서 파시스트 반란군에 대항해 싸우고 있는 것으로 보인다. 어린 시절의 모든 애착 관계가 단절된 상태에서 차갑고 무관심한 외할머니 집으로 오게 된 마티아는 철저한 정서적 고립상태에 놓여 있다. 마티아는 아버지의 얼굴조차 잘 기억하지 못하지만, 그를 몹시 필요로 한다.

나는 거짓말을 하고 싶었다. 아버지(아는 게 하나도 없는, 전쟁에서 싸우고 있는지, 적들에 협조하고 있는지, 아니면 외국으로 도망쳤는지 아무것도 알 수 없는 아버지)에 대해 극악무도한 이야기들을 꾸며대고 싶었다. 나는 누군가, 뭔가에 대항하는 무기로 아버지를 하나 꾸며내야 했다. 그래, 알고 있는 사실이었다. 그리고 그때 갑자기 나는 깨달았다.

내가 나도 모르는 새에 매일 새로운 아버지를 만들어내고 있었다는 사실을.

그건 보르하도 마찬가지이다. 반란군 파시스트 편에서 대령으로 참전해 싸우고 있는 아버지를 그리며 자신의 외로움을 전쟁 탓으로 돌린다.

그자들 때문에 우리 아버지도 목숨이 위태롭잖아. 그자들과 싸우느라 전쟁터에서…. 그리고 난 여기 이렇게 외롭게 있고.

마누엘 역시 생부(生父) 호르헤가 자유로운 방랑자의 삶을 뒤로하고 은둔해버렸고 의붓아버지마저 좌파 이념을 가진 탓에 전쟁이 발발하자 자신의 파시스트 사촌들 손에 죽임을 당했다. 이 세 명의 주인공은 누구라 할 것 없이 이 세상으로부터, 주변으로부터 분리되어 각자 하나의 섬으로 떨어져 존재한다.

섬에서 생활하면서 마티아는 수시로 자신의 삶에 중첩되는 어른들의 세계를 알고 싶어하지 않는다. 죽음에 관해서도, 남녀 간의 복잡한 문제도, 섹스에 얽힌 문제도 알기를 거부한다. 보통의 사춘기 아이라면 호기심을 갖고 알고 싶을 이야기들이 마티아는 두려울 뿐이다. 마누엘이 출생의 비밀을 털어놓으려고 할 때 마티아는 생각한다.

순수의 상실과 배반: 피할 수 없는 통과 의례

나는 얼굴에 피가 쏠리는 걸 느꼈다. 그 애를 바라보며 이렇게 말하고 싶었다. 《아니, 나에게 더는 털어놓지 마. 남자들 여자들 사이 어두컴컴한 이야기들은 하지 말아 줘. 이해할 수 없는 세상에 대해 절대 알고 싶지 않아. 제발, 날 내버려 둬. 난 아직 잘 모른단 말이야.》

나는 그런 이야기를 듣는 게 무섭고 떨렸다. 내게는 너무 새로운 이야기였다! 마누엘의 비밀—남자, 여자 어른들 간의 비밀, 마누엘은 아무 잘못도 없는—이 밝혀진 걸 말하는 게 아니다. 이런 식으로 알지 못하던 세상을 알게 된다는 것이 무서웠다.

불합리하고 이해할 수 없는 어른들의 세계를 거부하는 마티아를 현실 세계로 이끄는 두 사람이 바로 보르하와 마누엘이다. 보르하는 자신의 어머니가 다른 남자에게 보내는 연애편지를 훔쳐내 마티아에게 보여주고, 또 자신을 동성애 대상으로 삼는 치노를 겁박해 굴복시켰음을 알려준다.

이런 식으로 훔치는 건 잘못된 일이었다. 치노를 괴롭히는 것은 잘못된 일이었다. (…) 더는 순수하지도 않기 때문에 카이와 게르다를 내동댕이치고, 그렇다고 다 큰 남자, 여자가 되지도 못하는 건 정말 끔찍한 일이었다. 하지만 그 사악한 전등 불빛은 여전히 내게, 원치 않는데도, 에밀리아 이모의 비밀을 폭로하고 있었다. ≪내 사랑, 호르헤≫, ≪사랑하는 호르헤…≫

(아, 더럽고, 꼴불견에다가, 애처롭기까지 한 어른들.)

(…)

≪언제나 당신만의, 당신만의….≫ 에밀리아 이모의 글씨가 떨리고 있었다. (오, 이 바보 같은, 너무 바보 같은 어른들. 에밀리아 이모는 말했었다. ≪나도 결혼하기 전날까지 인형을 안고 잤어.≫)

가엾은 고로고.

그 순간 마티아가 간직하고 싶어 했던 순수함은 자기 자신에게서 멀어지기 시작한다. 어린 시절 읽던 동화 속 '카이'와 '게르다'를 내동댕이쳤다. 그렇다고 어른이 된 것도 아니다. 이제 마티아는 자신의 순수를 상징하는 고로고를 향해 '가엾다'라며 결별을 안타까워한다.

그러나 마티아가 순수의 시절과 완전히 결별하게 되는 것은 누군가의 강요 때문이 아니라 자신의 선택에서 비롯된다. 마티아와 마누엘의 관계를 질투한 보르하의 계략에 마누엘이 도둑 누명을 쓰고 소년원에 가게 되었을 때, 이제 어른의 세계를 전부 알게 된 마티아는 마누엘의 결백을 알고 있으면서도 두려움 때문에 침묵을 지킨다. 그것은 정서적 교감을 나눈

순수의 상실과 배반: 피할 수 없는 통과 의례

마누엘에 대한 배신이었고 동시에 어린 시절의 순수를 지켰던 자신을 배반한 것이기도 하다.

그 순간, 내가 깨달은 모든 것이 내게 깊은 상처를 주었다. (어른들의 어두운 삶, 그리고 분명코 나도 그 삶에 속해 있다는 사실을 깨달은 것이다. 나는 정말로 물리적 고통을 느꼈다.)

매 순간 나를 배반하는 것은 바로 나, 오로지 나였다. 고로 고와 네버랜드를 배신한 것도 바로 나 자신이지 다른 그 누구도 아니었다. 나는 생각했다 ≪나는 지금 도대체 어떤 괴물인 걸까?≫

소설의 마지막에 마티아는 흰 수탉의 울음소리를 듣는다. 기독교에서 닭 울음소리는 베드로가 그리스도를 부인하는 배반을 상징한다. 마티아는 마누엘을 배신했고(독자도 알다시피 마누엘은 히브리어의 '임마누엘' 곧 '하느님이 우리와 함께 계신다'라는 의미로 예수의 속명이다), 한때는 어른들의 세계를 지배하는 불의에 분노하며 마누엘에게 연민을 느꼈지만 이제 자신의 안위를 위해 고개를 돌리고 침묵을 지킴으로써 순수했던 시절의 자기 자신을 배반한다.

거기, 두 눈이 분노로 이글거려 마치 단추 두 개에 불이 붙은 것 같은 손 마호르의 수탉이 있었다. 고개를 꼿꼿이 세운, 한 줌의 석회처럼 찬란하게 빛나는 수탉은 찢어질 듯 힘차게 울었다. 동이 트고 있었다. 아마도 나는 알 수 없는, 이제는 잃어버린 신비한 그 무엇 때문에 울부짖는 것이리라.

순수의 상실은 배반과 함께 온다. 순수를 잃어야만 악을 인식할 수 있고, 이전의 자신에게서 뒤돌아서지 않고는 어른들의 세계로 들어설 수 없다. 하지만 순수의 이상만은 어린 시절의 가치에 충실하기만 하면 충분히 지켜낼 수 있는 그 무엇임에도 불구하고 마티아는 스스로 '괴물'이 되는 길을 택한다. 그렇게 동심의 세계에 작별을 고한다.

두 개의 스페인 – 사회소설로 읽기

이 작품을 사회소설로 읽는 사람들은 작품의 전개 과정에서 두 개의 스페인이 대립하는 구조가 확연하게 눈에 띄는 점을 지적한다. 비평가들은 마투테 소설 대부분의 중심 주제인 구 스페인과 신 스페인의 충돌이 이 작품에서도 명확히 드러난다고 말한다.

순수의 상실과 배반: 피할 수 없는 통과 의례

먼저 마티아의 외할머니는 낡은 도덕과 가치 기준, 부의 힘을 굳게 믿는 구 스페인을 대표한다. 외할머니 프락세데스 여사와 에밀리아 이모로 표현되는 보수적인 스페인 사회의 모습(결혼에 대한 시각, 가톨릭 교회에 대한 존중 등)은 할머니의 억압에 반항하며 섬을 쏘다니는 마티아로 대표되는 스페인 자유주의 사상과 충돌한다.

할머니의 재산을 물려받게 될 미래의 유산 계급 보르하는 자신의 사촌 마티아뿐만 아니라 의사의 아들과 할머니 농장 관리인의 아들들을 자기편으로 끌어들여 같은 편을 만들고(지주 계급과 전문직, 행정직 부르주아의 결합이다), 그 반대편에는 대장장이의 아들, 목수 등 마을의 잡다한 노동계급 아이들이 한 패거리가 된다. 계급의 차이에 따라 형성된 두 패거리 사이의 적대 관계는 수년 전 이 섬에서 유대인들을 산 채로 불태웠던 바로 그 광장에서 반복된다. 여기에서 보르하는 유약하면서도 도덕적으로 타락한 위선적인 부르주아 계급의 표상이다. 반대편 기엠 패거리는 표면적으로 보르하와 날을 세우며 대립하지만, 보르하가 손을 내밀기만 하면 언제나 화해에 응하고, 치명적인 무기를 가진 보르하(보르하는 할아버지의 라이플총을 가지고 있다)에게는 차마 손을 대지 못한다. 이들의 모습은 부르주아 세력에 맞서는 듯 보이지만 실제로는 자본의 위력을 인정하고 그 앞에 미리 굴복하는 노동자 계층에 대한 조롱이다.

어째서 보르하가 우리 모두를 좌지우지하는지 알 수 없었다. 기엠 패거리까지도 보르하가 휴전을 요청하면 언제나 받아들였다.

이러한 구세대와 신세대, 유산 계급과 무산자 계급의 대립과 더불어 작품에서 명료하게 드러나는 것이 스페인 내전의 원인이 된 이념 대립이다. 스페인에서는 1936년 2월 총선거 결과 공화주의 좌파정권이 출범하게 되었다. 이에 지주들과 가톨릭 교회, 군부 등 보수우파 기득권층은 불안감에 휩싸였고 마침내 이 세력을 등에 업은 프랑코 장군이 7월 쿠데타를 일으키면서 내전이 발발한다. 이 작품에서 전쟁은 두 가지 방식으로 전개된다. 본토에서 전쟁이 한창이지만, 섬에는 신문과 라디오를 통해 간접적으로만 소식이 전해질 뿐이다. 섬에는 위선적인 평화의 분위기가 감돈다. 그러나 전쟁은 유령처럼 ≪멀리 있는 것 같지만 동시에 아주 가까이 있었고, 보이지 않아서 더 두렵다.≫ 마티아와 보르하는 전쟁 때문에 섬에 고립되어 있을 뿐 실제 전쟁의 영향을 받고 있지는 않다. 하지만 섬 전체에 팽팽한 긴장감이 감돌고 폭력과 증오의 저류가 흐른다. 마을의 자경단 역할을 하며 좌파 사상을 가진 사람을 색출해 총살하고 다니는 타론히 형제. 모두가 낮잠을 즐기는 시에스타 시간이면, 거리에 울려 퍼지는 그들의 군화 발소리는 보이지 않는 긴장과 두려움을 상징한다.

순수의 상실과 배반: 피할 수 없는 통과 의례

할머니는 극장용 쌍안경을 손수건 끝자락으로 닦고서 바다를 찬찬히 훑어보았지만 아무것도, 아무것도 보이지 않았다. 두어 번 적군의 비행기가 아주 높이 날아갔을 뿐이다. 그런데 뭔가 있었다. 땅 아래, 돌무더기 아래, 지붕 아래, 우리의 두개골 아래 뭔가 아주 거대한 악마가 자리잡고 있었다. 마을에 시에스타 시간이 돌아오거나, 또 다른 고요함이 지배하는 시간이 되면, 마치 그 순간을 기다리기라도 했다는 듯 좁은 골목길에 타론히 집안 형제의 발소리가 울려 퍼졌다. 목이 높은 군화에 전투복 앞섶을 절반 정도 풀어헤친 채로 금발에 창백한 얼굴, 아기 괴물처럼 새파랗고 동그란 눈에 유대인 코를 한 타론히 형제. (아, 타론히 형제! 섬 전체, 마을 전체, 어두운 표정의 광부들조차도 그들 옆을 지나칠 때면 감히 그들의 복숭아뼈 위로는 쳐다볼 엄두를 내지 못했다.)

비평가들은 이 작품에서 주인공의 전쟁 경험이 암묵적인 관중의 자리로 제한되지만 그런데도 두 개의 서로 다른 스페인 사이의 선택을 강요받는다고 말한다. 본토에서 내전에 참여하고 있는 보르하의 아버지는 파시스트 측 군 대령으로 참전하고 있다. 어디로 사라져버렸는지 알 수 없는 마티아의 아버지는 공화당원이다. 이렇게 둘의 아버지는 서로 반대편에서 대립한다. 게다가 마티아와 보르하가 '빨갱이'라는 이유로 파시스트들이 쏜 총에 맞아 죽은 남자의 시체를 발견하고 그 죽은 남자의 의붓아들 마누엘과 마티아가 정서적 관계를 맺게 되면서 '보르하(파시스트의 아들) vs. 마티아와 마누엘(공화파, 좌파의 딸과 아들)'이라는 대립 구도가 형성된다. 이런 파시스트와 공화파의 대립은 실제 총탄이 오가는 전선과는 멀리 떨어진 지중해 외딴 섬에서도 두 개의 스페인이 충돌하는 상황을 초래한다.

내전에서 파시스트가 승리를 거두고 정권을 수립하기는 하지만 서로가 서로에게 참혹한 살상을 저질렀던 만큼 전후 스페인 사회는 그 어느 편도 절대 선(善)이 될 수 없는 상황에 부닥친다. 게다가 전후에 벌어진 피의 보복과 패배한 측에 대한 무자비한 탄압은 사회를 공포 분위기로 몰아넣었다. "정의도 패배할 수 있고, 무력이 정신을 굴복시킬 수 있으며, 용기를 내도 그 용기가 보상받지 못할 수도 있다는 것을 배웠습니다. 바로 스페인에서요." 스페인 내전에 참가했던 한 국제여단 병사의 이 말은 전쟁의 결과가 가져온 절망감을 잘 보여준다. 결국, 내전으로 인해 모두가 패배자라는 인식이 뿌리박히면서 전후 스페인 사회는 깊은 패배주의에 빠지게 된다.

이 작품 전반을 지배하는 절망의 감정은 어쩌면 당시 스페인 사회에 만연했던 이런 패배주의 때문일 수도 있다. 일반적으로 마투테 작품의 등장인물들은 언제나 불확실한 세계에 살며 언제 허물어질지 모르는 불안한 상태에 놓인 채 자신들

순수의 상실과 배반: 피할 수 없는 통과 의례

이 처한 치명적 운명에서 벗어날 탈출구를 찾지 못한다. 작가의 작품에서 '해피엔딩'을 찾아보기 어려운 것은 당연한 결과일 것이다. 이 작품의 주인공들 역시 누구도 해피엔딩을 맞지 못한다. 두 개의 스페인 중 하나를 선택할 것을 강요받은 마티아는 힘에 굴복하여, 자신이 정의라고 믿었던 마누엘(공화파)을 배신하고 보르하(파시스트)를 따른다. 여기에서도 우리는 작가가 교묘하게 얽어 놓은 이중의 상징을 발견한다. 어리기만 했던, 어른들의 세계에 무지했고 알고 싶지도 않았던 마티아는 무지한 스페인 민중의 모습을 상징한다. 그 민중은 결국 압박을 이기지 못하고 파시스트를 선택한다. 마티아가 그랬듯이 말이다. 이 작품이 당시 '사회상을 풍부한 상징으로 그려낸' 사회소설로 평가받는 이유를 충분히 납득하게 해주는 대목이다.

독자에게 일러두기

처음 책을 읽기 시작할 때 독자는 약간 당황할지도 모른다. 줄표(-)를 이용한 삽입 문구가 수시로 나오고, 한 페이지에 서너 차례씩 괄호 안에 부연 설명을 하는가 하면 줄 바꿈 뒤에 나오는 직접 대화문 이외에 겹화살괄호(≪ ≫)를 사용한 대화문도 상당수 등장하기 때문이다. 언뜻 보기에 편안한 독서를 방해하는 이런 형식 속에는 작가의 치밀한 서술 전략이 숨겨져 있다.

작가는 주인공의 관점에서 1인칭으로 이야기를 이끌어간다. 주인공 1인칭 서술의 장점은 독자가 주인공에게 친밀감을 느끼며 공감하게 된다는 것이다. 하지만 단점도 있다. 독자는 철저하게 주인공 의식의 흐름을 따라갈 수밖에 없다. 따라서 독자는 이 작품을 읽으면서 주인공 마티아가 겪는 사건을 함께 경험하며 모순과 환멸, 거짓이 가득한 어른 세계를 알아가는 과정에 동참한다. 문제는 작가의 내레이션 자체가 주인공의 혼란스럽고 정돈되지 않은 생각을 논리적, 시간적 순서 없이 순간적인 느낌에 집중하며 서술하고 있다는 것이다. 이런 방식은 사춘기 소녀의 불안정한 심리상태를 표현하기에 적합하지만, 과거와 현재를 뒤죽박죽 오가며 자동기술법에 가깝게 서술하고 있는 까닭에 한마디 한마디 주의를 기울이며 읽지 않으면 작품 곳곳에 숨어 있는 상징을 놓치기 십상이다.

작가는 독자들이 이런 문제에서 벗어나 서술을 좀 더 명료하게 구분할 수 있도록 문장부호를 사용하여 서술의 층위를 나누어 놓았다. 먼저 괄호 안에 삽입된 문장들은 이제 어른이 된 주인공이 어린 시절을 회상하며 설명을 덧붙이는 부분이다. 현재시제로부터 과거를 되돌아보는 관점이 잘 나타나 있다. 겹화살괄호(≪ ≫)는 줄 바꿈 후에 나오는 직접 대화문과는 달리 마티아가 대화를 회상하는 부분이다. 작가는 회상에서도 대화문을 직접 인용하여 최대한 생생하게 기억을 전달하고자 했다. 또한 줄표(-)를 이용한 삽입 문구는 주인공 의식의 흐름을 가감 없이 전달한다.

또 하나, 이 책을 읽으며 느끼는 큰 즐거움이자 난관은 (번역 작업에서도 마찬가지였는데) 바로 작가가 구사하는 아름다운 언어이다. 섬세한 묘사와 은유를 사용한 시적 언어는 작가로서 아나 마리아 마투테의 천재성을 입증한다. '단어의 마술사'라는 별칭이 실감 나는 순간이다. 문제는 언어의 아름다움에 극도로 집착하는 것으로 널리 알려진 작가가 아름다운 묘사에 치중하느라 간혹 이야기가 중심에서 벗어나기도 한다는 점이다. 한 비평가는 "아나 마리아의 산문은 아름다운 만큼 위험을 내포한다. 은유를 사용하는 남다른 작가의 능력 때문에 결국에 가서는 은유를 남용하기에 이르기 때문이다."라고 지적한다. 어쩌면 이것이 마투테의 작품을 독창적이고 색다르게 만드는 특징일 수도 있지만, 작품 내내 끊이지 않는 현란한 묘사는 독서의 어려움을 초래한다. 그럼에도 불구하고 이야기의 흐름에 몸을 맡긴 채 읽어가다 보면 독자는 자기도 모르게 주인공 마티아의 자리에서 사건을 바라보며 마티아처럼 생각하는 자신을 발견하게 될 것이다. 그것이 바로 아나 마리아 마투테가 독자에게 선사하는 즐거움이자 선물이다.

첫 기억

1판 1쇄 2025년 9월 30일

지은이 아나 마리아 마투테
옮긴이 성초림
편집 김효진
교열 이수정
디자인 최주호
펴낸곳 마르코폴로
등록 제2021-000005호
주소 세종시 다솜1로9
이메일 laissez@gmail.com
페이스북 www.facebook.com/marco.polo.livre

ISBN 979-11-92667-68-3 03870